# 来，下一位
## 上班就像开盲盒

糗事小菊花 著

江苏凤凰文艺出版社

北京长江新世纪文化传媒有限公司
Changjiang New Century Culture and Media Ltd.Beijing
出品

# 目　录
CONTENTS

| | |
|---|---|
| 楔子 | 001 |
| 第一次与痔疮的不解之缘 | 003 |
| 精神科室几月游：这里的人都有"大智慧" | 014 |
| 我的"菊花"二次手术 | 027 |
| 我的主任林医生 | 038 |
| 医者仁心 | 052 |
| 肛肠科心理课 | 057 |
| 得给我介绍对象啊 | 069 |
| 当我学医之后 | 081 |
| 真是晦气！ | 091 |
| 医者不止自医 | 099 |
| 学生时代的血脉压制 | 113 |
| "菊花超市" | 118 |

| | |
|---|---|
| 三百六十行,行行有痔疮 | 134 |
| 夜里的那根烟,看过人生百态 | 152 |
| 医生与护士,各有各的难处 | 173 |
| 医院的病历永远不会让我失望 | 181 |
| 现在开始,大家一起提肛 | 206 |
| 我和我的中老年同事们 | 218 |
| 肛肠科也有危急重症患者 | 228 |
| 那些不说会憋得慌的日常 | 234 |
| 洞房花烛夜,独立手术时 | 241 |
| 无他,手熟尔 | 252 |
| 医生也是普通人 | 259 |
| 那些年一起见过的"奇葩"病人 | 269 |

| | |
|---|---|
| 急诊科：人性百态的聚集地 | 280 |
| 妇产科：每一位女性都应该先爱自己 | 305 |
| 儿科：最紧张的医患关系与最温柔的医生 | 325 |
| ICU：距离死亡最近的一次 | 330 |
| 呼吸科：融入日常生活的科室 | 335 |
| 内分泌科：一些隐秘的病因 | 342 |
| 名老中医门诊：德高望重的地方 | 344 |
| 外科：一些科室间的鄙视链 | 351 |
| 骨科：坚强又脆弱的器官 | 355 |
| 皮肤科：不仅仅是性病 | 368 |
| 回到肛肠科：我的最终归宿 | 375 |
| 医生生活：虽然啼笑皆非，但是我爱这个职业 | 389 |

# 楔子

在我们肛肠科有一句俗语："十人九痔，十女十痔，好男儿'痔'在四方。"这听上去虽然有点夸张，但是我可以用多年的行医经验打包票，现实中随机撩开别人裤子的话，100人起码有70个人有痔疮，如果没有的话，你可以顺着网线过来撕了我的医师证。

不过话说到这里，会有人问，作为医生，我自己的"小菊花"是不是保养得要比别人好很多。

我的回答是："你想多了。"

我在本院待了一年多，终于拿到了到上级医院规范化培训的资格，我需要在这个新医院待三年，规培期间除了每周回自己本科室（肛肠科）两天以外，还需要到医院各个科室去轮转培训，培训的时间各不一样，短的一个月、两个月、三个月，长的甚至半年，不过本专业的科室才是这次规培的重点,所以我经常在轮转科室干完活儿后就回到肛肠科。

虽然我是肛肠科医生,但是我自己也经历过两次痔疮手术,从此和肛肠科结下了难分难舍的缘分。

# 第一次与痔疮的不解之缘

## 1

2007年5月,临近中考。那天吃完豆花和麻辣烫回来后,我腹泻了好几次,整个"菊花"就像是被涂了辣椒酱,火辣辣的,一动屁股,感觉那里像是裂开了好几道口子一般。

我坐在宿舍的铁架双人床上,觉得屁股硌得疼,伸手一摸,一个黄豆大小的瘤子堵在肛门口。

我以为自己长肿瘤了。可把我吓坏了,我连遗书都准备开始写了。

后来,我一想中考英语还没复习完呢,我不能死!

我叉着腿走到了院内小卖部,看到小卖部没有其他同学的时候,才给我爸打电话,还生怕被小卖部老板听到,讲得特别小声,说:"爸,我屁股长了个瘤子。"

我爸淡定地说:"平时不努力,成绩没憋出个屁,倒是把痔疮给憋出来了。"

我说:"痔疮!会不会死?"

我爸:"死不了,这个是咱们家传统,我和你爷爷都有。听说你太爷爷也有。"

我问:"我姐有没有?"

我爸:"你姐没有。"

好家伙,这玩意儿还是一脉单传,还传男不传女。

我打完电话,小卖部老板一脸猥琐地说:"我有祖传药膏,一抹立竿见影,一罐20块钱,要不要?"

这老头竟然偷听我讲电话,我气急败坏地说:"不用了,你留着自己用吧。"

回到宿舍,我看着宿舍没人,拿着小镜子叉开腿照着,压根儿看不清,要是放到现在,手机一咔嚓就行了,当时能照相的手机可是个稀罕宝贝。

我正在"照菊"的时候,室友好死不死地突然进来了,我一紧张,"菊紧"地把镜子坐了下去,差点当场疼痛性休克。

室友拉着我谈了大半天《梦幻西游》里有趣的种种关卡,说得满嘴白沫。我当时一心只想"顾全大菊",他说的话我是一句都没听进去。

到了深夜,这痔疮真是来得惊天动地,一痛起来就跟屁股底下装了个发电机一样，时不时就往"菊花"上劈一道闪电。

夜晚病痛加剧，这个在临床上很常见，我们在ICU值夜班的时候就很怕半夜病人病情突然发生变化。

中医经典《黄帝内经》有一句名言是这么说的："夫百病者，多以旦慧、昼安、夕加、夜甚。"这话意思是各种疾病的病情常常在清晨有所减轻，在白天比较稳定，在傍晚有所加重，而到了夜间就会更加严重。

现代医学则认为，在夜晚之所以会疼痛加剧，是因为人在睡眠时交感神经受到抑制，副交感神经兴奋，肾上腺糖皮质激素分泌水平下降。这一系列变化造成了机体的耐受性降低，使得咳嗽、疼痛、体温升高等症状比起白天更难忍受，是造成许多疾病"夜间加重"的主要原因。

不管是什么原因，简单一句话，生病的人到了深夜是最难受的，这也是深夜emo[①]选手那么多的原因。

## 2

这屁股实在疼得受不了，彻夜难眠，一大早就请假回

---

[①] 流行网络词，意为伤感、忧郁。——编者注（本书注释如无特别说明，均为编者注）。

家了。

一回到家里,奶奶看到我要坐在凳子上,赶紧拦住我,说:"我给你拿个被单垫一下。"

我心里暖暖的,果然奶奶最疼我了。

奶奶说:"你今天就坐在垫子上,别乱坐,痔疮这病会传染人的,可别传得全家都是。"

当时我那个伤心呀,不过由于我医学知识十分匮乏,压根儿就不知道痔疮会不会传染人。其实痔疮是不会传染的,只是因为它的发病率太高,很多老一辈人误以为它的传染性很强。

从现代医学角度来说,痔疮是直肠下静脉和肛管静脉曲张引起的一种疾病,常表现为肛门或肛门内包块,有的伴有疼痛和出血,常常在饮酒、辛辣饮食后发作。但痔疮不是由某种病原体引起的,也不是传染病。

傍晚,我爸从家里骑摩托车载我到了一个昏暗的诊所。诊所里放着瓶瓶罐罐,有什么救心丹、跌打药之类,看起来神秘兮兮的。两面墙壁挂满了写着"救死扶伤""再世华佗"的锦旗,我不小心翻到背面,那些锦旗竟然大部分都是同一个公司做的,这么巧!

诊室的桌子上放着一张报纸,是某某导报,上面用玻璃盖着,报纸已经发黄,看起来有些久远了。上面写了一段话,大概内容是:鄙人年轻时,机缘巧合之下得一山野高人指点，得此秘传之术，高人让我以此术悬壶济世，救死扶伤。

对于十几年前的小县城开的一个小诊所来说，上过报纸，那可是相当不得了。

后来我从我的肛肠科林主任那边得知，他以前是给村大队阉小猪崽的兽医，学了坏死剂注射的方法就给邻居治痔疮了，后来才开的诊所，那个报道也是他花了500块钱叫报社帮他刊登的。

刚看完报纸，一个60来岁的老人就从里间走出来，这应该就是我爸口中那个"神医"了。

他跟我爸打招呼说："痔疮又犯了？"

我爸递了一支烟给他，笑说："我没事，就是偶尔上火便血，不碍事。我小孩可能痔疮犯了。"

老人从墙上拿下脏兮兮的白大褂，套在身上，说："进来看看吧。"

他让我屁股朝天，整个屁股对着他的脸。然后我"菊花"一紧，打了个"喷嚏"。他脸色顿时变得铁青。

气氛和气味都变得有些尴尬。

他为了缓解尴尬，咳嗽一声，说："小伙子挺喜欢吃韭菜呀。"

我满面通红，默不作声……

气味逐渐散去，老大夫一手掰开我的屁股，一手在我的"菊花"处使劲捣鼓，差点打开我新世界的大门。

他摇摇头说："哎哟，年纪这么小，痔疮就这么大颗了，还出血，很严重呀。"

我慌了，问："那怎么办？"

老大夫在我的臀大肌上拍了一掌，"啪"，说："听你爸说你要中考了，那就先保守治疗吧。"

领了一支马应龙痔疮膏和几包坐浴方，回去涂抹和泡"菊花"。

经过数月保守"抗痔"后，痔越来越大，原本只是一个龙眼大的痔偷偷跑出大门，另一个黄豆大的小痔也失守了，最后"痔得溢满"，只能"专心治痔"——注射法除痔了。

## 3

大半个月后的傍晚，我和老爸再次来到了那个小诊所，老大夫带我进入了里间，让我去蹲一会儿厕所，在地心引力的作用下，我城门失守，那两个家伙瞬间脱逃而出。

回到了治疗床上，我面朝着冰冷墙壁，心如死灰。

老大夫用略带激动的语气说道："出来了，出来了。"

我爸隔着小房间在门口激动地问："怎么样？"

要是别人不知道情况，还以为我顺产了。

老大夫扯高了嗓门，说："两个，一大一小。"

老大夫用棉花沾了酒精在我的"菊部"来回地擦拭，一阵冰凉。他的手指一顿捣鼓，又来到了新世界！后来我才知道那地方有一个叫前列腺的器官。

随后老大夫拿了支注射器，从一个小瓶中抽出一管液体，此时我的臀部已经紧张得不行，两瓣屁股已经石化了。

老大夫拍了一下我的臀部，说："紧张什么？你要放松，这样我怎么打针？"

这是针，针扎你，你不紧张呀？站着说话不腰疼。

老大夫说："你深呼吸。"

我深呼吸几次，还真管用，臀部肌肉逐渐放松下来了。

没有打麻药，老大夫手起针落，我闷哼一声，夹住了他的针。

老大夫忙喊："别夹着，针会断！"

一说，我更紧张了。

老大夫把注射器拔出来说："针头都弯了，这么紧张没办法搞的。"

我就这样晾着屁股，面壁思过了好一会儿。

开始了第二针。

那种等待"死亡"的感觉，比"死亡"本身更可怕，我的双腿变成了拨浪鼓来回互敲着，问："好了吗？"

老大夫说:"最后一针了。"

最后一针,那都是骗人的把戏,后面再打两针才完成,现在我给病人麻醉的时候也是在倒数第二针的时候说最后一针,随后会找理由补上最后一针,我也不知道为什么要这么做,但是我跟的几个老师都喜欢这么说,病人好像也比较容易接受后面再补的这一针。

针打完了,感觉像是经历了一场末日浩劫,此时我的"菊花"隐隐作痛,还有点要失控"呕吐"的感觉,不过我把持住了,不至于出现失禁的尴尬"菊"面。

坐摩托车回家,快到家的时候我才觉得里面有东西逐渐膨胀的感觉,像是有人往那两个玩意儿里面打气,膨胀的速度贼快,回到家的时候已经胀得合不拢腿了,那两个玩意儿变得好大,得有带壳的花生大小。

# 4

那两个花生好像表皮开始慢慢地变干了,碰到屁股的时候十分滑溜,跟鹅卵石似的。

中午的时候,我肚子微痛,"菊部"呼之欲出又隐隐作痛,难道第一次要来了?

赶紧去厕所蹲下,刚一蹲下,那些粑粑就像一辆高速行驶的高铁，以时速400公里的速度撞向尚未竣工的隧道。

等好不容易隧道刚刚修补完，下一趟"粪车"又发车了，简直是要我的狗命。

每一次排便都是一次渡劫，结束时我都不忍看那遍地血色的马桶，这《琵琶行》里的"银瓶乍破水浆迸，铁骑突出刀枪鸣"简直就是为它量身定制的。

经历一周度劫之后，便血症状逐渐缓解，我也终于体会到了"纵享丝滑"的排便体验。

不过好景不长，大学的时候，又开始逐渐出现便血跟便后痔核脱出，我当初真是信了那老大夫的鬼话，他说可以做到一次性根治。

每次上完厕所之后都需要在寝室里的椅子上静坐，半个小时之后痔核才会自动回纳，偶尔内裤上还能看到一些分泌物，形成了湿疹，那个湿疹大概持续了半年，最后觉得实在难受，去校医那边拿了酮康唑软膏，抹了小半个月才彻底好了。

后来在书上看到用水冲洗之后，再手托回纳。之后，分泌物也少了，基本没有不适。

这个属于内痔，内痔分为四期。第一期内痔，便时带血、滴血或者喷射状出血，无内痔痔核脱出，便后出血可以自行停止。

第二期内痔，便血呈滴血或者喷射状出血，伴有内痔脱出，便后可自行回纳。

第三期内痔，便时带血或者滴血，伴有内痔脱出或者久站、咳嗽、劳累、负重的时候内痔脱出，需要用手回纳。

第四期内痔，内痔脱出不能回纳，可伴有内痔嵌顿，特别痛苦，表现为肛门周围的水肿。

我这个属于第三期，痔核自己回纳不了，需要用手回纳，不过在临床上因为内痔一期过来就诊的患者是最多的，一期的患者看到自己便后马桶内都是血，本能就会产生恐惧。

而那种第三期往后，有十年以上痔疮老资历的患者，总有各种各样的妙招对付痔疮，有时听到他们说出那些奇奇怪怪的方法时，我都快惊掉下巴了。比如，往"菊花"里塞韭菜、木炭这些都还可以理解，之前还遇到一个三十七八岁的男人塞花露水瓶子止血，他还挺讲究卫生，还套了个安全套。

大学时，我已经学完解剖学了，在观察自己的身体时发现，我竟然也有哨兵痔，这东西是"刚烈"小伙专有特征。没想到我也肛裂过，而且自己还没发现，真是条硬汉。

哨兵痔是由于肛裂不愈合，裂口下端皮肤因炎症刺激，浅部静脉和淋巴回流障碍，引起组织水肿和纤维变性而形成的结缔组织外痔。

当时我认为这痔疮就是偶尔造成便血而已，反正不处理也死不了人，处理了还会反复，干脆就这样晾着。我以为"菊部问题"应该是跟我八竿子打不着了，没想到我太天真了。

# 精神科室几月游：这里的人都有"大智慧"

## 1

2018年，我从中医药大学毕业，来到中医院工作，以为会被分配到中医内科或者中医皮肤科之类，没想到结果让人大跌眼镜。

当年有六个刚刚考进这个医院的新医生，我们都被叫到了会议室，医务科长给我们每人一张表格，上面有可以供我们选择的科室。

我还没有看清楚有哪几个科室可以选，其他同事就争先恐后地举手，生怕到最后就选不到好科室了，我想这些人肯定早有准备。

我看到只剩下妇产科和精神病科，赶紧起身说："我选妇产科。"

院长听完目瞪口呆地问:"你想干什么科?"

我心里在打鼓,大医院不是有很多妇产科男大佬吗?我也要成为中医院第一个妇产科男大佬,我笃定地说:"妇产科,我可以的。"

院长斩钉截铁地说:"妇产科,你不行。"

我觉得院长把一个未来可能成为大专家的妇产科男医生扼杀在摇篮里了。

妇产科干不了,只能选精神病科了,我露出了为难的表情,于是院长说,精神病科缺医生,你就先去那边帮帮忙。

我来精神病科的第一天,过了三道门才到医生办公室。

我拉了拉门,好奇地问:"这些门看着很坚固呀,需要那么多道门吗?"

吴医生一副"看你太年轻"的神情,说:"去年情人节那天还有患者偷跑出去。"

情人节,偷跑?我脑海中已经搬起小凳子买好爆米花,准备"吃瓜"①了,问:"这里重重把守,怎么出去呀?"

吴医生说:"那病人以前是个搏击教练,弹跳力很好,一蹦就能到桌子上,估计是翻墙出去的,到现在我也没能知道他是怎么出去的。那天等我看到他的时候,他已经在

① 网络流行语,意为看热闹,期待了解真相。

门口了,还跟我打了招呼,我当时还没反应过来。"

这患者有点意思呀,我追问:"遇到这种情况怎么办?"

"追呗!我就叫其他医生一起出去追,跟电视里一样,一群穿着白大褂的医生追着一个穿着病号服的壮汉,还都没追到。"

我脑海里已经有画面了,想笑又不敢笑,吴医生自己哈哈大笑起来。

我追问:"后来呢?"

"我们找了七八个小时也没有找到,等我们回来的时候,发现他已经坐在医生办公室门口了。问了才知道,他知道那天是情人节,打车到市里买了一束花送给他的初恋女友,然后被拒绝了,就翻墙回医院了。"

吴医生补了一句,说:"算是暗恋而已,人家女孩没有同意过。"

原来是为了给初恋女友送花呀,我还真对这个病人好奇了。这该死的男人,真浪漫!

精神病科跟其他科室不太一样,其他科室的护士站是半开放式的,这里护士站都是封闭式。这里的病房与普通病房也有很大差异,病人家属探视也是不允许随意出入的,管理严格,新入院病人需要更换院服,搜查危险物品。

走进医生办公室,精神病科的科室主任黄主任给我上了岗前第一课,告诉我,在不了解病人病情的情况下,和病人接触时要格外谨慎,尤其是重病区的病人。还有,他一再强调,千万保存好钥匙,开门的时候一定注意附近病人的状态,有没有可能冲过来夺门而逃这种情况。

## 2

今天是主任查房的日子,黄主任带着所有下级医生查房,我什么都不懂,跟在后面,以免被主任提问。

吴医生走在前面,捅开锁眼,啪的一声开了门,身子进去,他倚住敞开的这扇门,我们全部进入了病区,他又啪的一声,合上了门。

他的四根手指环钩住门把,使劲拽了拽,门没打开,这才对我们说:"记住,出门和进门,都要查看门锁好了没,万一没锁好,被病人拉开,跑出去就不好了。"

黄主任说:"咱们前年有一个护工就是这样被病人咬掉手指的,其他医院还出现过青年医生被患者割喉的事。"

本来我还在迷糊中,一听发生过这么骇人的事,立马打起了十二分精神,也终于知道了为什么昨天医务科叫我去签了一份人身意外险，其他新来的同事都没有，我还以为是医院对我特别照顾呢。

在未来的几天中，即使不是我开的门，我也会过去查看这门是不是锁紧了，当心脑袋被搬家。

黄主任来到各个病房，每个病房都有一个人做卫生拖地板，病人们按着轮值表自觉地拖着地，整理床铺，开窗通风。

主任走在前面，一个胖胖的小伙子，十七八岁，笑眯眯地和主任打招呼，还拿了根火腿肠掰了半根要给主任吃，主任竟然还吃了，还有这种操作！

这个胖子是个话痨，看到我是新面孔，凑了过来，跟我吧啦吧啦讲个不停，问："你是新来的医生？"

我点头。

"你躲在后面，是不是怕被老师提问？我以前在学校也是这样。"

好家伙，这不是病人呀，这是名侦探柯南才对。

后来我才知道，这个小胖是因智力障碍被收住入院的，看样子智力不应该有问题呀。

到重病区查房的时候，我看到一个坐在窗户旁边，双眼空洞地看着窗外的男人。

吴医生在我的耳边说："他就是那个逃跑出去的病患。"

原来他就是那个浪漫的男人，三十来岁的样子，身体强壮,长相帅气。

## 3

来到精神病科的这两天,我几乎跟里面的患者没有交流,一来是还没有适应科室工作,没有多余的精力做其他的事;二来是我还没有认真看完所有病人的病历,不知道哪些患者是"危险人物"。

女病区有一个二十来岁的女孩子,一个人躲在树荫下看书,身高一米六左右,面容姣好,十分清瘦。

这女孩看着挺正常呀,怎么会待在这里?在好奇心的驱使下,我走过去,问:"你在看什么呀?"

女孩微微抬头,瞥了我一眼,又继续看书,嘴里清冷地说:"看小说。"

"言情小说吗?"

她点了点头说:"琼瑶的《情深深雨蒙蒙》。"

"言情呀。我读大学的时候也写过言情小说,还得过奖呢。"

她一听表情十分精彩,立马抬起头来看着我,说:"那你可以教我写小说吗?"

我迟疑了一下,心想着,这个对她的病情也许有帮助,便说:"行,有机会可以交流交流。"

吴医生在办公室门口看到我和她聊天,等我回到办公室,他笑着说:"你知道3床那个小姑娘是什么病吗?"

我以为他在考我,我回答不出来,我赶紧说:"我现在去看看她的病历。"

吴医生笑着说:"我不是在提问你,我是说这个叫小丽的女孩你要小心一点哦,小丽之前是突发狂躁伤人,三天里砍了三个人,被抓来这里治疗,前段时间有一个实习生小伙子还被她咬了一口。"

想到这里我突然脊背发凉,果然,迷人的最危险。

## 4

在精神科待了半个多月,我已经相对熟悉这里的工作,也熟练掌握约束带的使用方法了。不过我还没有处方权,只能打打下手,同事把所有病人的评估表都交给我填写。

在这个科里每隔一段时间都要对病人的病情进行评估,我们用的是阳性症状量表和阴性症状量表,顾名思义,阳性症状就是怪异行为或者胡言乱语这一类,阴性症状指躯体少动、情感淡漠等。做检查是为了了解病情进展,评估患者目前的身体状况,以便调整用药结构,并不是医院想要重复检查赚黑心钱。

在做评估表的时候,小丽拉着我要跟我谈如何写言情小说,我听过她的"事迹"后有点怕,便跟她说,她可以把小说写在纸上,等我回办公室再帮她修改。

和她同一个病房的那个叫子秋的女生对此很介意,她一把夺过了小丽递给我的纸,然后将纸撕得粉碎。

小丽生气极了,跟她扭打了起来,我一人实在拦不住,等男护士和护工过来才彻底摆平了这场战争。

被制止后的子秋一直说我是"负心汉",口中念念叨叨地说我昨天还在医院的杧果树下跟她表白,还强行抱住她……

对于她这样的说辞大家早就见怪不怪,在场的所有男性,包括五十多岁的护工老陈,都是她的"绯闻男友",在她眼里每个男人都是渣男。

子秋得的是青春型精神分裂症,俗称花痴,她常常看上去像个正常人,不打不闹,说话也很有条理,这种病人的主要症状是妄想,还有相当部分病人同时伴有幻觉。

病重的病人沉浸在自己幻想的世界里,时而变成小鸟,时而变成蛇,他们都是一点不觉得无聊,像8床那个妇女就天天想着自己变成了观世音菩萨,还让我给她磕头,说只要我给她磕头她就帮我找姻缘。如果她能跟我签合约,磕头包分配女友,我还真想给她磕头试试。

一些自知力部分恢复的病人就不一样了，成天有病人站在办公室要赖要出院，不过我们一般都选择无视，他们闹得多了自己觉得无聊就回病房了，我们也都见怪不怪了。偶尔我觉得无聊，也会跟他们唠唠嗑，数和小胖聊得多，他喜欢蜡笔小新，我也喜欢蜡笔小新。

病人们有各种消遣时间的方式，睡觉、打牌、看电视、在走廊里唱歌，或者走来走去，小胖就喜欢要糖和火腿肠，他在这里住了一年，胖了十斤，就是这么胖起来的。

小胖这小子可精了，有一次他跟我说，他的火腿肠掉水沟里了，我以为他不会撒谎就又给了他一块，后来我才知道骗火腿肠吃是他的惯用伎俩。

我倒觉得他没有智力障碍，是我有智力障碍才对。


## 5

12床的志杰，戴着圆框眼镜，斯斯文文的，他招手让我陪他坐一会儿，我坐在他的对面。

在我来医院这段时间就数和他聊得最多，我说："志杰，明天要出院了？"

他此时的状态跟平常人已经没什么区别了，只是因为吃药，反应有点迟钝，看上去木木的，但是他讲话特别真诚，点了点头说:"对,我明天就走了。"

"有什么打算呀?"

"我也不知道,有人要我,我就干;如果没有,我就去送快递或者送外卖。"

他顿了一会儿,说:"不过我还是想去当办公室文员,我妈说那个工作比较体面。"

我起身要离开座位的时候,他投来真诚的目光,说:"你觉得会有公司要我吗?"

我不知道答案,但是我还是说:"你肯定可以找到你喜欢的工作。"

他听完很开心,整个眉毛都舒展开了,走路的时候把胸膛挺得老高了。


那个翻墙送花的浪漫男人勇军,在这个分院里武力值最高,是这里的"头儿",平时都是他在"管理"其他病人的清洁打扫工作。

今天的他跟平常不太一样,原本患者们吃早餐的时候他都会像教官一样守在旁边,叫其他患者按顺序排队,今天他自己一个人一副无精打采的样子坐在窗台边。

黄主任看到他的状态后交代道:"今天咱们要看着点勇军,我感觉他不太对劲。"

所有人都点头。

在办公室的时候,大家轮流看着监控,盯着他的一举一动。

他的反侦查能力太强了,中午12点多,在护士交接班的时候,他突然在监控下消失了。

监控室护士小葛大喊:"勇军偷跑了!"

我才刚吃了一口饭,赶紧撒腿冲出去。人真消失了,只能给他家里打电话,他家人说他没回家。后来我们所有医生和他家人在县里各处寻找,也没有找到他的踪影。

晚上7点多的时候,一个二十五六岁的女孩子领着他来到了我们科室门口的铁门外,跟他说了几句话。

他自己按着门铃,我去开的门。

我领他进去的时候,他情绪十分低落,我问:"你怎么了?"

他半天没回话,坐到床边的时候,才突然开口说:"她说她订婚了,我以后不跑了。"

动笔前,我特意问了以前精神科的同事,他从那以后确实没再逃跑过。

# 6

这年年底,我得到了通知,看到了院内文件,通知我将由精神病科调到肛肠科，我开心了一整天。

下午我给他们测体温的时候，18床的病人发烧了，我告诉他可以自己用面巾纸蘸水贴在脑门上，这样就会舒服一些，他果然按照我说的做了，说冰冰凉，很舒服。

这时他突然起身，把我吓了一跳。他双目瞪大，问我："白医生，我没有家怎么办？"

我说："你家里人呢？我看过你的病历，你有家人的呀！你姐前几天不是才来看过你吗？"

他说："可是我姐不来接我回家，我没有家怎么办？"

我宽慰道："那你就住在这里吧，这里也是家，看老陈都住十年了，不也挺好的？"

他说了句："可是我也住了十年了，我想回家……"

他才二十六岁呀，这一刻我破防①了。

在精神病科——

有时，去治愈；

常常，去帮助；

总是，去安慰。

2018年12月29日，这是我在精神病科的最后一天，浑身充满力量。

---

① 网络流行词，指因遇到一些事或看到一些信息后情感上受到很大冲击，内心深处被触动，心理防线被突破。

来到小胖病床前时，这家伙竟然递了一根他私藏的火腿肠给我。

我问："为什么要给我你最爱吃的火腿？"

小胖说："我们是朋友！我听说你明天就不在这边工作了。"

我笑着问："你是怎么知道的？"

小胖笑嘻嘻的，整个眼睛都快眯没了，说："我趴在护士站那里偷听的。"

其实精神病患者的感情有时候就是这么干净而纯粹，虽然在精神病科有些忙碌，这些患者还有些唠叨，但是真要离开的时候还真有点舍不得这些"小朋友"。

# 我的"菊花"二次手术

## 1

这个医院的肛肠科病种也相对比较单一,我用了一周的时间学会了肛肠科的特殊换药方式,也能上手术台掰患者屁股,当手术助理了。

掰屁股,是肛肠科特有的活儿,因为"菊部"两瓣肉,"菊花"躲在里面,想要手术就必须把屁股掰开,让医生看到"菊花"。

虽然我只是当手术助理,但是其中还是有不少门道的。在医生菜鸟时期,有一个帮自己站台的老师十分重要,他能在你迷茫无助或者出现小意外时成为你的"救命恩人",你就可以大刀阔斧地干,跟着一个有经验、有趣,又愿意教你的老师会让你受益匪浅。

林主任就是一个非常好的老师,不过他说话耿直,我总以为他会和病人争吵起来。

今天来了一个肛裂的病人，是个一百七八十斤的壮汉，林主任看了一下他的"菊花"，说："小白，你看，这是老肛裂了。"

我点头，凑近认真看，"菊部"确实有一道白白的裂伤。

壮汉一手掰着屁股，一边说："对呀，他妈的，去诊所看了好几次也好不了。"

林主任怼道："为什么不找医生，找他妈看？"

壮汉："不是他妈，就是那医生，一男的。"

"医生就医生，怎么还说'他妈'？"林主任问，"平时经常便秘吧？熬夜、抽烟、喝酒有没有？"

壮汉嘿嘿一笑，浑身肥肉都在颤抖。"你算命的吧？全让你猜中了。"他很自豪地说，"我吃喝嫖赌样样不落。"

林主任："这样糟蹋身体，神仙来了也救不了你，这病我看不好。"

壮汉立马为自己刚才所说的话后悔了，用哀求的语气说："这边不都说你是看这个屁股最厉害的吗？帮我看看吧，痛死了。"

林主任应道："那是别人说的，我自己又没说过。"

壮汉一脸讪笑说："谁说的无所谓，我想知道这病能不能看。"

林主任冷冷地说："能看，怎么不能看？"

我当时在旁边害怕极了，人家教科书上不是说了"要和患者以和为贵"吗？怎么这林主任句句怼患者呀？我都怕壮汉光着屁股揍完林主任，连我也一起收拾了。

林主任给他上完药，说："半小时后开始缓解，三小时后基本就不太疼了，每隔两天换一次药。"

壮汉将信将疑地说："这么快？"

林主任不耐烦地说："你想慢点？"

壮汉嘿嘿笑着走出了门诊。

那个壮汉过来换药了，笑眯眯地对林主任说："你这药还真管用，真是半小时开始就没那么痛了，三小时左右就不痛了。"

林主任泼冷水说："这是治标不治本。你要还是天天喝酒、抽烟、熬夜，还得犯病，到时候可能就得挨刀子了。"

壮汉摸摸头，笑着说："尽量不搞这些，早起早睡生二胎好了。"

虽然林主任经常怼病人，但是没有什么医患纠纷，经常看到病人送锦旗给他，或者拿点小糕点送给他。

虽然跟着林主任有吃有喝，但是这个科室，想要解决单身问题没啥优势，应该算是医生从患者中直接或者间接地发展成为对象最难的科室了。

来肛肠科的患者一般不会给你介绍对象，在急诊和骨科的同事都被介绍过了，我想有一个原因，那些患者总不会跟想介绍的女生说，"这个某医生很不错，我痔疮犯了的时候是找他看的，人很好"。

痔疮其实在生活中是个私密的话题，虽然有"十男九痔，十女十痔"的说法，但是来看痔疮的很多病人都有一个习惯性的行为，就是左右看看有没有熟人，再走进我的诊室，生怕被别人看到，搞得我这肛肠科医生倒是有些像某场所工作人员。

## 2

从大学的时候我那痔疮就复发了，只是当时还不是太严重，就没在意，但是生活中也有诸多不方便，比如，我有时给病人做痔疮手术的时候，一弯腰自己的痔疮脱出了。

春节一顿胡吃海喝，连续腹泻了三天，刚开始只有一点点出血，没怎么在意，第二天、第三天的时候出血量越来越大，整个马桶的水都染成了血红色。

我低头一看是小血管破了，找了一支痔疮凝胶出来涂抹。

市面上这种治内痔出血的凝胶挺多的，最贵的是那种三支50块钱的，很离谱，因为它里面添加了"高分子""纳米技术""活性成分"几个看起来让人觉得科技感很强的名词。那些人是不懂量子力学凝血酶，不然他们肯定也会加进去，到时候一支100块钱他们也敢卖，其实跟普通品牌没有区别。

刚开始用那些凝胶是有点效果，后来几乎没效果，连续几天出血，我被搞得浑身乏力，整个人都快被马桶"吸干"了，不手术是不行了。

早上我去上班的时候，林主任看了一下我的脸，翻了一下我的下眼睑说："来月经啦，脸色这么苍白呀？"

我一个大男人来什么月经，有这么明显吗？我自己在家里照镜子没发现很苍白呀，我有气无力地说："便血，难受。"

林主任笑了，说："出血量还挺大，你要是失血性休克，那就是第一个因为痔疮出血休克的肛肠科医生了。"

这嘴就不能积点德吗？我用征求意见的语气问："那我做手术吧？"

科室的黄小护正在打包要高压的纱布，听到我和林主任在说话，凑过来对我说："兄弟，生病啦，做什么手术？"

林主任笑了说："他痔疮出血，想手术。"

黄小护扑哧一声笑了出来，说："兄弟，你真要手术呀？"

我有些不好意思，脸热烘烘的，说："长痛不如短痛，做了吧。"

黄小护一脸坏笑地说:"那我给你掰屁股!"

我断然拒绝了,说:"谢谢你,不用了,我屁股硬,你搞不定。"

黄小护一脸不服,说:"别人的我还可能不行,搞你的腚,我铁定能搞定,别小看我。"

林主任说:"找你师兄给你做。"

我说:"主任,你来吧!"

林主任想了一下:"要我做也行,不过得明天了,今天有七八台手术,忙不完。住院自己办,医嘱自己开,我不想搞这些。还有,业务量都算你的。"

我立马应道:"可以!"

林主任说:"我帮你割'菊花',还给你挣钱,你这生意做得两头赚。"

我竟无言以对,不过确实是实话……

## 3

一早上我就给自己开完了各种术前检查,整理好器械,高压完手术包,下午就安排手术,术前的麻药、肾上腺素、注射器也是自己准备的,就差不能给自己掰屁股和自己消毒备皮了，其他都备好了，才屁颠颠地邀请林主任上台。那一刻，我有点自己上了刑场还要给刽子手磨刀的感觉，甚是悲壮，略带几分孤独……

最后我还是碍于面子没有让黄小护去帮我掰屁股，是师兄上去帮的忙。

麻醉的时候，林主任给我打麻药，看着我紧张的臀肌说："你一个大男人怎么会这么怕痛？"

虽然这话我也经常对病人说，但是真的自己躺在手术台上"任人宰割"的时候，那感觉跟给病人做手术完全不同。

而"同理心"这个词，在这个手术的半年后，林主任就深有体会了，因为他好死不死地得了肛门疾病中最痛苦的病——肛瘘。

林主任打到倒数第二针的时候，不知道是故意的还是习惯了，说："忍一忍，再来一针就好了。"

我前两针被他扎得有点"针疼气"，说："林主任，这痔疮手术要打几针，我心里还没有底吗？"

林主任和掰屁股的师兄扑哧一声笑了，他说："习惯了，习惯了，职业病。你都知道流程，是不是更痛苦？"

我委屈地说："能不痛苦吗？别人都是被你说三针实际打了四针，我是踏踏实实打了四针，而且手术的时候我都没觉得自己是手术台上的病人，我觉得我就是师兄的眼睛。"

师兄问:"怎么说?"

我说:"只要主任做动作,牵拉我的痔疮,我闭着眼睛就能想到画面,那真有些杀人诛心的感觉。"

林主任和师兄采用传统外剥内扎法和套扎法把痔疮悉数消灭,手术过程十分顺利,半个来小时就解决全部问题了。

手术后有点微微脱肛和假便意的感觉,麻药作用还没过去,疼痛不是很明显。

我到病房躺了两个多小时后,麻醉效果慢慢过去了,疼痛逐渐加重,最后疼出了一身冷汗。

我一直关注自己的排尿问题,很担心术后自己排不出尿来,所以术前术后都不太敢喝水,没想到真的很难排尿。

心想着,能自己尿还是自己尿吧,用导尿管不仅痛苦,还有感染的风险。

差不多憋了四个小时,膀胱有些胀痛,其间我都已经去两三次卫生间了,仍旧没办法顺利地排尿,也用了艾灸,给自己揉了穴位,仍然效果不佳,憋得有点受不了,都想导尿的时候,心想再试一次。

我又走进了卫生间,打开水龙头,把水量调到最像小便音量的时候,停了好一会儿,然后再走到马桶旁,听着流水声,最后终于尿出来了,心里松了一口气,尿道的第一次差点被带走了。

尿尿的问题虽然暂时解决了,但是那虚假的强烈便意仍然把我折磨得够呛,明明知道它大部分是假的,术后第一天也不能大便,但是就是忍不住想要去蹲厕所,就连有个屁,都得小心翼翼地"分期付款",担心被浑水摸鱼,弄脏裤子。

## 4

术后第一次换药,是林主任亲自过来弄的。刚开始我还有点感动,最后体验一般般。

他拿掉了我"菊花"外的纱布,看了一下,满意地说:"这伤口没怎么渗血,也没怎么水肿。"

我赶紧拍马屁说:"主任做的手术,当然没问题啦。"

林主任得意地说:"那是,我做的如果还有问题的话,那就是你屁股的问题。"

哇,这种话,怎么接?我只能说:"对,你技术没问题,我屁股也没问题。"

林主任给我换药,挤子弹头止痛药的时候,我有些"菊紧"。他说:"你还是不是男人?上个药,你那屁股都快把我手指夹断了。"

我嘿嘿一笑，说："我这屁股没见过世面，怕生。"

林主任："怕生？怕个鬼哦，我昨天给你做手术的时候，看到长瘢痕组织，以前去小诊所打过坏死剂吧？"

这个我还真是不得不服，因为我忘记跟他说了，没想到他也看出来了。

虽然他说会温柔地给我换药，但是我还是觉得有些痛，不过他肛瘘的时候，叫我帮他换药，他也嫌我动作太粗鲁。后来我们俩一致认为黄小护换药的体验最佳，病人痛苦最轻，想把换药这个大事全交给她，但是她不乐意。

术后的几天，跟其他的痔疮手术病人一样，经历着每一次大便都要出血、撕扯疼痛的过程，第三四天的时候，出血量略大，其间还会时不时地屎屁不分，过程也是十分煎熬。

这样横向对比来看，前后两次手术，我主观地认为外剥内扎为主的传统方法还是比小诊所坏死剂疗法痛苦要轻一些。

如今已经是术后第七天了，林主任告诉我缝合线脱落了，随后肛门开始有些痒，不过那种痒不是很痛苦，跟小时候犯蛲虫差不多，十几天后大便基本和以前没有差别了，两张手纸就能擦得干干净净，再也不用水洗再手动托回了。

希望这次手术之后，我再也不用经历这种挨刀子的痛苦了，毕竟每一次手术都是对肛门的一次创伤。

我画过几十上百张肛门局部解剖图谱，也用橡皮泥做过肛门模型，甚至连莲雾都拿来解剖了，但是学习终究只是学习，只有自己经历过这个治疗过程，才会对此深有感触。

# 我的主任林医生

## 1

2019年4月,我和林主任一起去参加肛肠科的年会,这是肛肠疾病方面比较权威的学术会议,大佬云集。

林主任背着我偷偷投了稿,前天我还不知道他因为投稿获得了上去讲PPT的机会,昨天他才神秘兮兮地通知我这件事,让我跟他去见见大世面,更准确地说,是跟在他的后面帮他拍照,好让他回来可以把这些照片发到医院的工作群和他自己的朋友圈,有时还会强迫我发朋友圈。

坐在会展中心的大厅外面,我问他:"那么多大佬,主任你紧张吗?"

林主任一脸无畏地说:"有什么紧张的?你想想,我的文章能中,别人的中不了,这就说明我的比别人的好。"

他手上还拿着小卡片反复背诵。

我点头说:"你说得是,那我们什么时候吃饭?"

林主任没有搭理我,继续记他的小卡片,他现在的状态就跟期末考试前临时抱佛脚的我一模一样。他说他不紧张,我是一点也不信,我和他坐动车来的这一路上,他就没有放下这手上的小卡片。

不过,功夫不负有心人,他在大会上表现得很好。会议后遇到了他的大学室友,于是我们三个就去外面吃饭。

林主任是在省外念的大学,见到了十几年未见的室友,心情自然十分愉悦,他们俩回忆着大学时光的种种。

点了水煮田鸡,加几个本地菜,两人杯盏交错,酣战到了凌晨两点多。我将他们俩送回房间,林主任喝得醉醺醺,我将他扶到床上,他却一直执拗地说:"床太软,我腰不好,不能睡软床。"非得要躺在地上睡。

于是,那天晚上他趴在卫生间的地板上睡了一晚,早上起来还怪我说,怎么不把他扶到床上睡,估计是小便的时候,没有找到走出厕所的门,就地躺下了。

他喝断片了,这个锅只能我背,谁让我是他的属下呢?

林主任就是肛瘘疾病的专家,他治疗的肛瘘复发率较低,预后较好,他的病人很多,在小县城当地名气颇大。

前两天,一个六七岁的小女孩过来看病,是多年的肛瘘了。小女孩斯斯文文,坐在椅子上,但是腿一直撑在地上,一看就是虚坐着。

林主任低着头，跟小女孩的视线平齐，看着她问："怎么啦？"

小女孩看到林主任脸色严肃，显得更胆怯，更小声，小脸红扑扑的。

小女孩的母亲神色紧张地说："小孩子老说屁股痛。"

林主任没有多说什么，点头说："进去看看吧。"

小女孩的母亲问："没有女医生吗？"

林主任有些不悦，沉着脸说："今天没有女医生，看病要紧，还是男女医生比较要紧？"

林主任向来耿直，我是不敢这样怼患者家属的，不过这也有好处，有些患者会认为脾气大的医生医术高，在治疗的时候更听话。

我和林主任给孩子检查的时候，看着小女孩那粉嫩的小屁屁上有一道深深的疤痕，肛门周围红肿得厉害，有不少分泌物。

小女孩不自觉地扭着屁股，可能是太疼了，折腾着要下去，我们不敢有所遗漏，只能让父母配合按住孩子，仔细检查瘘口走向、位置。

林主任看完以后，叹了口气说："这个得手术。"

小女孩的母亲一听，说："还得手术？我听说林主任你医术高明，这种烂屁股的只要吃吃药、泡泡屁股就可以。"

林主任说:"别听外面的人乱说,那些没用的,你以为这是小毛病吗?这是很复杂的病,是高位复杂性肛瘘,只能手术,没别的办法。"

在林主任一番措辞严厉的解释下,小女孩的父母同意做手术,小女孩之前已经在别的医院做过两次手术了。

肛瘘复发率比较高,原因复杂,我个人觉得除了肛门恶性肿瘤,肛瘘应该是最折磨人的肛周疾病了。

当天安排了手术,是林主任做的,手术挺顺利,希望预后也能这么顺利。

# 2

医院最奇葩的事,莫过于自己是一个医生,却得了自己最擅长领域的病。

林主任坐在座位上写病历,我看他一直扭屁股,看着像是在磨面粉,照他这样磨下去,椅子迟早会被他磨穿。

我打趣道:"主任,怎么啦?痔疮犯了?"

林主任白了我一眼:"你以为人人都跟你一样是'有痔青年'?"

我懒得理他。

他自己去卫生间出来后,告诉我:"小白,出大事了!"

我还以为厕所那智能马桶被偷了，毕竟这智能马桶花了5000多块钱，能加热，能冲屁屁，还能语音操控，就是水压有点大，容易冲得屁股生疼。

我赶紧起身问："怎么啦？马桶丢了吗？"毕竟马桶丢了不是一件小事。

林主任急赤白脸地说："没空跟你扯犊子，我他娘的可能得了肛周脓肿。"

我有些意外，也不太意外，因为他最近情绪有点不对劲，问："怎么回事？"

林主任："痛得厉害，越痛越厉害，刚才我摸了一下，有一块硬硬的。"

我以为他在开玩笑，他平时就喜欢装神弄鬼，不过这次感觉不太像，问："有脓吗？"

"还没。"

"那还好，泡泡屁股，没准就好了。"

林主任忏悔道："昨晚就他娘的不应该喝那么多酒……"

"昨晚不是还酒逢室友千杯少，今天怎么就这么怕死了？"我心里暗道，一脸幸灾乐祸。他前几天可没有少调侃我，说："你还敢说我得痔疮？看你，现在脓肿了，怕不怕？"

"你小子！"

还没有脓点，我们都会先采取保守治疗，毕竟谁也不愿意挨刀子。

在林主任采取保守治疗期间，他通过"贿赂"我一份外卖牛排，让我答应帮他保守秘密，当然。如果他不是科室主任的话，一份是肯定不够的，起码得两份。

林主任回去泡了三天屁股，还是出现了脓点，有脓就必须得手术了。终究是纸包不住火了，整个科室都知道了。他这个人很小气，他说既然这个消息泄露了，我应该还他那份牛排的钱，我不想还，经过一番"外交谈判"，他让我给他整一个"切开排脓术"来抵那块牛排的钱。

只要不用我从自己口袋里掏钱，怎么样都行，我答应了。

我给他做了一个"廉价"的切开排脓术后，发现瘘管位置较高，属于高位单纯性肛瘘，必须动一个大手术——高位复杂性肛瘘切除术。

肛瘘有自身特点，它不能自愈，慢性肛瘘有癌变的可能，肛瘘必须手术，而且据世界卫生组织统计，肛瘘的复发率高达30%。

他在那边哀号了一声，说："没想到我也有今天。"

# 3

今天是林主任的手术日。

林主任在走进手术室之前都显得一副无所谓的样子，但是从他额头不停地渗汗，时不时地翻看尚无更新的朋友圈就可以看出，他没有我们想象中的那么淡定，不过身为我们肛肠科的主任，他不想露怯罢了。

他走进了手术室，踏在手术台前的踏板上，坐在手术台上，挪着屁股，躺了下去，一副视死如归的样子，看起来着实有些矫情做作。不过，我上次做痔疮手术的时候，也跟他差不多。

给他做手术的医生，是他的学弟徐医生，也是肛瘘方面的权威专家，专程从省立医院过来给他手术，林主任也想趁这个机会，让我们多长长见识，看看专家是怎么做手术的。

林主任自嘲是我们的"大体老师"，让我们好好学习，好好做笔记，不要错过这么难得的机会。

"大体老师"是医学界对遗体捐献者的尊称，又称"无言良师"。

麻醉科陈主任亲自给林主任打腰麻，调侃说："林主任，没想到你也有今天。"

林主任平时是出了名的嘴贱，经常调侃人家皮肤黝黑的陈主任是黑面包公，没想到今天落在他手上了，陈主任还不得好好地嘲讽他一番？林主任今天倒是没有平时那么嘴硬，苦笑着说："我也没有料到。"

麻醉满意后，徐医生娴熟地用探针找瘘管，不一会儿就把瘘管的位置确定下来了，马上电刀吱吱啦啦地刮起来，空气中弥漫着烧焦的羽毛味道。

他做手术确实行云流水，极具观赏价值，这不是夸张，即使在陌生手术环境中，他的动作依旧流畅，这是经过成百上千台手术的实战锻炼出来的肌肉记忆，看起来就跟本能反应一样，不像我们新医生，做个手术都一步三回头，生怕哪里搞错了。

徐医生一边手术，一边跟我们讲一些细节和他自己的经验，现场看手术和看手术教学视频的感觉还是有很大差别，看视频没办法换角度看，而现场就可以转换角度，更容易看到细节。

而林主任全程眯眼，没空搭理我们，最后呼呼大睡起来。

不到一个小时手术就结束了，科室的病床都满了，林主任只能住在双人间。

我扶着林主任到病房，22床的病人看到他，有些意外，问："林主任，你怎么穿着病号服？"

林主任说："我做了个手术。"

22床是个四十出头的男人,叫蓝海水,做混合痔手术,再过一周就可以出院了。

蓝海水问:"你们医生也会生病的呀?"

林主任苦着脸,不爱说话,点头说:"都会,医生也是人。"

蓝海水说:"你也是做痔疮手术?"

林主任摇头,说:"不是。"

"那是什么手术?"

"肛瘘……"

"我们农村,管这个叫烂屁股病,没想到你一个看肛肠的医生……"说这话的时候,蓝海水露出了诡异的笑容。

林主任憋红着脸,不再说话。

我也莫名地被戳中笑点,但是不敢笑,要是笑出来的话,林主任肯定会弄死我。

林主任摆摆手,说:"没事了,小白你出去吧。"

我说:"好,有什么事,随时给我打电话。"赶紧屁颠屁颠地出去了。


## 4

林主任术后第一天,我要给他换药的时候,他一直咳声叹气。

我明知故问道:"怎么啦?很难受吗?"

林主任说:"也还好,但是挨了一刀,怎么能好受?主要是那个海水,一直跟苍蝇似的嗡嗡嗡,吵死了。"

我笑了,问:"要不给你整一单间,你好歹也是咱们科室的大主任,住一个 VIP 单间也不算过分。"

"算了……最近科室床位紧张,还是多创点收吧。"

林主任都这样了还在一直关心我们科室的绩效问题,我是打心底里感动。

林主任侧躺着,我看了一下他的伤口,有些渗液。我用棉球蘸碘伏给他消毒,刚刚一碰,他的臀肌就收缩起来了,大喊:"轻点!"

我明明已经很轻了,说:"好……我已经很轻了呀,你现在知道当时我痔疮让你换药的痛苦了吧?"

"你那是痔疮,和这个能比吗?"

"你说的都对。"

我轻轻地用碘伏给他消毒,涂了药膏,他一直紧紧地抓着检查床的把手,一直大口喘气。

我把旧的引流条抽出来的时候,他疼得啊啊直叫,说:"停一下,停一下!"

我赶紧停下来,等他歇了好一会儿,才把引流条放进去。林主任脸色铁青地说:"这真是要命,上厕所就是给伤口涂大粪，放引流条更是要命。"

我很好奇，那是一种什么样的感觉，问："这是什么样的体验？"

林主任有气无力地说："拿引流条的时候就跟被剥了一层皮似的，放引流条的时候就跟拿着砂纸在破溃的伤口上摩擦似的。"

我听得鸡皮疙瘩都起来了，问："有这么恐怖吗？"

林主任看了我一眼，说："等你得了，你就知道这种生不如死的感觉了。"

呸，呸，呸！乌鸦嘴……

我确实看到他整个后背都湿了，我给他换药也是满头大汗，还从来没有觉得换药这么累。

随后我把他搀扶回病房，看到他的亲戚朋友来看他，床头柜上面摆得满满当当。看到亲戚过来，林主任好像不是很开心的样子。

我想如果我是肛肠科主任，因为肛瘘住院，应该也高兴不起来。以林主任的热心性格，应该是经常给亲戚朋友做"菊花"养生科普，没想到自己摊上了这事，这不等于给自己一巴掌吗？怎么能开心得起来？

亲戚朋友都送点什么东西，我觉得自己不表示一下也说不过去。虽然他平时总是损我，但是确实把他的拿手绝活儿毫不吝啬地教给我，于是我从某宝买了一个屁股垫给他。

屁股垫的形状长得跟甜甜圈似的,形状跟马桶垫差不多,这样可以防止压到伤口。

林主任说,"医患共情"这个词在自己得肛瘘之前根本没办法完全理解,身为医生只是尽自己所能地去试图理解病人的痛苦,而这种理解,更多的是对于病人疼痛的同情,但自己生病时,最想要的并不是得到医生的同情,而是想让医生竭尽全力地减轻他的痛苦,而那些不可避免的痛苦,他是可以理解的。

共情是指个体在观察他人的行为和情绪反应时自动化地感染对方的情绪,并且引起自身类似的情绪反应。

我们年轻的医生听到他的话,觉得颇为受用,我们也看到他在对病人的时候,态度和动作比以前温柔了,我们都有些不习惯。

这可能是他生病之后的感悟,不惑之年能对世界有新的认识是很难的。

## 5

晚上10点多,林主任上完厕所,突然发现肛门在渗血,赶紧给我打电话。说实话,术后出血是挺常见的,我平时也会遇到，但是被林主任这么一叫，心里有些慌。

我检查了一下他的肛门，可能是粪便太硬，把小血管给划破了，刚开始林主任叫我用按压试试，没想到不奏效，只能结扎止血。

已经很久没有经历过手抖的感觉了，那次真的又手抖了，明明看到出血点了，但是手就是有点不听使唤。

林主任看到我满头大汗，说："怎么？帕金森病犯了？"

我搪塞道："没，这不位置有点刁钻吗？"

林主任怒斥道："你管我是谁，你平时怎么做，现在就怎么做。"

我点头，深呼吸，手稳了一些，勾了两针，终于不出血了。

我回到值班室，真的一夜都没有安稳地睡去，以前在精神病科轮转的时候也经常这样，有时处理完急诊的病人，老是会担心病人突然出现其他状况，然后就容易失眠。

肛肠科相对于其他科室来说，值班的压力会小很多，比较适合我这种容易失眠的人。

林主任又得做一次小手术，那次我们用了局部麻醉，是我和师兄一起做的，这个手术比较简单，就是把不利于愈合的组织去除，再紧一下橡皮筋。

我给林主任打的局麻，第一针下去的时候，林主任只是闷哼一声，在要打第二针的时候，他说："我知道病人为什么每次都想问一共打几针了。"

我问："为什么这么问？"

他说："人一焦虑，就话痨，真躺在手术台上时，就会本能想要知道关于手术的更多信息，也不觉得问这问题有啥意义，但就是想问问，问完之后心里舒服一些。"

这个观点我同意："我做痔疮手术的时候，也是这么想的。"

我们常规都是打四针，林主任说自己怕疼，于是后面又补了小两针，整个手术过程很快，四十分钟就做完了。

一周之后，林主任"出院"，回到距离病房三十米的肛肠科医生办公室上班了。

# 医者仁心

## 1

那个高位复杂性肛瘘的小女孩又来换药了。

林主任看到她父母的表情和小孩的状态,就知道事情不乐观,问:"做完手术都去哪里了?怎么都没过来换药?"

小女孩的母亲支支吾吾地说:"我们觉得来这边太远了,就近找了个诊所给她换药了。"

一般肛瘘之后的手术都是我去换药,林主任刚刚经历过这个病的痛苦,对这个病有了不一样的理解,说想去看看这个小女孩的肛瘘怎么样了。

林主任叹了口气,心里已经猜到是什么情况了,说:"进来,我检查一下吧。"

小女孩走进去,她走路的时候是叉着大腿的,一看就是很痛才会这样。走路都这么难受，一般出现在嵌顿型痔疮或者肛瘘急性期。

一般林主任给患者换药的时候我也会跟着进去，他会详细地跟我讲这是在什么阶段，应该如何处理。

小女孩侧着躺在检查床上，害羞地把自己的裤子往下脱，林主任看到她内裤后面湿漉漉的分泌物，眉头紧蹙，不停地叹气。

他让小女孩的母亲进来，用质问的语气问："你是到专业的诊所去换药的吗？我看你这纱布好像是家里的那种。"

小女孩的母亲说："对呀，很忙的，哪有空？我就自己给她换了。"

林主任气得满脸通红："你这个都没有彻底地引流，怎么能好呢？之前手术的时候，你是不是也没有到医院正规换药啊？"

我可以听得出林主任对这个不负责任的家长的控诉，不忍心让孩子承受这样的痛苦。

小女孩的母亲又抱怨说："我们农村哪有这个条件？每次来城里都要一个多小时，你以为我们像你们在城里的一样吗？出门走几步路就到医院了，难道小孩子生病就不用去工作，不用去挣钱了吗？这换一次药都要三四十块钱。"

说实话,听到小女孩的母亲这样讲话,我确实也挺生气的,林主任只是摇摇头说:"这个病跟普通痔疮不一样,不来这边换药是不行的,你家里根本没有无菌换药间。"

小女孩的母亲说:"那你说怎么办嘛,医生?"

林主任说:"你要是真没空,看你城里有没有亲戚,让小孩子在这边住个小半个月,然后这一周每天都过来换药,可以吗?我就只收你耗材费,挂号费就不收了。"

耗材费是肯定要收的,因为耗材是属于整个科室的费用,挂号费则是他个人的业务量。

想了好一会儿,小女孩的母亲才点头说:"那我给我表哥打个电话吧,让孩子来这边住几天。"

于是小女孩就住在她亲戚这边,每天自己过来换药。

每次她过来的时候林主任都要交代很多,回去的时候都要给她的亲戚发个微信,确定孩子已经到他家了,林主任才放心。

经过了半个多月的换药,小女孩的肛瘘到目前为止,已经没有反复了。

林主任给小女孩换药的时候,动作很轻柔。

有一次,林主任的患者比较多,忙不过来,是我帮小女孩换的。虽然我动作已经尽量很轻柔了,但是小女孩说我换的比那个伯伯换的痛,下次不找我换药了,看来我的技术还是有待提高。

# 2

又过了几周,小女孩的父母带着她过来。林主任看到小女孩过来,以为是又复发了,脸色有些难看,问:"怎么啦?又复发啦?"

小女孩的母亲赶紧说:"没有,没有,已经好了。"

小女孩有些羞怯又甜甜地对我们表示感谢,看到她恢复了往常的阳光,我和林主任都很欣慰。

小女孩的母亲让女孩父亲带了一箱东西给林主任,笑着说:"这是我们那里的土特产,谢谢你们了,大医生。"

林主任不想收,但是他们放下东西就回去了。

林主任无奈地笑了笑,叫我打开,我打开箱子一看,原来是一箱他们当地比较出名的番薯,也给我带了几个。那味道真是不错,因为靠近海边,红心番薯,甜中带一点点咸味。

肛肠科的病人跟其他外伤的病人不一样,普通的外伤基本是清创缝合之后等待伤口愈合,之后拆线就可以了;肛肠科很多手术都是不经过缝合的,而且肛门是粪便必经之路,也就是每一次排便都会撕扯伤口,这个过程就是把已经愈合的伤口再度撕开的过程。我就遇到过一个本来很自信的职业女性，后来因为肛瘘竟然出现了抑郁。

我们在就诊的过程中，经常会发现一些农村的父母，其实不是不心疼自己的孩子，只是在有限的条件下会被自己的思想所局限。

他们愿意花手术的钱，但是不愿意花换药的钱，他们觉得手术是动刀子，应该花钱，换药这么简单的事情，自己来就可以了。很多时候，其实换药跟手术同样重要，换药不标准、引流不彻底，是肛瘘反复的重要原因。说实话，我心里也会想，为什么林主任要这样做，如果小孩子出现了什么闪失，那她父母肯定会怪林主任。

我也问过林主任为什么要这样做，他说，如果他没有得肛瘘的话，也许就不会这样做，当初自己只是经历过一次就这么痛苦，这个小女孩已经三四次了，说实话挺于心不忍的，一个小女孩整个臀部满满的疤痕。

# 肛肠科心理课

## 1

终于迎来了第一天肛肠科值班。

我祈祷第一天值班是"平安夜",我像是结婚一样虔诚,不敢犯任何"忌讳"。

如果你是一个医生,你可能会逐渐迷信起来,特别是对晚餐和夜宵有迷信。

在肛肠科有这么两句谚语:

奶茶加烧烤,晚上值班一直跑;

可乐加汉堡,肛瘘、肛裂少不了。

我也不知道谁写的这两句烂"诅咒",但是一般年轻医生还真不敢触这霉头。

为了第一次值班,我想到了各种糟糕的情况,比如病人术后出血,无法小便,术后疼痛难忍……各种各样的情况我都在脑海里过了一遍，甚至连同一个病房的病人因为打鼾而吵架我该如何如何劝架，我都想到了……

值班时睡觉，跟在家里睡觉是完全不一样的状态，躺在值班床上睡觉跟小龙女睡在那条绳子上的感觉是一样的，整个人是"悬浮"的状态，是"睡了，但没完全睡"的感觉。

我写完病历，写完明天交接班的内容，回到了值班室，闭上眼睛，心里默默祈祷着，今晚是一个"平安夜"。

刚刚睡着，就听到了敲门声。

我问："谁呀？"一般护士不会直接来敲门，都是打电话。

没人应我，我以为是谁不小心碰到了。

过了一会儿，门又咚咚咚地响了。

我打开门一看，原来是一个喝得醉醺醺的男人。

我一开门，他先问了我一句，说："你怎么在我病房？"

我看了一下他的病号服和手环，是消化科病人，说："这里是肛肠科，你走错楼了吧？"

他才挠挠头说："搞错啦，搞错啦，我是消化科的病人。"双手合十，跟我一直道歉。

我摆摆手，他跟跟跄跄地离开了。

被他这么一闹，我睡意全无。熬到快3点的时候，实在困得不行了，感觉眼睛像是被柠檬水泡过一样。

我想应该不会再有人吵我睡觉了。

刚要睡,电话又响了。

一看是护士打过来的电话。

我披上白大褂,睡眼蒙眬地问:"7床怎么啦?"

护士梦鑫小声啐了一口,说:"你自己去看。"

看到她的神情,我可以读出一些潜台词,意思是:这个病人没啥生命危险,但是很麻烦,一时半会儿搞不定。

我往7号病床的病房走去,接近病房的时候,7床这个女患者的哭喊声更大了。

7床这个女患者是我所管床的病人,我对她的情况还是比较了解的,她是科室老医生老黄的熟人,是卫生纸厂的老板,离婚带一个娃,是个实打实的富婆。

从住院的第一天,这个女人就一副娇滴滴的样子,第一次肛门指检的时候,她就发出了杀猪般的惨叫,还挣扎着跑下检查床,后来老黄来了,呵斥了她一顿,她才乖乖地回到检查床。

那天手术的时候,她也是一直喊疼,到最后老黄都差点抬着她去做腰麻了。

不过她局麻效果不明显也是有原因的,她平时酒量很大,一瓶茅台都可以单独喝完。

我们在临床上跟踪了许多患者,平时喜欢喝酒的,局麻效果都不太好。

如果有痔疮的同志，还是少喝点酒，喝酒容易诱发痔疮，还会让你在痔疮手术时疼痛加倍。

我走进病房，她捂着脸哭得梨花带雨。

我问："怎么啦？很疼吗？"

她点头，带着哭声说："疼，疼死了，医生你说我会不会死呀？"

"不会，这个医院肛肠科开科五十年了，还没有遇到过屁股疼疼死的。"

"那其他原因死的有吗？"

真是消极的人什么事都会往消极方面想，我说："那也没有，你这是紧张才会这么疼，你要是睡不着刷一刷手机就好了。"说完，我刚要走，她哭喊得更大声了。

我只能折回去说："要不再给你塞一个药吧？"

"不用了，不用了。"女人说道。

我实在被她磨得有点烦了，说："那我去值班了。"

她突然说："医生，我给500块钱，应该比你值班费多很多了，你在病房看着我，我怕自己一睡下去就醒不来了。"

这是要我"陪睡"？

我心里想着，现在医生行业都这么卷了吗？不仅要定期回访患者病况，还要让患者扫二维码给自己好评，现在有的医生为了留住患者，还要把微信留给患者。没想到患者竟然更无礼，还要求医生"陪睡"！

她看我没说话，又要加价1000块钱，我当然没同意，要是她打算给10000块钱的话，我倒是会考虑一下。

她找各种理由问我痔疮手术的问题，我又不能不回答，就这样磨了两个多小时，天都蒙蒙亮了。

后续几天，因为她的情绪不太对劲，我们也对她比较关注一些。

出院的时候她还跟老黄要了我的电话，说要雇我当她的私人医生。

我觉得她可能有点南丁格尔效应，就是被照顾的人对照顾自己的人容易产生特殊情感依托。

因为这事，闲言碎语就传出来了，说我被富婆包养了，我百口莫辩。

不过看到她开着100万的豪车出院的时候，我脑海里还是有那么一点点"非分之想"，但是人家压根儿就没有加我微信呀。

那些传八卦的人，好歹也要用脑子想想，我要是真被富婆包养了，怎么还会来当"掏粪工"？

# 2

医生不只要看本专业的病,还得给病人做心理疏导,当然还要承受病人倾泻而下的"情绪垃圾"。

今天就遇到了一个朝我倒"情绪垃圾"的老人。

五十多岁的大叔拉着我在病房的走廊,说他的两个儿子如何不中用,如何好吃懒做,他一个人付出了多少血汗才维持住这个家。

大叔虽然说得凄凄惨惨,但是他反反复复就来回说那么几件事,我都听得耳朵发痒了。

我说:"大叔,你那个手术需要家属签字,亲属没签字明天没办法做手术,你赶紧去叫你儿子过来签字。"

大叔这才返回病房。

我也回到了医生办公室。到傍晚的时候,一个小伙子进来了,看长相这个小伙子跟大叔很像。

不过小伙子打着耳钉,脖子上文了把刀,头发染得五颜六色。

我意味深长地教育了小伙子要多多体谅父亲,他父亲培养他有多不容易。他刚开始一脸蒙的状态,随后逐渐入戏,最后竟然泪眼婆娑,开始频频点头。我觉得自己做了一件大善事,说得嘴巴有些发干,才拿起病历说这个给你签字。

小伙子迟疑了好一会儿都不肯签字。

我问:"怎么不签字?"

小伙子说:"医生,你拿错病历了吧,我是2床才对,这是24床的病历,而且我早上入院的时候也签好了,还需要再签一遍吗?"

我慌了一下,故作淡定地拿起2床的病历来,男,二十岁,身份证复印件一看,原来这个小伙子是患者,不是那个大叔的亲属。

闹了一个天大乌龙!

两人压根儿没有血缘关系,一个姓谢,一个姓黄,八竿子打不到。

早上的时候,那个姓黄的年轻小伙子的父亲突然找到我,握着我的手说:"谢谢你呀,白医生。"

我一脸茫然,手术还没做呢,这感谢得也太早了。我说:"手术还没做呢。"

他父亲说:"这个手术是小手术,就是这孩子本来天天闹着不去上学,他说昨天跟你聊天后,他觉得自己应该在学校读书,以后才能找到一份好工作。"

没想到我还有这么大本事,我只能一脸赔笑,他父亲执意要感谢我,盛情难却,我收到了一箱柑橘。

好吧,虽然过程有点滑稽,但是这结果也算是歪打正着吧。

## 3

吃完饭,我在办公室坐下来写了一份病历,刚想坐下来看会儿书,每次有看书的想法时就会忙得脚跟不着地,不过最近该死的年中考核又来了,我不得不拿起书,开始题海战术。

题海战术是医生必备的技能,这虽然不是什么高明的学习方法,它也不能让你得高分,但是它总能让你逢凶化吉、逢考必过。

毕竟在没有看到考题的时候,你压根儿就不会知道,慢性支气管炎痰的特点是:

A. 小量、白色、水样

B. 中量、黄色、泡沫样

C. 中量、白色、泡沫样

D. 大量、白色、泡沫样

E. 大量、黄色、水样

看了一眼,你是不是蒙了?答案是D。

在看教科书的时候你压根儿不知道这个知识点可以有那么多同卵双胞胎似的答案。

拿起教科书刚刚看了不到一页,护士小金过来敲门了,今天1床老大爷在那边喊疼，疼得满地打滚儿。

小金催我给老大爷进行一番"话疗"。

此"话疗"非彼"化疗"。

"化疗"是化学药物治疗的简称，就是利用化学药物阻止癌细胞的增殖、浸润、转移、扩散，直至杀伤癌细胞的治疗方法。

"话疗"指的是不对病人做任何医疗上的操作，仅凭谈话就诊疗完成，一般这种是克服病人心理上的问题：给太重视的病人抗焦虑，给不重视的病人"贩卖"焦虑。

我走进去，看着老大爷一副苦瓜脸，问："大伯，今天感觉怎么样？现在人不动的话，手术部位还会痛吗？"

老大爷叹了一口气，满是抱怨地说："唉！昨晚疼了整整一夜，都没办法躺着，更别说睡得着了。"

"您的这种情况是可以通过止痛药缓解的，不用怕止痛药对人不好，现在这种很安全的。"

老大爷一直摇头，说："那不行，止痛药我不要用，对身体不好。我熬一熬就过去了。"

医生的话现在还真不如那些营销号自媒体胡说八道管用。

那些中老年患者对"麻药"等止痛药存在深深的误解，认为使用止痛药对身体不好，所以宁可强忍着痛苦也不愿用药。殊不知，这样的观点是错误的。

很多人认为用止痛药可能会产生依赖、成瘾和影响伤口愈合等副作用。其实，药物是否成瘾，与药物本身的性质和使用时间长短有关。一般长期大量使用某些止痛药可能会造成药物成瘾。目前常用的止痛药成瘾性非常低，况且肛肠术后一般是小剂量临时用药，成瘾的可能性基本不会发生。

我自己头痛的时候还塞过双氯芬酸钠栓剂呢，就是塞屁股里那种，毕竟在肛肠科近水楼台先得月，方便得很。

# 4

在门诊坐诊了一段时间以后，我现在独立坐诊的时候已经没有之前那般忐忑了，基本可以做到病人来了从容应对，病人都走了之后默默地拿起手机"摸鱼"[①]。

那天，正要拿着手机"摸鱼"的时候，一个老人带着孙女过来了，女孩黑黑瘦瘦的。

她说自己已经十岁了，但看起来就六七岁的样子，个子不高。

一问吓一跳，这个女孩已经一周没有上厕所了，而且这种情况已经持续一年了，去哪里看病都没用，西药、

---

① 网络流行词，意为工作中偷偷休息、放松的行为。

中药的通便药买了一堆,吃了都没有效果。

随后她爷爷说了,孩子每次拉出来的大便都是"羊粪球"。

一周没上厕所那肯定得拉"羊粪球"呀,便秘的患者,好几天没有排出来的大便,其实哪都没去,一直都在大肠里面。

粪便长时间待在大肠里面,会导致水分被过分地吸收,大便越来越干燥,变成硬结的形态。有些患者的大便,就像羊粪球一样,一粒一粒的。

提醒一下大家,如果有便意,一定要尽早去大便。如果把大便憋住了,导致里面的水分被吸收,大便就变得干燥了,水分太少,不够润滑,可能导致排便困难。长此以往,就会形成恶性循环,导致排便越来越难,形成便秘。

小女孩就是这样陷入恶性循环的。

后来仔细追问,原来女孩是在镇上上学,她看电影里面有一个情节是一个"鬼"从马桶里伸出手来,而宿舍的那个马桶跟电影里的马桶一模一样,她每次看到都会想起那个场景,就会被吓到,然后"便意"就消失了。刚开始放假回家的时候还能正常排便,后来连在家里厕所都无法正常排便了。

心病还须心药医。我给孩子进行了一番心理疏导,跟她说电影里面的情节是虚假的。虽然刚开始她听不太懂,但是我找到了原片，把里面内容剪辑放大，给她看那些粗糙的道具后，她终于相信世上没有"鬼"，马桶里也不会有"鬼"把手伸出来。

我还觉得必须改变她排便的环境，跟她爷爷商量之后，她爷爷决定给她换一个宿舍，那个宿舍卫生间的马桶跟之前的不一样。

当然纯心理疏导已经不够用了，我给她开了中药调理，用了"增液承气汤"。

调理了两个疗程以后，效果很好，女孩每天都能在早上 7 点的时候规律上厕所。

当然，我觉得是中药和心理疏导双管齐下的效果。

女孩的爷爷很开心，送了我人生第一面锦旗"妙手回春"，我第一次有小小地方名医正在萌芽的感觉，成就感爆棚。

不过那个电影画面还是有点吓人的，我也会时不时想起那个画面，那段时间我在医院值班室蹲坑的时候，会觉得"菊部"一阵凉意，经过多次自我心理疏导之后，才成功激活"便意"。

# 得给我介绍对象啊

## 1

住院医师规范化培训是每个青年医生的必选项，因为没有规培毕业证的话就没办法报考主治医师。

而我们医院不是规培基地，只能去 50 公里以外的上级规培基地规培，这样的话，我就从啃老族变成了一个二十七八岁还在租房的单身狗。在原单位的医院，我一年到头还能存个几万，现在去规培医院，一年收入降低 10000 多元，还得租房，这下生活成本陡然提高了，生活水平严重下降。

不过也不全是坏处，去上级医院可以学习比较先进的技术，也可以遇到更多患有疑难杂症的病人，对于我这种肛肠科的年轻菜鸟医生来说是很有好处的。而且还能到各个科室轮转，这样可以避免肛肠科医生只会看屁股，其他地方都不会看,容易误诊漏诊的情况。还有一个额外的"福利",我在本单位医院待了两年了,连个对象都还没有找到,趁着这次规培也许能够认识到新的朋友,也许就能脱单成功了。

不过,在规培医院待了一年多以后,我发现自己临床上的技术是有所提高,但是这月老红线却迟迟没有动静,难道月老把这玩意儿打成死结了不成?

以前在本单位医院我每天都回家,跟父母一起住的时候,我大胆地认为肯定是父母耽误了我找对象。

现在我自己住了几个月,天天想父母啥时候给我介绍对象,他们可是我的亲生父母呀,不能忍心看我打一辈子光棍吧?

# 2

枯燥无味充斥我的所有下班生活,除了三天打鱼两天晒网地写小说,就是偶尔去相相亲。

大龄男女相亲现场跟大学挂了科后去补考的场面一模一样,谁看谁都像学渣。在这种考场里,连有人要给你卷子抄,你都不敢轻易上手。而大龄男女相亲现场是谁看谁都是恋爱的滞销货,即使人家愿意跟你多聊,你都怀疑人家是不是找你当失恋后的代替品。

相亲了几十场,到最后都直接按程序办事了,我觉得像是风热感冒治疗过程一样,一开始头脑发热,早中晚三顿"问候";后来热退了,就间歇性问候;再后来,也不流鼻涕,也不咳嗽了,就躺在通讯录里;最后,就是拼多多砍一刀的时候才会再联系对方了。

多次相亲失败以后,我妈逐渐变得古怪了,开始含沙射影地问我是不是喜欢男生。

结婚又不是考试,没说某个时间到了,就一定要交卷,就算是把婚姻当成考试,在考试结束前一刻随便填一个答案,那大概率也是错误答案。

前几天,医院工作群突然发了一个工会组织的相亲活动。

这种相亲活动我也参加过,就是一堆男男女女分成几组,然后做各种游戏,过程中可以在女生背上贴标签,最后再由女生翻牌子,很明显我这种又矮又胖的压根儿没优势,哪个女生都觉得我是歪瓜裂枣。

本来我也没兴趣,后来无聊点进去一看,原来是因为疫情的关系,改成线上相亲了。

这模式还是挺新鲜的,不用报名费,也不用浪费车费,这种便宜不占白不占。

晚上 7 点半,我正好在值班,担心被同事看到,就偷偷躲在值班室。

结果发现这种线上相亲也没什么意思，就是一个主持人在那边吧啦吧啦说，然后也没人在听，而且大家都在相亲群里吐槽没什么意思。

其中一个叫莫奈的女生说，我先撤了。

我也觉得没劲，但是这个女孩QQ头像特好看，于是我就通过QQ添加她为好友。

就这样，谁能想到十天后我就结婚了。

# 3

这是我和莫奈小姐网上认识的第三天，我回到肛肠科上班，我们前两天聊得不多，我和她都认为网上相亲这种形式不太靠谱，但是今天我们还是决定到附近的世界广场去见一面，再决定要不要继续互相了解。

我刚好排了三台肛肠科手术，不过都是门诊手术而已，比较方便控制时间。

下午5点20分的时候我就从门诊手术室出来了，在掐着时间准备下班，我连白大褂的第一个扣子都解开了。

突然黄主任打电话给我，说："小白，有一个肛周脓肿的朋友要过来看病，你先准备接一下，我待会儿过去。"

我心里千万匹羊驼飞驰而过，真是怕什么来什么，本来还在想着千万不要耽误我下班，没想到千算万算还是没算到黄主任临下班前又给我整这么一出，他经常干这种事，是个惯犯了。我看着时间，如果病人来得早，且脓肿不复杂的话，约会还是有可能来得及的，我现在别无他法，只能这样祈祷了。

过了十分钟，黄主任还真的来了，他一来就叫我收拾办公桌上杂乱的交班本，还有出院病历。

以他这种级别的主任，平时都是我们这些苦逼的青年医生在管床，他很少直接管病人，除非是熟人找他手术他才会过来，他做手术的时候也大部分是我在准备术前工作，做局部麻醉，他就做现成工作，有时一台手术一小时，他只动手二十分钟，后续四十分钟都是我来处理。

这天不太一样，他平常也不会那么匆忙地叫我整理东西，要来的这个患者估计不只是他的朋友那么简单。

果然不出我所料，又过了五分钟左右，连院领导都来了，估计是什么大人物吧。

这个患者身材胖胖的，穿着一件红色毛衣，看着倒是有几分领导气质，也没有摆架子。虽然他屁股痛得厉害，但是一进门还是热情地跟黄主任和我握手，跟我们说："辛苦你们了，还要麻烦你们利用下班时间给我处理，真是麻烦你们了。"

不过就是再大的人物，在肛肠科都得脱裤子，他也不例外。

黄主任仔仔细细给他检查了一遍，打算马上给他做切开引流术。

在肛肠病里，肛周脓肿是个出了名的"急性子"，您三五天不管它或手术治疗不及时，它就会沿着肌肉的间隙感染，由小病变成大病，由易治变难治，严重的甚至会导致脓毒血症或败血症。

黄主任认为这是比较简单的肛门直肠周围脓肿，和患者商量之后打算先做脓肿切开引流术，待形成肛瘘后可择期进行二次手术。

我心里也松了一口气，这样的话，如果我打车去应该不会迟到很久，这也算是不幸中的万幸。

这样的脓肿切开引流术我都可以做，对于黄主任来说就更简单了，打完局麻，二十分钟就搞定了。

脓肿的切开引流确实可以做到立竿见影，原本这个患者还一脸苦瓜相，现在眉头舒展，满面笑容，一直竖着大拇指，说："黄主任是神医。"

看他这么高兴，应该是忘了刚才黄主任说的话了，这肛周脓肿的切开引流术只是"前菜"而已，下次那个肛瘘切除术才是"主菜"，不过人活着最重要的是开心嘛，能开心就先开心啰。

终于把所有事情都做完了，黄主任送走了那个患者，打算跟我闲聊几句，吹吹水，我根本没有心思，脱下白大褂就想冲出去。

黄主任看着我匆匆忙忙的样子，问："小白，忙什么呢，这么着急，难不成是要去约会？"

我相亲那么多次都没成功，感觉这次也是小概率事件而已，省得被这个老家伙拿来调侃，他现在就天天说我是职业相亲人员，我便回道："没，家里有点急事，我先走了。"

坐在的士上的时候，我心情有些忐忑，感觉像是要开一个真人盲盒似的，奇怪，我已经是职业相亲人员了，怎么还会这么紧张？

就这样紧赶慢赶，终于来到了世界广场，不过还是迟到了五分钟。

我打微信语音联系她，就这样我看着广场上的每一个可疑人员，时而皱眉，时而忐忑。

看到了，终于看到了，她留着披肩长发，穿着一件白色上衣，搭着一袭棕色长裙，坐在"一点点"奶茶店靠窗的位置，看着我的方向。

我和"组织"终于接上头了。

我走过去坐了下来，也点了一杯奶茶，三分糖。

我道歉道："不好意思，刚刚临近下班的时候，突然接到了一个急诊手术，所以来得比较迟。"

莫奈小姐微微一笑，笑容格外灿烂，说："没关系，我也刚刚到，你看我的奶茶也还没到。"

是一个很会说话的女人，第一印象很不错。

就这样静默了一下。

莫奈小姐说："你好像说过，你是医生，那你是什么科的医生？"

有了以往的经验，每次我说自己是肛肠科医生的时候，对方就会脸色一沉，然后不久之后就会有人打电话给她，说有急事，这约会就结束了，后来微信就被拉黑了。

这次我学精了，给肛肠科换上了一个高大上的外科名称，我说："我是干盆底外科。"是不是比臭割痔疮的好听多了？

她半天没有听懂，我一边解说，一边比画，她才似懂非懂地说："那是不是有点类似肛肠科医生？"

啊，我包装这么好，竟然还是被发现了，我只能点了点头，说："差不多是这个意思。"

"这个科室很有趣耶，我以前在微博上看到各种肛肠科的段子，好多有特殊癖好的人会往里面放各种宝贝，这是真的吗？"

我点了点头，说："大部分是真的。"

谁能想到我和她第一次见面就在奶茶店聊这么重口味的东西，还谈得津津有味，后来隔壁桌顾客一直用奇怪的眼神看着我们，我们都觉得有点尴尬才离开奶茶店，打算在广场外围继续闲逛。

就在这个时候，我的手机微信消息响了，我点开一看，竟然是前两天刚刚出院的那个3床给我发了一张他便血的马桶图。

真是什么样的病人都有，平时这种突然发马桶图的患者也是不少，但是掐这个点发的他还是头一个，难道他不知道现在是我的下班时间，而且还是饭点？更重要的是，我此时此刻在相亲呀，简直让人无语！

虽然我以迅雷不及掩耳之势把图片关掉了，但是她还是看到了，递给了我一个神秘的微笑，说："你们医生胃口还真是挺强大的。"

我感觉多少有点内涵我的意思，要是我今天相亲吹了的话，这个3床患者有着不可推卸的责任。

不过我接触后发现她好像并没有对这事感到介意，因为她还是跟我继续聊天侃地，她也从之前的频频点头、肢体僵硬到后来逐渐放松下来，可以像朋友一样聊天了。

通过这次约会我再一次验证了爱因斯坦的相对论，果然时间长短是相对的，刚刚在做手术的时候才半个多小时，就感觉过了老半天，而和她喝奶茶、散步，从7点半到10点半，却感觉时间飞逝，"咻"一下就过去了。

在她要打车回去的时候，我试探性地问："我方便要你的电话吗?"

她愣了一下。

我赶紧补一句:"方便你到家的时候联系你。"

第一次见面,我们很有话题,聊得很开心,我以为是我第一次见面完美地表现了自己的魅力,才聊得如此愉快。

但是后来她跟我说,那天我有点失去了方向感,一直带着她往垃圾桶旁边绕,她为此严重怀疑我小脑发育不良。

不过当天晚上我就自卑了,她竟然是个"富二代"。

# 4

结婚不是两个人的事,而是两个家庭的事,这点我是完全赞同的。我和我媳妇确定了恋爱关系,随后是见家长,说实话,新女婿第一次见家长说不紧张都是假的。

说起来还挺有意思的,我老丈人一辈子都在做生意,经历过大风大浪,所以希望我媳妇以后的对象是稳定的事业单位人员。

我媳妇跟她爸提起我的时候,她爸警惕地问道:"他是编内人员,还是合同工?"

我媳妇还真一时拿不准。

她爸知道虽然现在倡导"同工同酬",但是实际整体收益方面，编内和编外在待遇方面还是有一定差距的。

她让我找证据证明自己是正式事业单位编内医生。那一夜我正好值班，值班期间刚好没什么特殊情况，我从10点多找到凌晨两三点，都没有找到事业单位正式文件，后来才想起老家放了一份事业单位签约合同。

一下夜班就火速赶往老家，费了很大力气，终于在老家的犄角旮旯里面找到了一卷像是蛋黄卷一样的纸张。

已经有点低血糖的我看到这卷纸的时候，目光瞬间发亮，我自从进了这医院就没有想过跳槽，以为不跳槽的话，这玩意儿压根儿没用，没想到现在有这么大的用处。

我洗个澡匆匆忙忙打车去她家，上车的时候困意来袭，我竟然睡着了。

到达目的地的时候，司机师傅把我叫醒了，我迷迷糊糊地进了她家。

她爸过来接我进去，我的脑袋此时还是一团糨糊，整个脑子都是：我是谁？我在哪里？我该怎么办？

半睡半醒进了她家，连跟她爸妈打招呼，我都能听到自己的声音在发抖。

我把"合同"往茶几上一放，他们也没有真的拿过去看，便跟我唠起了家常。

她也在红木沙发上盘腿坐着，假装玩手机，实际上在不停观察我的状态。

她爸便跟我说起了她家也是"半个医学世家"的事。

原来她爷爷以前也是医生,她爸以前也当过半年的赤脚医生,后来才下海从商,这样听来,还真是"半个医学世家"。

她妈妈说得少,不过意思很明确,让我和她多了解、多相处。

大概半个来小时,我借故说家里还有点事便先走了。

她送我出来,偷偷跟我说,在这短短三十分钟左右,我总共摸了十五次鼻子,搓手十一次,抠了五次牛仔裤破洞,还有两次想挖鼻孔没有挖成。

我和我媳妇能闪婚也离不开她爸妈的全力支持,这也是我作为一名"修菊者",第一次发现自己的职业也有高光时刻。

# 当我学医之后

## 1

中午刚刚躺在床上的时候,我爸一个朋友的孩子打电话跟我说他报考研究生的事,我知道他的家庭情况,嘴里跟他说着一些吉祥话,但是心里却在默默为他的父母担忧。

虽然学医的好处和优势有很多,比如收入稳定,救死扶伤的职业受人尊敬,还有在相亲市场有相当的优势(实际上我还没有相成功过)。

但是我个人认为普通的农村家庭是很难支撑一个医学生到毕业的。

以小县城为例,目前,县级以上的医院基本要硕士,像我这种上学比较晚的,硕士毕业之后基本已经26岁了。你想一个26岁的人,之后四年,平均每年的净收入在8万左右,这四年里就必须买下你人生的第一套房,首付最低30万，装修最差20万，最起码要花50万；还要有一辆能开得动的10万的代步车，一个车位20万；再加20万最低配的结婚花销，也就是说你每年净收入8万，不吃不喝的话，四年可以存32万，但是你这四年必须得花100万，才能完成"三十而立"的任务，当然你也可以说这是因为我的医院不好，工资才这么糟糕，但据我所知，县级医院的青年医生基本是这样的收入水平。对于农村父母来说，一年七八万的收入已经让他们竭尽全力了，但是对于一个体面的准城市的孩子来说，这些钱简直是杯水车薪。

当然，也不排除这个孩子大学一出来，就被一个富家千金看上了，嫁妆是五套房子、两辆车、两个车位的可能，于是医生和富家千金过上了幸福美满的生活。

## 2

如果你选择肛肠科，那就要接受肛肠科医生除了给"菊花"做手术，就是去各个科室给患者掏大粪的日常。

那天我刚刚下班，想去吃点葡萄和一口肠。

刚刚在外卖APP上下单，就被病人的家属叫去病房了，是一个80多岁的老大爷，一周没大便了。

在准备液体石蜡和手套的间隙，我想了想，小时候，妈妈说要好好学习,不然长大了要去掏大粪,我从7岁上学到27岁毕业,经历大大小小几百场考试,一路披荆斩棘,过五关斩六将,最后如我妈所愿成了一名光荣的"掏粪工",想到这里,不禁"泪流满襟"。

病人家属一边犯恶心,一边问:"是不是味道挺重?"

这还用问?我摇摇头,假装淡定地说:"还好,习惯了。"其实我已经快把胃倒出来了。

不过也不是没有成就感,我戴上口罩、手套,用液状石蜡从肛门掏出了几块干结的粪便,一下子涌出了一大摊稀便,病人的腹胀、腹痛等症跟着就好了,家属也一个劲儿说我医德高尚,妙手回春。

老大爷很开心,竖起大拇指,说我掏粪掏得好,下次还找我掏。

晚上的葡萄和一口肠的营养套餐也省下来了,又被动减肥了,我更爱这份工作了。

看着实习生在肛肠科学习第一次换药,颤颤巍巍地拿着镊子夹栓剂,我想起了自己刚来肛肠科时,觉得那子弹一样的栓剂滑溜溜的,简直反人类。

第一次帮一个男病人放栓剂进"菊花",拿着镊子的手都是抖的,我怕戳到他,怕挨老师骂。没想到,才塞进去,"菊花"又把栓剂"吐"了出来,吧嗒一下掉在一次性无菌巾上！

我慌了，夹起来又塞，这次终于没有"呕"出来。

后来我还挺愧疚的，怕没有无菌操作，想了半天，实在心里放心不下，才跟林主任提起这事，他说："屁股要什么无菌操作，屎都能从那边过，还怕药掉到地上？"

我一想，还真有道理。

现在我已经是肛肠科老司机了，可以一边抹药膏一边塞栓剂，一点不耽误。

不过由此可以看出，林主任肯定干过栓剂掉了夹起来重新给患者塞进去的事。

## 3

王超超打电话跟我说他的肛裂好了，那天他打给我的时候，我正在做三级评审的材料，这些材料比办患者的死亡证明还烦琐。

王超超是我的大学同学，以前是上下铺室友，前几天太忙了，我心里觉得愧疚。今天他打电话跟我唠嗑，唠了很久。他执业医师证没考过，我一点没有感到惊讶，这货和我大学五年期间基本没怎么认真读过书，每次都是期末考试前才临时抱佛脚读两天，其他时间基本在看动漫、看小说、玩游戏。

不过，他说自己遇到喜欢的女孩了，想努力读书把执业医师证考到手，我倒是有些意外。

我跟他聊了起来，发现他可能真的挺喜欢人家姑娘的，每天蹲在女生宿舍门口送早餐。

一个上大学时可以睡到中午十一二点的人，竟然可以为女孩买早餐。

不过女孩并没有收他的早餐。

原来王超超会吃爱情的苦，辗转反侧，寝食难安，他说最近大便跟羊屎一样，把肛门都搞裂了，问我有什么办法。

那天我匆忙给他开了张"处方"，让他用温水泡屁股，然后用九华膏涂在肛裂的位置。

今天，他反馈说九华膏效果很好，后来他嘴唇裂了，也抹了一点，一起好了。

也许你会觉得很奇怪，竟然有人会把涂屁股的药膏用来涂嘴唇，但是如果你知道王超超可以在我们宿舍当着所有室友的面，低着头把自己刚刚剥下来的脚皮放在嘴里咀嚼，你就不会觉得奇怪了。

因为他有这个癖好，我们晚上睡觉都不敢轻易把脚伸到被子外面，怕一觉醒来脚皮无故丢失。

## 4

晚上10点多的时候，经过儿科看到保安和患者家属在那边吵架。这在医院很常见，医院要求保安查看患者家属的陪护卡，没有陪护卡就不能放行，于是产生了不少矛盾。

在医院当保安是一份苦差事，而儿科部门的保安更惨，医闹严重的科室当属急诊科和儿科。

我站在旁边听了一会儿，原来还是因为"门禁"的事而争执。

那个患者家属嗓门很高，咄咄逼人，一直对着保安喊为什么那么死板，不知道变通。

保安唯唯诺诺不敢吭声，等他骂完了才解释说医院领导交代了，只要没有陪护卡，谁都不能进。

我看了一下，那个男子满脸通红，走路踉踉跄跄，一看就是喝了酒在那边耍酒疯，一边骂保安，一边叫人过来要收拾保安，还真叫来了三个酒疯子。有人给他撑腰，男子更嚣张了。

我看情况不对，默默地报了110。

不久之后，两个警察就来了，这四个号称十三太保的壮汉立马厞成一团，在那边摇头摆尾地讪笑。

这倒让我想起一次实习的时候,跟老师一起出车,遇到了一个"失去理智"的家属。

当时我们救护车到的时候,他那三十多岁的儿子,已经在电厂的控电室上吊自杀了,而且指甲已经发紫,可见已经死了不短的时间了。

我们抢救了一个多小时,没有任何生命体征,我们跟家属说明了情况,告诉家属已经没有抢救的意义了。死者父亲拿了一把刀出来,说我们如果不继续施救,就拿刀砍死我们。

我们只得继续抢救,看到死者父亲不在的时候才偷偷跑上救护车。

说实话,那一刻,我还真想放弃当医生。

不仅挣不到钱,还可能搭上小命。

自从那时候起,我的被迫害妄想症就会时不时发作,心里假想着自己要是哪天被病人砍死了,我要如何死得不那么窝囊。

# 5

昨天晚上和大学同学聊天时才知道她父亲得了骨髓瘤。

骨髓瘤是一种恶性浆细胞病,可引起骨痛、贫血。

她读的是中医学，现在研二了，功课和临床工作十分繁忙，再加上家里出了这事，我在和她聊天的文字中都能感觉到她深深的疲惫感。

她说，以前她外公去世的时候，她妈妈跟她说："你知道吗？我以后就没有爸爸了。"

她说当时听不懂这是一种什么样的感觉，但是现在她懂了。

最后，她跟我说："也不知道毕业回去一家人还能不能再团聚了。"

说到这里的时候，我们俩都有些情绪失控，匆忙互道晚安就没再聊了。

那是我第一次觉得自己的父母似乎也在面对死亡的威胁，这种恐惧突如其来，猝不及防地渗入我的毛孔，全身鸡皮疙瘩都起来了。

我神经质般地拨通我爸的电话，拨通后一时有些语塞，不知道该说些什么，跟我爸说道："最近猪肉这么贵，叫我妈少吃点肉。"

我爸顿了一下，回道："好……"

他随后就对我妈说："你儿子叫你少吃肉，听到了没有？"

我妈离着手机远远地应道："没吃肉，饭都少吃了。"

我在电话里都能听得到他们的嘀咕声，说："水果可以多吃，不然又得便秘了。好啦，我去工作了。"

说完觉得自己好像有些情绪失控，陷入了一时难以言明的自我尴尬中。不过，听到他们老两口把电视声音开得那么大，应该正看得入迷，心里着实踏实了几分。

今天晚上回家吃饭的时候，我妈郑重其事地跟我说："你也27岁了，可以找个对象了。"

我反问道："这种事不是顺其自然吗？又不是说有就能有的。"

我妈不识字，一直觉得自己嘴笨，似乎觉得自己说错话了，低声说："我知道你工作忙，没时间找对象。"

我看到老妈低着眉头，说话柔和了一些，说："如果有合适的，我会好好谈。"

老妈笑了，说："我知道你忙，但是我觉得你还是早点结婚比较好。"

"知道，知道。"

老妈唠叨道："现在都开放二胎了，你和你以后的对象工作肯定忙，如果有两个孩子肯定更忙不过来，早点结婚的话，我还可以多带带孩子。你看你同学金文结婚晚，生完俩孩子，他妈妈阿英都老得走不动了，不仅不能帮忙带孩子，还得让他们夫妻俩照顾，你看他们夫妻俩现在瘦得皮包骨似的，多辛苦呀。"

老妈看我吃完饭，给我添饭递给我的时候，我无意中看到她的手,才发现她的手开始长老年斑了,星星点点,如同生锈一般,我这才发现,原来她也会老。

我也看到父亲的茶几上开始备着当归、枸杞、黄芪当茶饮,他们似乎比我更早意识到了自己的衰老速度,作为医生的我不应该这样后知后觉才对。

我总是假装忙碌于自己的工作和应付那些看似积极,实则是填充自己内心空虚无聊的虚无应酬。

也许我们明天又会"重蹈覆辙"地为自己忙碌,但是今天我们可以选择打一个电话问一下爸妈是否安康。

也许打完电话后,会有片刻的尴尬,但是晚上可以收获一份心安的入眠。

# 真是晦气！

## 1

医院的电脑键盘每台都是黏糊糊的，跟陈年网吧的键盘一样油腻，也不知道那些人为什么不清洗一下键盘，而且还有很多"坏子"，这些"坏子"永远是那些重要的键位。

真搞不懂偌大的医院怎么不舍得多花点钱在这些硬件上，而医院的大门真没有必要每年刷两三次。

晚上8点多，连续来了四个病人，压根儿没有时间吃饭，病历写了一大半，肚子有点饿，这时我才知道为什么键盘会油腻腻了，原来每一个值班的医生，都没办法在正常饭点吃饭，多半只能坐在电脑前边赶病历边糊弄几口。想到这里我不禁悲从中来，将一瓶可乐咕噜噜几口全喝完了。

我正在吃饼干的时候，23床的病人提着裤子站在医生办公室门口，时不时探头进来。

我转过身问:"你有什么事吗?"

病人欲言又止,说:"你在吃东西,我不好意思说。"

作为一个肛肠科医生,早就习惯用餐时被病人的屎尿屁问题打扰了。

在我再三追问下,他才说,他今天大便拉不干净,浑身难受。

我问:"照片拍了吗?"

"拍了。"

于是我看了一下他手机留存的照片,他的量都顶我三天的量了,正常人一天排泄量大概在200克就可以了,他这个明显超过250克,已经很优秀了。但不管我怎么跟他解释,并翻书给他看,他还是不满意,大概缠了我半小时,我只好给他一支开塞露。

但是等我回到科室的时候,我刚刚写病历的那台电脑,跟见了鬼一样,屏幕疯狂闪烁,按哪个键都不好使,鼠标也不管用,最后点到关机时,它竟然可以用了,然后我写了一半的病历都去见阎王了,真是晦气!

# 2

一大早就来了一个25岁的男子,跟我大学同学王超超很像，络腮胡子，穿着一件粉色T恤，正中间画着《千与千寻》的女主角。

他妈妈一直跟在他的旁边，给他递水，给他扇风，随身拿着一个垫子，生怕他坐下去屁股疼。

我问："你痛多久了？"

他没有回答，一直看着他妈。

这痛多久了，自己不知道吗？

他熟练地张口说："妈，我痛多久了？"

他妈妈认认真真地掰着手指头在算，说："宝宝，你从上周五就开始说疼，今天周二了，那应该是整四天了。"

"疼痛是什么样的？"

"有没有流血？"

"一天拉几次？"

这个年轻人对自己的病情一无所知，每次我问他问题的时候，他都会毫不犹豫地看向他妈，说："妈，你跟医生说。"

他妈妈就一五一十地跟我说他的病情。

他妈妈一口一个"我家宝宝"，我刚开始还以为他智力方面有缺陷，后来发现他只有在他妈妈在的时候才会处于低能状态，他妈妈一回去，换成他爸照顾他的时候，就跟普通年轻人没什么区别。不过这家伙才住了一天病房，就被人投诉了两次，原因是他打游戏的时候声音太大了，吵得隔壁床受不了，要求换病房。

做术前谈话的时候，他一直玩着手机游戏，反倒是他妈认真听手术同意书里面各种可能的情况，问得非常细，几乎把各种正常人想不到的细节都想到了，她问我：

"割痔疮会不会影响我家宝宝以后的夫妻生活？"

"做完手术，以后打喷嚏，我家宝宝会不会大便失禁？"

"会不会因为手术，我家宝宝胃口不好？"

拜托，你儿子都90公斤了，少吃两顿也不会饿死。

而他对我和他妈的谈话完全无所谓，仿佛不是他要做手术，而是他妈要做手术。

本来他后天才能安排手术，而这天已经排了六台手术，做完肯定得下班了，但因为他实在太影响别人了，于是林主任决定提前上班，把他这台手术给做了。

下午两点多，他妈妈想要跟进手术室，我带着他去换鞋的时候，他妈妈塞了一沓钱过来，说："医生，我可以陪我家宝宝一起进去吗？"

我把她的手推了回去，说："不行，家属不能进手术室。"

他妈妈说："可是我家宝宝是第一次做手术，他胆子很小的。"

"家属不能进去。"

他妈妈在那边反反复复地说这事，以为钱给少了，后面还加了钱。

他烦了,直接骂:"傻×,能不能不要吵了?再吵我就不手术了!"

他妈妈才涨红脸,拉着他的手说:"宝宝,你一个人真的可以吗?"

他不耐烦,冷声说道:"关你屁事。"

他妈妈这才没跟进去。

进了手术室,脱了裤子以后,他妈妈不在的时候,他跟其他人一样,我们说啥他做啥。

他不知道从哪里得知在局麻下做痔疮手术可以玩手机。

他躺在手术床上,问:"医生,听说可以玩游戏?"

林主任挪了挪他的大屁股,说:"可以,随你玩。"

"那就是可以玩游戏是吧?"

"可以,什么都行,上次还有一个看片儿的。"

他就 Timi[①] 起来了。做手术的时候,一声不吭全神贯注地投入游戏当中。

手术很顺利,半个多小时就结束了。

林主任说:"好了,可以穿上裤子,护士送你到病房。"

他不说话,继续玩游戏。

林主任轻轻拍他的腿,说:"可以了。"

---

① 网络流行词,意为玩游戏。

他生气地说:"别推我下去,我这是晋级赛。"

我和林主任无奈地相视一笑,等了他一会儿。

林主任说:"快点提起裤子,后面还有六台手术呢。"

"我在团战,等我,等我五分钟,水晶就快推了……"他一直喊。

最后等了十来分钟才送他回去。

因为这事还被他妈投诉了,说我们为了搞业务,草草做手术,对病人态度恶劣。

真是奇葩妈妈给奇葩儿子开门,奇葩到家了。

熬了七天,这个 300 个月的宝宝终于出院了,我第一次有一种在肛肠科工作却置身妇产科的错觉,所幸"母子平安"。

# 3

我值夜班,差不多晚上 12 点,急诊让我去会诊,遇到了一个穿着白色连衣裙的女人,三十来岁的样子。

还没等我开口,她就着急地说:"医生,我肠子掉出来了。"

听到她的语气,我大概猜到了是什么。

可能是因为很痛,她走路起来都有点费劲,旁边还有一个男人跟在她的身边，比她小个四五岁的样子。

我让男人扶着她，我们一起去了检查室，果然是直肠脱垂，脱出了五厘米，而且肛门很松弛。

这种程度的直肠脱垂，保守治疗效果已经不大了，即使现在推回去，肯定也是需要手术治疗的。

我跟他们二人说了需要手术，他们俩一时拿不定主意，想要商量之后再告诉我答案。

后来那个男人私下过来偷偷问我："这个手术需要住院多久才能出院？"

我说："二十天左右。"

男人又问："那住院期间需要家属陪护吗？"

我说："那肯定需要呀。"

他问这个问题很奇怪，手术肯定需要家属陪护，一般家属也不会这样问呀。

我在打印手术知情同意书让男人签字的时候，这个男人问了好几遍手术会不会有风险。整个气氛十分诡异，一般家属不会这样的。

我严肃地说："任何手术都有风险的。"

他又反复问："手术会不会导致死亡？"

我说："不排除这种可能，但是概率非常小。"

男人在签字的时候，整个手都在颤抖，而且他竟然是用正楷一笔一画写自己的名字，这也太诡异了。

晚上 11 点多，这男人突然来找我说："医生，那个不是我老婆，只是我的同事，我签字是不是她出事，我得负责呀！"

我点了点头说："那这份手术同意书就没用了，手术也做不了。"

隔天，另一个男人，大概四十来岁的样子，抱着一个一岁多的女孩，牵着一个四五岁的男孩过来了，女人说这个才是她的丈夫。

真是离大谱了，医院竟然也有真假美猴王！

# 医者不止自医

## 1

最近我发现一件奇怪的事,我爸好像在有意无意地躲着我,每次我一回家,他就不知道哪里去了。

以前每天早上都会抢卫生间,现在他竟然为了让给我,提前半个小时起床了,不对劲,这很不对劲。

一天下午,天气特别热,我接到了我妈的电话,声音里带着一丝焦急:"儿子,你爸最近不太对劲,你回来看看他吧。"

啊,刚一听,我还以为天气这么热,中暑了呢。

我心中一紧,匆匆赶回家。父亲坐在客厅的沙发上,眉头紧锁,屁股下面垫着一个圆圈。我走过去,轻声问道:"爸,你怎么了?"

父亲抬头看了我一眼,眼中闪过一丝尴尬:"没什么,就是……有点不舒服。"

看他满头大汗,屁股在沙发上磨得厉害,我问:"哪里不舒服呀?"

"我那个痔疮好痛,是不是发炎了?"

我详细地问了一下,红肿热痛全有,那肯定是发炎了。

父亲叹了口气:"我是不想让你担心,你叔给我介绍了一个不用开刀不用吃药的诊所,只要药钉子就能好那种偏方,我就试试,没想到痔疮没有小多少,屁股痛得一宿一宿睡不着。"

我马上就想到了枯痔钉,这玩意儿早就被淘汰了,现在正规医院谁还用这个呀。

我就在沙发上给他检查了一下,刚开始他还扭扭捏捏怕尴尬,最后我直接甩脸说:"要是变成肛瘘,拖久了屁股会烂掉半边,就来不及了。"

这话果然管用,一说他立马就乖乖配合了。

他一趴上去,我立马看到了一个药钉插在外痔部分,有点化脓了。

那药钉确实是枯痔钉没错,其实枯痔钉是一种传统的中医治疗痔疮的方法,它是一种含有腐蚀性成分的中药制剂,用于使痔疮组织坏死、枯干和脱落。历史上的枯痔钉,成分曾包含砒霜、明矾、朱砂等,现在的枯痔钉多采用无砒配方,以减少毒性,一般都由黄柏、大黄等药物制成。

枯痔疗法也比较简单，通过引起异物刺激炎症反应，导致血栓形成、血管闭塞，最终使痔核皱缩，达到治疗目的。

但是这玩意儿有一个风险，患者疼痛程度剧烈，而且在小诊所，卫生条件差，很容易造成感染。

他也不愿意手术处理，最后只能我开消炎药给他吃，再给他涂一些外用药膏，整整涂了一周多才完全好。

换药的最后一天，我爸感叹道："还真没让你白上学，要是你没当肛肠科医生，那我这屁股估计真得烂半边。"

我笑了笑，说："你们这一辈的人就会没苦硬吃，一个二期痔疮非得整到化脓。"

我爸看到我给他的痔疮膏好用，心里有一百个想法要发展他的宏图大业，还跟我说要去菜市场外面摆摊就弄一个"祖传秘方"的招牌。

我说："你这哪里是祖传的，小心人家告你虚假宣传。"

他脑子咕噜噜一转说："那'子传秘方'，就完全符合事实了吧。"

简直倒反天罡！

## 2

上周，我去外省开了肛肠科学术交流会，出差了一周才回家，一进家门，我就觉得不太对劲，奇怪，我儿子怎么这么安静？

每次我回家他都会飞奔过来绕圈圈，然后开心地"爸爸爸爸"一直叫个不停。

我媳妇焦急地告诉我："你儿子便秘了，这小子一周都没拉屎，现在在那边呱呱叫，肯定很不舒服。"

我一个堂堂肛肠科医生，自己儿子竟然便秘了一周，这要是传出去，那我颜面何存呀。

我赶紧去看孩子，他躺在瑜伽垫上，整个肚子鼓鼓囊囊的，我让他叫一声爸爸，他无精打采地应付着我："爸爸……"口气很重，我把他抱起来，他就噗噗噗直放屁。

问了我媳妇才知道孩子便秘的原因，这小子平时就是只吃肉不爱吃蔬菜，喝水也少，而且因为我出差了，所以孩子运动量急剧下降，肠道蠕动也变慢了，甚至连排便习惯都改变了，原来都是傍晚去公园玩回来后准时大便的。

既然这么多天都拉不出来，那就只能上开塞露了，我以为自己专业"掏粪工"肯定是手到擒来，没想到差点砸了我的招牌。

做好准备工作，铺好垫单，戴好手套，我将儿子的两腿一抓，用了医治儿童的开塞露。

我用手掌封住他的屁股，然后静静等待奇迹的发生。

但是，等了半天，奇迹并没有到来。

媳妇打趣地说："你是不是在家找不到手感？要不我去医院挂个号？"

奇怪了，难道开塞露过期了不成，这小子怎么一点反应也没有？我小心翼翼地把手拿开，认真观察着。

这时，孩子突然哭了起来，哭得梨花带雨。看着孩子哭，老父亲肯定心疼，只能先抱一抱安抚他。

我听说过父爱是无声的关爱，但我真没想到，父爱也可以是润肠通便的良药。

我一抱他，儿子嘴巴一边叽叽叽叫着，屁股一边嗒嗒嗒地响。结果，他把大便全拉在我身上了。

拉完大便还不尽兴，最后还撒了泡尿作为结尾。那粪便有一种没消化的臭味，这小子还真会坑他的老父亲。

我一看日历，原来这是他精心准备了一周的父亲节"礼物"呀。

### 儿童便秘科普小贴士

1. **饮食调整**：增加膳食纤维的摄入，比如多吃蔬菜、水果和全麦食品，有助于改善便秘。

2. **充足水分**：保证孩子每天喝足够的水，有助于软化大便，预防便秘。

3. **规律运动**：适当的体育活动可以促进肠

道蠕动，帮助排便。

4. 定时排便：培养孩子定时排便的习惯，有助于形成良好的肠道节律。

## 3

下午，我刚走进医生办公室，就看到骨科周主任一脸痛苦，坐在我们主任的座位上。

我关切地问："周主任，你怎么了？"

周主任苦笑着说："小菊，我可能'大菊不保'了。"起身站起来的时候，两条腿叉这么开，估计是痛得很厉害。

我赶紧带他去检查室。

这一大圈混合痔都脱出来了，还是嵌顿了，怪不得这么痛。

周主任三年前就经常痔疮出血找我开药，半年前是痔疮脱出后需要用手推回去，最近他们骨科手术很多，现在连脱出来的痔疮都很难回纳。

我手上涂了液状石蜡，用了十几分钟，才把他那一圈硕大的痔疮慢慢推回去，刚才他都疼得脸色发白，推进去以后，他的疼痛立马缓解了许多。

我说："周主任，这回恐怕得手术了。"

周主任苦笑道："是呀，不挨这刀恐怕是过不去了，这样天天脱出来也不是办法呀，今天就是在手术台上给病人拆钢板的时候，一用力，这不争气的痔疮就跑出来了。"

这次周主任终于下定决心要手术了，而且还是亲自点名要我给他做手术。不过在我们主任得知此事后，硬要把他从我手上抢走，自己要亲自给周主任手术。

其中的原因，十分复杂。

我们主任之前因为得了肛周脓肿，这家伙吃饱了撑的，等我们主任换药的时候，专门过来围观，还对我们主任一顿嘲笑，甚至半开玩笑地说："要是你换药掉下来，骨折了，我马上给你手术。"

把我们主任气得不轻，跟我吐槽了好几天，没想到三十年河东三十年河西，今天轮到他了，那我们主任肯定不会错过这种好机会。

周主任看到我们主任后，明显慌了，赶紧说："老菊花，这种小手术，让年轻人来就可以了。"

主任嘿嘿一笑，露出了诡异的笑容，说："那可不行，老骨头，你的屁股不用我的刀切，我不放心哪。"

于是主任就这样在局部麻醉的条件下给老友切"菊部"，主任就是主任，三两下就把那玩意儿给切了。

周主任做完手术说："老菊花，割痔疮也不过如此，没有想象中那么痛苦。"

我们主任笑而不语，说："注意点安全，别半夜再哭爹喊娘叫我起来。"

没想到，半夜还真把我和主任叫起来了，周主任半夜给我打电话，我立马从睡梦中惊醒，跑到病房一看，周主任捂着屁股，血已经渗透裤子了，甚至连床单都红了，整个房间有一股非常重的铁锈腥味。

我看他撅着屁股一抽一抽的，问："周主任，怎么了？"

他啊啊直叫说："疼呀，感觉整个'菊部'像按在碎玻璃上摩擦一样疼，塞的止痛药都不管用。"

啊，又疼又出血，估计很难搞呀！

到换药室检查，发现周主任塞"菊部"的纱布也都没有了，而且"菊部"水肿非常厉害。

我问："周主任，你是不是拉肚子了？"

他痛苦地点点头说："是啊，刚开始是尿不出来，一晚上拉了三次，没多少粪便，但是老有便意。"

三次！这是要吓死我了，拉这么多次肯定很痛呀，就是正经好屁股，拉四五次肚子后肛门也会灼热痛，更何况还是刚刚手术完的。

我探进去一看，内部止血线头和内痔套扎都拉脱落了，怪不得周主任自己压迫止血了都没用。

值夜班只有我一个人，很难搞呀。

我赶紧报告给主任，没想到主任过来救场了，而且他要亲自给周主任止血，我当助手就行了。

随后他们竟然还进行了不可告人的秘密交易。

主任一边止血一边说："你这是典型术后腹泻导致大出血呀！"

周主任一听不对劲，问："老菊花，你可别把我这事在院内开广播呀！"

主任鬼魅一笑，把周主任吓得直发颤，说："那倒可以，不过你得答应我一个条件，就是让我科年轻医生拿你做典型病例去肛肠年会展览，可以吧？"

周主任一听急了，破口大骂："老菊花，你是故意搞我吧？"

最后主任跟他说了，有报酬，不过不多，只有50块钱。周主任一听才50，气得都快炸了。

这事还没完呢！

周主任几天后又因为止泻药吃多了，闹便秘，好家伙，可真是好事多磨！

## 4

下午正好下暴雨，没啥病人，我同事小方突然心血来潮，凑过来跟我说："师兄，我想自己做痔疮手术，可以吗？"

我听得一头雾水，怎么？他还能首尾相连不成？又不是瑜伽大师，自己的双手怎么可能够得到屁股做痔疮手术啊？

我说："你疯了吧，这玩意儿怎么可能自己做啊？"

说实话，我真没想到这家伙是来真的，他真的想要动手自己做手术。

我问："怎么了？"

小方说："最近相亲太多了，一天吃两顿麻辣烫，现在内痔出血严重，不得不暂停相亲计划了。"

这家伙竟然相亲的时候请女生吃麻辣烫，那活该单身三十年。

想当初我和媳妇第一次见面，那可是相当大方，吃的都是汉堡和鸡肉卷之类的。

我给他检查，发现有四个大内痔。

我问："你打算怎么自己做？用套扎的话，肯定够不到呀。"

小方嘴角上扬，心中似乎早就有方案了，说："我打算去肠镜室自己做套扎。"

这么猛，我以为肠镜室不会同意呢。

万万没想到，他给我来了个先斩后奏，肠镜室那边他自己都联系好了，他连灌肠和肠道准备都做好了，就是通知我一声，让我帮他看着而已。

我实在是不放心，问："小方你以前学过肠镜吗？"

小方诚恳地摇摇头说："没有呀，不过我看书了。"

看过等于学会了？学会了等于熟练掌握是吧？

来到肠镜室，这手术他要自己操作，那肯定是不能麻醉了，我光看着都觉得难受，不过这小子是真的很有勇气，他虽然有点慌，还是真的动手了。

他一边看着操作步骤，一边慌慌张张地操作，我都被他吓出一身汗了，看他那操作熟练度，妥妥是把自己当小白鼠了。

这要是操作不好，估计就得捐给学校当大体老师了。

不过小方的适应能力还是很强的。没过一会儿，他就逐渐进入状态了，他说异物感比之前轻多了。

他好不容易才套住了一个大痔核，瞬间脸色大变了，说："师兄，那只套扎是不痛，但是好酸胀呀，我感觉都快尿出来了。"

那我也帮不了忙呀，我能怎么办？我说："没外人哦，你想尿就尿吧。"

幸亏只是假尿意，不然肠镜室估计会把我们二人永远拉入黑名单。

小方虽然觉得酸胀得厉害，还是咬着牙把其他三个小痔疮给处理了。说实话，这小子骨头还挺硬的，他真是天生适合吃搞痔疮这碗饭。

小方自己处理完痔疮没有多久，就继续了他的相亲之旅。有时一个周末能相两个，但是没人看得上他。最近终于有点眉目了。

大早上来了一个戴眼镜，短发圆脸的女生，一进我的诊室就说："医生，你这里味儿真带劲。"

这话直接把我整得不好意思了，我尴尬一笑说："我们科室是有点臭味，不过慢慢闻着就习惯了。"

她连忙摇头，矢口否认说："医生，我真不是说你们科室臭，我的鼻子很奇怪的，别人闻着臭，我闻着觉得很清新呀！"

什么？我还以为她在逗我呢，原来她是真喜欢这种重口的味道。

不过一种米养百种人，香臭不分还是有可能的，但是这女孩的行为相当夸张。

在她痔疮手术后住院期间，原来是两人病房，这女孩天天喝酸豆汁，吃重味螺蛳粉，被隔壁床投诉了，不得已让她自己单独住一间。

有一天早晨查房，发现她的嗜臭程度远超我的想象！

一进病房，我就差点吐了，这味道比那种晒杂鱼干的场子还臭！

我问："你早餐吃什么？"

她说:"这是鲱鱼罐头呀!配粥很好吃的呀。"

怪不得这么臭!大早上吃这么重口味,这也太可怕了。

虽然屎尿屁我已经麻木了,但是我媳妇吃个榴梿,我都得躲得远远的。

走廊突然飘来一阵恶臭!

她问我:"医生,这是什么味那么上头?"

我真服了这个大姐,那是刚来的坏死性筋膜炎患者,烂肉的味道有啥上头的呀!

她出院以后经常往我们医院跑,我就觉得有点不对劲,果然被我猜中了。

小方这家伙压根儿就没说实话,肯定是看上那个有"嗜臭症"的宠物医生小圆了。

我明知故问道:"你是想追2床那个小圆?"

小方说:"那倒是没有追,因为我们恋爱了!"

现在年轻人都这么神速的吗?人家女孩这不才刚出院一周嘛,就恋爱了!

不过他女友小圆真的是非常专业的宠物医生,前两天我媳妇带着我家金毛去看病,肛周发炎,就是小圆给挤的肛门腺。

其实那玩意儿味道非常怪臭,我一个肛肠科医生都吃不消,小圆竟然可以淡定从容操作。

她手一压,乳白色液体喷出来了,跟酸奶差不多,"浓稠淡香","微酸微甘"。

没想到,小方恋爱的进度远远超过我的想象!

更让我惊讶的是小方竟然已经见过女方家长了,还打算把准老丈人介绍进来做痔疮手术,婚姻业务两手抓,我们主任对他的表现十分满意。

我都不敢想象这小子第一次见老丈人到底干了什么惊天大事,才能知道他老丈人有痔疮!

# 学生时代的血脉压制

## 1

早上有四个患者扎堆办出院,我几乎忙得脚跟不着地,而且医院科教科那边还在催病历材料,我忙得感觉气都快喘不上来了。

中午 12 点半的时候才发现自己忘记点餐了,12 点半以后食堂就没饭吃了,只能点外卖,送来的时候已经一点半了,下午两点半以后还有五台手术等着我。

我随便扒拉了两口饭,就赶紧躺在宿舍床上准备睡觉。

医生可以说是所有行业当中最不养生的,特别是大外科系统的医生,白天做手术忙得不知南北,晚上去应酬喝得东倒西歪,就这样的作息,怪不得医生相比其他行业的人寿命更短。据我所知今年刚刚退休的四个老医生,其中两个查出了癌症,还是晚期。我现在都有点悲观地认为自己可能没办法活到领退休金了。

我刚才吃得太急,现在胃胀得难受,躺了十几分钟才睡着。

突然想到要检查病历了,我还有四份没写,然后猛地醒来,坐在床上缓了一分钟以后,跑到了办公室,打开电脑,拼了命地噼里啪啦一顿写,补完最后一份病历,正要点击"保存"的时候——

丁零零……

我被吓得一激灵,后背冷汗唰地一下就冒出来了。

护士长打来的电话,说:"你怎么还没有去手术室?老洪都到了,你快点。"

我半睁开眼睛,迷迷糊糊地应着:"马上就到,马上就到。"

这下我才真的醒来了,原来刚才是做梦。啊?不过这个梦比以往的鬼压床更恐怖,那刚才在梦中补完的那四份病历不是白写了?

## 2

这几天我被一个特殊的患者搞得焦头烂额,他是我的小学语文老师,五十七八岁了,来做混合痔手术。因为长期便血，严重贫血，他晕倒在上班途中了。

他刚刚入院的时候压根儿没有认出我，我自己多嘴跟他"认亲"，他才想起来教过我。

我现在想起来还十分后悔，真的恨不得给自己一巴掌。

每次我进去查房的时候，他都会拿出手机来有意无意地拍小视频。

在我们聊天的时候，后来他会当着我的面开着录音功能。

他说，他去每一家医院、每一个科室都这样做，让我不要多想。

反正他要录就录，我也没有多说什么。这不少见，有不少患者恨不得从自己进入医院的第一步就开始全方位地录像，觉得只有这样，自己才能全面地保存就医证据。

不过，以我的经验来看，这类病人一般是比较难缠的焦虑型病人，在治疗过程中也比其他"心大"的患者有更多的并发症，类似伤口愈合缓慢、术后疼痛之类的。

我跟他进行了术前谈话，他问了五六遍才颤颤巍巍地把名字签好。

"这个手术能不能用现在最高科技那种激光手术？"他从网上得知那种激光手术是一种微创手术。

我解释说我们这个医院没有开展这种激光手术。

他一直强调我们做的手术不先进，还批评了我们医院懈怠、不思进取的风气，进而扩大到整个国家医疗行业不思进取，最后还得出了一个结论：我们国家的医疗事业再不按他说的做就没救了。

我就像是坐在小学课堂上的小学生一样，一直点头，一直听着他抨击这个没救的医疗环境。

跟他谈了一个多小时后，在快走出他的病房的时候，我跟他解释了微创手术的含义。

微创手术不等于小手术，也不等于低风险，微创手术实际上并不只是简单的一个伤口，更是生理、心理及精神的不良刺激的总和。

他和妻子商量了一夜之后，才愿意将就地选择我们给他做这个手术。

手术前，他一直问我手术的各种风险，幸亏我提前预测到他可能会问这些问题，不然还真被他问住了。

临近手术的时候，他的被迫害妄想症更严重了，一直跟妻子说不想做这个手术，他妻子觉得这个手术非做不可，两人吵了起来。趁着他妻子要给他买粥吃的空当他想逃跑，没想到被妻子碰到了。就在快要上手术台前十五分钟去厕所换病号服的时候，他竟然还打算直接跳楼逃跑，幸亏被我发现了，不然他这一跳，可能把我的职业生涯给跳没了。我赶紧将他转到精神病科。

后来我跟他老婆问了缘由，他说他术前突然想到我在读小学的时候，上课爱跟同学讲话，他踢了我一脚，生怕我利用手术报复他，置他于死地。

他不说我还真忘了有这回事，现在他这一说，好像还真有这回事，那次被他踢了那一脚，我起码瘸了一个礼拜。

# "菊花超市"

## 1

当肛肠科医生告诉你,医院每周都有因为直肠里卡进了异物而送医的病人时,你大概率是不相信的。但是当在一次直肠异物的讲座当中,看到了各种从病人直肠中取出的物品时,我大为震撼。

有鱼刺、鸡骨头、口红外壳、黄瓜、萝卜、儿童手电筒、花露水瓶子、啤酒瓶、鳝鱼、泥鳅(逐渐离谱有没有?)、直径6厘米的大理石、直径21厘米的足球……更离谱的是,一名伦敦二战老兵患有严重的痔疮,于是他经常使用自己珍藏的一枚长16厘米、口径3厘米的炮弹把痔疮推进体内,有一次,他推得太用力了,炮弹卡在里面出不来了。

我觉得我应该在退休的时候,给这些物品建一个博物馆,来记录人们对于"菊部"的"伟大探索精神"。有时我不得不惊叹于人们对自己身体的好奇之心是如此强烈，而且他们探索自己身体的创意也令人叹为观止。

一个二十五六岁的小伙子在晚上 11 点来到了急诊，说自己因为晚上 9 点时不小心将热带鱼放进了肛门，现在除觉得肛门饱胀难受外，无其他不适，大便未解。

对于这种"菊花"科不小心跑进去各种物品的情况，我们早就见怪不怪了。

看这种病最难的就是问诊，你问他们的时候必须得先相信是那些东西"主动"跑进他的"菊花"里，事实上 99% 的人都是在撒谎，当然也不排除有鱼骨头、鸡骨头这样不小心吞下去卡在肛门口的情况。

对于这样的直肠异物患者，问诊不如肛门治疗来得重要，肛门指检时进指约 5 厘米可以触及异物的下边缘，那条鱼呈倾斜状，指套染血。

我明知故问道："当时鱼刚要进去的时候，你没有想着把它拉出来吗？"

他急中生智，说："我看到手机上有一档野外求生的节目，那个贝爷把小龙虾灌进自己的肛门，我看他也没什么事，还能把小龙虾水分吸干，我想着能不能把小鱼的水也吸干，心里很好奇，就想着试试，后来发现胀得难受，拉也拉不出来，才来的医院。"

我本来想着先在换药室用血管钳把鱼取出来，但是这个小伙子很"菊紧",一碰就哇哇大叫,最后没办法,只能转到手术室在硬膜外麻醉下取了。

在护肛后注入液状石蜡,用好几把较硬的有齿爪钳取,取了一个来小时才取出来。

取出来一看,那条热带鱼是斗鱼,我家也有一条,不过这条已经死了,深蓝色带着金黄色鱼鳍,外面穿着一件合身的硅胶雨衣,隔着这避孕套怎么吸干鱼身上的水分?不合理呀。

我觉得这个病人撒谎了,这个故事应该是这样的:他在浴缸洗澡的时候,浴缸里有一条斗鱼,那条斗鱼太好斗,虽然面对他这样的庞然大物仍旧"亮剑"挑战,于是"斗鱼侠"身披铠甲(避孕套),只身前往敌人的前列腺,给敌人致命一击,但是敌人肛门括约肌将它紧紧包围,它在一番挣扎后,英勇牺牲了,致敬我的"斗鱼侠"!

# 2

一个五六十岁的男人去做了PPH术。PPH是一种痔疮手术方式,这种手术并发症挺多的,如排便异常、大便失禁、肛周持续性疼痛、肛门狭窄等。

这个患者手术后,不幸地出现了肛门狭窄。

他的肛门狭窄得非常厉害，我的食指根本没办法伸进去给他做肛门指检，用小指才能勉勉强强地进去，而且一进去，我的指套就染血了。

据他所说，因为排便问题，他这三四个月已经瘦了30斤了，从他脸上的皱纹也可以看得出来，松松垮垮的。

汪主任本来打算给他做肛管Y-V皮瓣成形术来缓解肛门狭窄的症状，便给他安排了术前检查。

没想到这个男人竟然是梅毒强阳性，汪主任说："那得让他治疗以后才能做，先保守治疗比较安全。"

于是汪主任就给他推荐情趣棒状的情趣用品，他还是不太明白，汪主任就让我给他推荐情趣用品，我说："主任，我不懂呀。"

汪主任说："多学点，你还年轻，年轻人没准用得上，最好是肛用的。"

还有肛用的？一搜索，不得了，还真有肛用的，没想到平时看起来一本正经的汪主任深藏blue①呀。

里面起码数十上百款，实在是挑花了眼，于是我就在情趣用品好评榜给他推荐了一款又粗又长，硅胶材质的肛用情趣用品，让他拿到病房去扩肛。

他让我帮他买，他说自己不会网上购物，这么羞耻的东西竟然让我帮他买，要是放在医院取件处被同事们看到

---
① 网络流行语，"深藏不露"的谐音。

了,那我不直接"社死"①了?我吩咐他去外面后街那种无人情趣店看看,他去逛了一圈,两手空空地回来了,说没有看到我推荐那款,也不知道他是不是真的去看了,没办法,我只能硬着头皮帮他买了。

下班回家后,我媳妇不小心看到了我的购物APP的历史搜索记录。

她说:"你要买这东西增进感情我可以理解,你还整一个肛用的是怎么回事?"

后来经过我的百般辩解,我媳妇看到收货地址是医院,这才打消了猜忌。

隔天货就送到了,那个患者说效果挺好的,我也不知道他说的是哪种效果,反正他好,我也好,省得天天给他掏大粪,毕竟他是梅毒强阳性,多少还有职业暴露的危险。

# 3

我又给科室的直肠异物图谱增加了新"宝贝"。

晚上11点多,一个二十多岁的小伙子,因肛门胀痛来到急诊。

---

① 网络流行语,"社会性死亡"的简称,意为在公众面前出丑。

后来急诊的李医生发现事情没有那么简单，把我叫过去会诊了。

到了急诊，看到小伙子捂着屁股，表情都扭到了一起，我便过去给他做简单的门诊检查。

他一直觉得自己的屁股痛得厉害，至于具体的原因他含糊其词，说自己吃了海鲜，还有火锅之类的。

我看了一眼，旁边有两个急诊的女护士，所以他不好意思说实话吧。

我单独带小伙子来到了清创室，问："肛门那边痛吗？"

小伙子点头说："对。"

"是不是有什么东西在里面？"

小伙子这才点头说："是有。"

"刚才怎么不说？"

"有点不好意思。"

"裤子脱掉。"

小伙子脱掉裤子，我看到他的"菊花"外有一圈白白的东西，问："你用酸奶灌肠了？"

我还真遇到过用酸奶灌肠的患者，一灌就是三年，现在不用酸奶灌肠就拉不出大便。实话实说，酸奶灌肠这患者，生活水平比我好多了，我酸奶灌口都消费不起。

小伙子摇摇头说："没有呀。"

我戴上手套，将他肛门周围的白色碎渣样东西捏起，问："那些白色的东西是什么？"

他小声说："是X膏。"

我当时没听清，问："牙膏？"牙膏的话那倒是有，有些肛门瘙痒的患者会涂牙膏止痒。

他说："是石膏。"

石膏！

往"菊花"里注入石膏？他这是要做一个肛门石膏模型吗？

我又摸了摸那些白色碎渣，没错，是石膏！

蔬菜类、水果类、情趣类异物都见过，还真是第一次碰到往"菊花"里注石膏的，这要怎么归类？装修类异物？

走出清创室，急诊李医生递给我一个别有深意的眼神，询问"战况"，我点了一下头，表示我会收走这个患者，他可以继续安稳睡觉了。

不管放的是什么东西，只要进了"菊花"都归我们管。

收入住院后，我给他开了X光片，我猜放射科的龚医生手机里估计又会多一张珍藏图了。

X光片出来了，这小子真的狠，那石膏把直肠下段都填满了，现在落在我手里只能我来处理了。

来到了门诊手术室，做好局麻之后，我把小伙子肛门下段的石膏慢慢取掉，发现实际操作没有那么容易，只能用生理盐水一边冲一边搅动。

我问："你是怎么想到把石膏注进去的？"

他说："我只是想试试把石膏注进去，能不能像大便一样拉出来。"

他说得有理有据，但是我是不太信，我一边用卵圆钳把一些石膏碎渣夹出来，一边说："人体有很多奥秘，你不是科学家，不需要这么有探索精神。"

"我不入地狱谁入地狱？"

他嘴还挺硬，他还真得感谢现代医学，这要是放在古代，估计还真可能会活活被大便撑死。

这倒是让我不禁遐想，可能作死是人类与生俱来的本能吧，也许人类总觉得只有无限接近死亡，才能醒悟生存的真谛。大胆推测一下，我们的老祖宗应该也有不少往直肠放异物的癖好者，不过十有八九最后都是香消玉殒。

忙了一个多小时，终于把那些石膏碎渣清理干净了。

等我确定他的"菊花"里面已经完全没有石膏的时候，看着弯盘里面那些石膏泥，我说："下次别再把这种软糯糯、烂唧唧的东西放进你的肛门了。"

他说："那我下次放硬的，会不会安全一些？"

我的笑容瞬间凝固了，也不知道他是开玩笑还是说真的，我赶紧说："别，你可别再作了……"

# 4

今天有一个小学生模样的小患者,据他妈妈所说,他是被一个同学"千年杀"之后,屁股才开始流血的。

千年杀,出自日本动漫《火影忍者》,以虎之印①将手指插入敌人查克拉最薄弱的位置(指肛门),简单地说就是被他同学用手指捅"菊花"了。

这种玩笑,从我高中的时候就已经盛行了,没想到现在还这么流行,现在的小学生还真是没有创造力,一直在"吃老本"。

我也没有多问,带着小朋友去做肛门指检。

我跟他妈妈说:"应该不是那个游戏造成的出血,是内痔出血,开点药回去抹,问题不大。"

他妈妈不太信,但是知道了问题不大就没再问我话。

小朋友发问了,说:"为什么你们肛肠科医生检查时,要用手指捅人的肛门?"

我也不想呀,谁天生想掏粪坑呢?我现在面对的是祖国的花朵,只能耐心地说:"这是指诊,不是捅肛门!"

他继续问:"懂了。那为什么要用手?不能用先进的仪器吗?"

---

① 《火影忍者》中的一种手势。

他说的应该是肠镜,我被问烦了,说:"因为还在等你发明呀,等你发明出来,我就不用手指捅你了。"

对于肛门指检的意义,有一本肛肠科专家写的书,书中这样说:"肛门指检也叫作指诊眼,它可以说是肛肠科医生的第三只眼睛。"话是这么说没错,但是听起来怪怪的。

不过后来发现,这个小朋友复诊的时候,说我的药膏是灵丹妙药,抹了三天后屁股就不流血了,他发现自己的好朋友也便血了,介绍他朋友过来给我看,免费帮我拉业务,这要是在私人肛肠科医院不给一两百好处费是不行的。

这小朋友能处,有朋友他真带。

# 5

晚上,急诊突然紧急会诊。

已经好几天没有遇到这么急的会诊了,我刚刚忙完一个痔疮术后出血的患者,正要躺在床上休息,急诊的会诊电话又来了。

一个穿着白色T恤的女孩,表情痛苦,一直捂着自己的额头,脸色惨白。

她抬头看了一下我,朝我微微点头。

原来她是附近一个超市的收银员,刚刚下班,刚才回出租屋的时候,突然肛门剧烈疼痛,她以为痔疮又发作了,就在出租屋楼下的药店里买了痔疮膏,可是用药后疼痛一点都没有缓解。她以前也有痔疮,有时熬夜上火,也会疼痛便血,但是没有这么疼过。她还说感觉有便意,但是蹲下去又什么都没有,她担心是什么肿瘤之类的,这才来医院急诊科。

这个情况很像是直肠异物的症状,我给她做了肛门指检发现,她的肛管和直肠连接处有一长约2厘米的锥状异物卡着,异物嵌入的周围皮肤黏膜已经发炎,肛周红肿很厉害。

虽然可以摸得到,但是直接取的话难度不小,而且稍微动一下病人就喊疼,我就给她打了局麻。

打完局麻以后,就方便操作多了,我拿着镊子探了几回,终于夹到了,我小心翼翼地往外取,终于顺利地把异物取出来,原来是一枚橄榄核,核尖部扎入肛门约有0.5厘米深。

拿掉核以后,肛周虽然有点炎症,但是问题不大,吃点抗生素,开几个双氯芬酸钠栓塞肛就可以了。

女孩跟我说这个橄榄核是五天前在吃青橄榄的时候不小心吞下去的,前两次能吃能拉,以为橄榄核已经被消化了,就把这事给忘了。

这女孩心真大。

# 6

今天刚刚跟汪主任提到最近很少在"菊花"中挖到"矿",这饭可以乱吃,话还真不能乱说。

汪主任进了办公室"摸鱼"泡茶,这是他的日常活动,他不用管床,只需要开晨会,然后坐坐门诊,其他日子就是"摸鱼"。他是定海神针般的存在,遇到一个疑难杂症或突发情况的时候,他的存在就显得格外重要。

不过他今天"摸鱼"并不顺利,刚进办公室,他就马上走出来,朝我招手。

我本来想假装没看到,毕竟他叫我准没好事。

他喊道:"装瞎呢?"

我嘿嘿一笑,说:"忙着办出院呢,怎么啦,主任?"

"来矿了。"

我恨不得抽自己两巴掌。

汪主任说:"是个小孩,就在门诊手术室处理吧。"

我问道:"几岁?"

"我哪里知道?就是小孩。"

我咂了一口,说:"我上次听一个家长说他家小孩要来看病，一过来才发现那患者已经四十多岁了，头顶又秃又白，比你还显老。"

"少废话，这是真小孩，通知手术室按小孩手术备。"

"知道啦。"我懒散地跑回办公室，打电话通知门诊手术室。

来了，一个五岁的男孩过来了，捂着屁股怯生生地过来了。

小孩直肠异物？

小孩，特别是小男孩怎么对自己的小"菊花"那么感兴趣？

这小子看着医生办公室人多，还有点害羞，不敢进去。

我直接带他到了换药室，让他爬上检查床，问："小恒，你放了什么进去？"

这小子就跟哑巴似的一声不吭。

他爸可能觉得这事很丢人，全程黑着脸，拇指一直搓着食指，说："小恒，放了什么？跟医生说呀。"

小孩子嘴唇颤抖，分分钟就要大哭一场。

我坐在铁凳子上，屁股一转，跟他说："我检查一下是什么东西。"

他哇的一声哭了起来，他爸抬起手臂，立马就要一巴掌呼在他的屁股上，我看了他爸一眼，他这才缩了回去。

"不疼。"我说，"家属先出去，我检查一下。"

"不用怕，不疼的，至少比挨你爸巴掌好受。"我说完，小孩哭得更厉害了。

他爸还真没忍住给他屁股来了一下，有点响，不过小孩立马止住了哭声，只是嘴唇上下颤抖得更剧烈了，一副委屈巴巴的模样。

既然他服软了，那我得赶紧行动。

他爸掰着他的屁股，我先按摩"菊部"周围，使其放松，再用手指轻轻探进去，还真摸到了一个异物，有凸点，而且很硬，感觉不是很粗。

我手指伸进一点，小朋友皱着眉，想要挣脱，被他爸目光斜了一下，立马老实了。

基本判断出来了，是大概直径一厘米的圆柱形东西，这个东西具体有多长，目前还不知道。

不过位置比较高，无法通过扩肛后用指检和配合钳子取出，只能上门诊手术室了。

我跟汪主任说了之后，他和我一起上了门诊手术室，因为这个患者是孩子的原因，我们给了孩子父亲特权，允许他进入手术室。

这个孩子虽然不爱说话，但是脾气犟得很，虽然屈服于他爸的"铁拳"，但是只要他爸不在的时候，他就会在他妈身边撒泼打滚儿。

汪主任打算借此机会检验我的"挖矿"技术，在旁边给我打下手。

打了麻醉之后,小孩的哭声都快冲破天花板了,如果以后肛肠科会细分成儿童肛肠科和成人肛肠科的话,我可打死都不要去干儿童这边,这尖锐的叫声把我搞得都快心律失常了。

哭了好一会儿,他累了。

我开始动手了,用了小型号的肛门镜,小"菊花"很稚嫩,非常难进去,我只能一点一点推进。

五分钟过去了,终于进去了。

看到了,看到了,是一个电池!

这小子把电池塞屁股里干吗?这电池要是还有电的话,不得把肛管给烫伤了?

"是电池。"我说。

他爸吓了一跳,问:"什么是电池?"

"就是五号电池呀。"

汪主任一听也紧张了,说:"小心一点,小心漏电。"

我点头。

我小心翼翼地夹着,终于夹到了。

慢慢地退出来。

我以为结束了。

事情没那么简单!

里面竟然还有一个,位置更深,更难碰到。

我埋头继续往上探，稍有不慎就会顶得更进去，只能夹着电池塑料包装纸的毛边，缓缓往外拉。

用了十几分钟，终于用镊子夹出来了。

但是里面的黏膜还是有所损伤，估计得便血几天啰。

唉，千万不要往肛门内塞异物，异物在肛管直肠内除影响排便外，还会继发感染，质硬的异物还会导致肛管、直肠损伤。

如果真碰到儿童异物塞肛，赶紧到肛肠科就诊，尽快取出。当然，平时应该对儿童进行常识教育，杜绝将异物塞入肛门这种危险的行为。

事后，我跟这个小朋友混熟了，用一个超大棒棒糖贿赂他，终于问出他往"菊花"塞电池的原因了。

小朋友说："奥特曼只要有电，能量灯就会亮起来，我也想让能量灯亮起来，这样就能打败怪兽。"他一边说，一边比画着。

我没有听懂。

他从病床枕头下拿出了一个二十多厘米高的奥特曼，往奥特曼的裤衩位置塞进去两节电池以后，奥特曼胸前的灯真亮起来了！

我悟了！

# 三百六十行，行行有痔疮

## 1

今天给一个"精神小伙"①做手术，刚刚进科室的时候，我还以为哪个男同事网络赌博欠贷，人家雇用社会人②过来讨债了。

后来才知道这些"精神小伙"是护着自己的老大"峰哥"来住院的。

这小伙子染着黄色的锅盖头，穿着黑色紧身衣以及半拉胯的牛仔裤，脚穿一双豆豆鞋。

右手手臂文着两行字："不与他人纷争 早已看透输赢"。

---

① 网络流行语，指社会习气很重的男青年。
② 网络流行语，形容爱放狠话、爱逞强、以"混得开"自诩的人，含有调侃和讽刺意味。

我还挺好奇,他走路进来的时候,是"横"着身子进来的,竟然会文这么审慎克己的警示语录。

我问:"你手上那两句话什么意思?"

"峰哥"嘴角上扬,用睥睨天下的目光看着我,说:"在道上混久了,很多事都看透了。"

我看了一下他的病历,说:"你不是才19岁吗?"

"年纪算什么,经历才是最牛的。自古英雄出少年,你懂不懂?你们这些医生都是好孩子,不会懂我们的故事。"

我看着病历,说:"你叫涂阿包,为什么他们叫你'峰哥'?"

"峰哥"冷冷一笑,说:"名是父母给的,名头却是自己混的,我们道上哪个没有自己的名头?"

"哦,原来是这样呀,我对你们这一行不太了解。"我继续问,"你做什么工作的?"

"峰哥"警惕地问:"看个病也要问职业吗?"

我心中一紧,说:"写病历需要。"

"峰哥"端正坐姿说:"现在带着几个小弟修理电动车,打算进修一下新能源汽车修理,未来这个有大市场。"

吓死我了,我还以为他们要说自己是在东街口收保护费,或是平安路赌局、浦东大歌厅的打手之类的呢,还想着我这要算知情不报,公安会不会把我也带过去做笔录?

"峰哥"是在和兄弟喝酒之后,觉得屁股痛得要命,才来医院看的,是低位肛瘘。

"峰哥"也不像他口中那么出手阔绰,他私下跟我讨论过几次,说要把手术费用降到最低,他说他不是没钱,只是不想让自己年纪轻轻就贪生怕死。

我们也决定按照"峰哥"的指示,给他在局麻下做一次性肛瘘切除术,然后尽量把费用降到最低。

说实话,"峰哥"挺怕疼的,刚开始打麻药的时候,一针下去,他屁股就抽抽,我和赵老师问他要不要腰麻,他严词拒绝了。

"峰哥"问:"局麻的麻药是按次收费,还是按瓶收费?"

我说:"按瓶收费的。"

他说:"那少用点,也不是花不起,就是那麻药对身体不好。"

我说:"那你疼了要说。"

后来他没有再喊疼,但是突然冒了一句,说:"医生,我可以在这里看电影吗?"

我和赵老师都惊呆了!

我问:"为什么要这么做?"

他说:"星爷也是这么做的。"

看来他是周星驰的忠实粉丝,我说:"你要看就看吧。"

我以为他是开玩笑的，没想到他真的打开网站，看起了电影。

我和赵老师相视一笑。

赵老师说："你可是我们肛肠科开科第一人哦，你看你的，我们干我们的，各不耽误。"

被手术车推出去的时候，是他的兄弟们接出去的，看到他还看着电影，那些兄弟竟然竖起大拇指，夸他勇猛。我无奈地摇摇头，原来是来这里刷英雄成就来的，在他们帮派会有这么一句话——古有关羽下棋刮骨疗伤，今有"峰哥"看片无痛切肛。

## 2

原本我对一边看病一边拍小视频的患者甚是反感，感觉就是想要在我看病的时候拍下证据，方便以后找我麻烦。

如果我要躲开所有的医疗纠纷，就应该像机器人一样按照医学指南里面的字一字不落地念给他听，然后在病人离开的时候，机械地扬起嘴角微笑，然后冷冰冰地说一句："谢谢，欢迎下次光临。"

不过，今天来的这个患者有点特殊，是我的老病号了，她习惯性便秘。

一个32岁的女程序员,去年在连续加班半个月后突发脑梗,虽然预后还不错,没有出现肢体偏瘫,也没有口眼歪斜,但留下了比较严重的健忘症,后来她辞去了程序员的工作,开了一家奶茶店,不过听说经常放错甜度,生意也不太好。

我经常跟她交代,一天三次,一次两粒;她经常记成一天两次,一次三粒。

后来,她学聪明了,每次来看病都会拿着手机拍,这样她回家就能看着小视频复习我跟她交代的话。

今天,我很自觉帮她摆手机的机位,我想这样,她可以拍得更清楚,毕竟她是第一次使用坐浴,我生怕她又忘了一些重要信息,真怕她用100摄氏度的沸水泡屁股。

我对着她的手机给她演示如何正确坐药浴缓解便秘。

我经常会给患者开坐浴方缓解便秘,没条件开坐浴方的,用温水也行,温水可以使痉挛的肛门括约肌得到放松,使肛门周围的血液循环得到改善,直肠壁受到热的刺激,进而加快蠕动速度,而且肛门附近的干硬便便受到热水的直接作用,可以变得软化一些,从而有利于排便。

她看了一下视频,眉头紧锁,说:"刚才忘记开美颜了!"

我苦笑,问:"你是说我不上相?"

她很勉强地说:"没有不上相,但是也不能说很帅。"

说实话，这确实多少有点伤害到我了。

## 3

我们医院来了一个视频博主，没错，就是那种在网上拍一个视频，然后用视频接广告"恰饭"①的博主。

他觉得什么题材都能做成有趣的视频，不过他现在还只是一个默默无闻的小博主，3000个粉丝，其中1000个还是充钱买的。

由于他身份的特殊性，他一进来就跟我说他会全程录音录像，我原本不同意。

他说自己很需要用这个视频来"恰饭"，这样才能有钱支付这次手术费用。

由于担心他真的支付不起这个割痔疮的钱，我答应让他录音录像，不过最终在上传视频前需要我的"审核"。

他也同意了。

为了方便，我们就叫他小庆吧。

小庆在我们科室摆各种摄像机机位，我们科室的小护士知道他是视频博主，担心自己出镜不好看，各个化着精

---

① 网络流行语，出自中国西南地区的方言"吃饭"，多指为了生计而采取的一系列行为，比如在视频创作中植入商业推广信息。

致妆容,还特意换上许久没换的护士服。

我就没那么在意,就理个发,换了白大褂(以前我通常一个月才换洗一次白大褂),手术时挑了一件新的手术服,我喜欢平常心对待,不喜欢虚头巴脑的玩意儿。

我们主任知道后,跟我一样,又兴奋又谨慎,跟我们说,这是为科室宣传的大好机会,我们要好好把握,也叫我们做事要小心谨慎,不该上镜头的地方就不要出现了。

他说的不是什么见不得人的事,就是老设备别出镜,不好看。

为了他,连病人卫生间那三年没有修的莲蓬头,主任也特意叫医院维修师傅给换了。

他的手术很顺利,术后康复也很不错。

小庆出院几天后,兴高采烈地拿了他拍的vlog给我看。

我看了一遍,拍得平平无奇,怪不得火不了,不过我还是希望他的视频可以"火"一把,也许我会因此走红,于是我违心地说:"很好,很真实,这手法有李安大导演的叙述感。"

小庆一脸兴奋地说:"对对对,我就是按照他的叙述感拍的,你好专业呀,医生。"

我摇摇头,继续看下去,看到一段小庆在手术台的视频片段,我皱着眉头说:"要不把这段剪了?"

他低头一看,恍然大悟,红着脸跟我说:"不好意思,不好意思，太着急了，这一段我一定会打厚厚的马赛克。"

"行，火了告诉我，我去给你评论，这手术是我做的。"

"好嘞。"小庆兴冲冲跑了出去。

后来，我问小庆，这个视频火了没有？他说不仅没火，还因为"身体不正常裸露"——也就是我提醒他应该减掉的那段，他那个3000粉丝的账号被永久封号了。

我问了他原因，原来是给我看完视频之后，他回去给那段"菊花手术"打了马赛克，但是上传的时候把没打马赛克那一段传上去了。


# 4

要是不穷谁会来学医呀？这句话难听，但是确实是实话，而且从医也没想象中那么挣钱，说起来大家可能不信，有时看病还要倒贴钱。

今天中午12点多，刚要吃饭的时候，急诊来了一个紧急会诊，我顾不上吃饭就急匆匆往急诊跑。

看到一个染着黄头发的年轻小伙坐在急诊抢救室的凳子上。

我去问了急诊医生小吴。

原来这个小伙子是骑电瓶车摔倒后不小心坐到了铁片。

我看了一下，那伤口不小，还在不停渗血，而且距离生殖器很近。

我尝试将他的牛仔裤脱掉，但这条牛仔裤太紧了，特别是裤腿的地方，而且一动他就喊疼，弄了十来分钟都没能脱掉，血还在一直渗出来。

我问："小哥，你这裤子实在是脱不下来，要不剪了吧？"

小哥犹豫了一下，最后点头说："行吧。"

我拿着骨科大剪刀从伤口位置往裤腿剪开，两三分钟就全剪开了。

在清创室里面仔细地检查了一下，发现这铁片再靠近一厘米就会刺穿阴囊。

我说："小哥，你挺幸运的。"

小哥苦着脸说："差点刺破卵还幸运呀？"

我说："不幸中的万幸，不然你未来的'性福'就会打折扣了。"

他摊摊手说："连个妹子都没有，要这个卵干吗？"

我说："留着总比没有好，啥时候要用也说不定。"

他看到旁边的小护士，越说越起劲儿，说："嘿……我还是一只童子鸡呢。"

我们的护士什么场面没见过，嘴角清冷一笑，随后便再无更多表情。

"是吗？"我一边给他消毒，一边跟他瞎扯淡。

他一直龇牙咧嘴地喊疼，我就想着分散他的注意力，随意找了个话题，问道："你做什么工作的？"

他一脸自豪地说："什么工作都做。"

"这么厉害？"

"那是，今天打螺丝，明天做零件，后天装电脑，天天不重样。"

护士突然开口，说："你是传说中的三和大神吧。"

他哈哈一笑，说："你们护士小姐姐懂得还挺多的，不过我是本地大神。"

我刚开始还真没有听懂，后来他们俩聊了起来，我才知道原来"三和大神"是一个代名词，原指聚集于深圳三和人才市场一带，打低端日结零工，干一天玩两三天的游民，后来泛指采取这类生活方式的所有人。

三天打鱼，两天晒网，就是他们这些人。我问："你怎么不做固定工作？"

他说："死亡和明天不知道哪一个先到，干吗给万恶的大老板打一辈子工？我也不买车，不买房，也没有女朋友，做一天玩两天多爽呀。"

"哟，还挺有哲理。"我缝完了最后一针，给他贴上了布胶带，收工。

他也不愿意住院，签了拒绝住院医疗书之后，就随他去了。

我以为事情就这么结束了，没想到他下午一瘸一拐来到了肛肠科，说有事要找我。

我还以为是什么大事，或是伤口出血了，没想到是为了他那条牛仔裤过来的，说是我剪破了他的牛仔裤，让我赔钱。

我真是冤到家了，当时我清清楚楚、明明白白地征求过他的意见了，现在怎么突然食言了？

这家伙就是一个无赖，一直赖在我们科室，最后我只能妥协，自认倒霉地赔了他钱，他说那条牛仔裤之前买时400块钱，才刚穿一个月。

简直胡说八道，那条牛仔裤都已经洗褪色了，起码穿了一年以上，最后他还说我是他的救命恩人，给我打折，要了我300块钱。

有了这次教训，下次得学乖了，再遇到这种情况，还真得给患者和家属写一张"同意破坏衣物进行抢救"的知情同意书。

晚上逛街的时候，我还真去看了一条同品牌同款的牛仔裤，原价只要200块钱，他竟然跟我要了300，这根本不是来看病的，是来"碰瓷"的！

# 5

在医院工作有一个好处,就是见多识广,上到达官贵客,下到贩夫走卒,都能看得到。

而且还能练一个本领,只要眼睛一扫,打几个照面,对一个人好不好相处已然有了一个基本判断。

我遇到了一个算命先生。

这个算命先生倒是和我印象当中的算命先生不太像,没有胡子也没有小眼镜,说话也不滑腔拉丝。

他挺低调,是遇到了曾经给他算过命的同病房病友提起的时候,我们才知道。

我对算命这门手艺挺感兴趣,在他住院期间,趁着早晨查房的时候,会跟他搭上几句话。

我问:"算命到底是不是真的?"

他坦然直白地说:"道中有术。"

我问:"什么意思?"

他说:"就是一部分看和闻,我们算命都是眼观六路,耳听八方,光看人就能看出个子丑寅卯,另一部分就只能靠猜,合起来就是算。"

这话倒是坦诚。

我灵魂拷问道:"那你自己信不信这门手艺?"

他笑着说:"算命对我是职业,也是名头,人家愿意叫我黄师傅，还得仰仗我这门手艺，我不信不行呀。"

回答了，但是又好像没有回答，真是厉害。

我问："那你觉得什么最重要？"

"钱，我年轻时就知道钱好，而现在年纪大了，发现果真如此。我这把年纪，一份退休金，花销有一半在吃穿上，另一半就是在吃药上。"

这话还真是一点不假，不虚伪，是个实在的人。

在他住院期间，我经常找他聊天，他有一股子通透劲儿。

在他快出院的时候，我想求一卦，看看他能说出什么花来，他只是给我抛了一句："你们这代年轻人就别问卦了，你们的命都被房价盘着呢。"

哈哈哈！这老头算得真准！


# 6

大半夜3点多，来了痔疮出血的患者，三十来岁，昨晚吃了烧烤、喝了啤酒，今晚大便过后"菊部"突然血流不止，才来的医院。

他脱掉裤子，垫着一块卫生巾，我问："你怎么知道要垫这个？"

他笑着说:"我老婆说的,这个干净。"

确实,卫生巾相比于普通面巾纸是要干净一些。

我问:"你老婆是做什么的?"

"兽医。"

怪不得懂医学知识,其实在外科方面,兽医和人体医学没有多大区别,我问:"你怎么没让你老婆给你止血?"

"唉,我让她帮了,她说可能是小动脉破了,有搏动性出血,而且肛门的解剖她也不懂,不敢给我瞎弄。"

我看了一下,确实是小动脉,还在搏动性出血,在肛管偏内侧,没有局麻的情况下,不容易发现出血点。

我给他打了局麻,然后结扎血管,他的混合痔很严重,我问他要不要顺便做了,他同意了,于是临时给他加了个"套餐"。

他说他媳妇的宠物店挺挣钱的,最好的时候一个月能挣两三万,一般一个月两万块钱是没啥问题的。

他还用手机给我看了价格表,大概看了一下,上面写着:

局部麻醉:35元/只

诱导麻醉:120元/只

全身注射麻醉:100元/只

公猫结扎:400元/只

母猫绝育:600元/只

公狗结扎：500元／只

母狗绝育：800元／只

单单手术就800元，加上麻醉、输液、住院费用，一套下来肯定超过1000元，这母狗绝育的价格都快顶上我们医院痔疮手术的费用了，而且这耗材和药品用不了多少钱，基本1000元以上纯收入肯定是有的，搞得我都想转行当兽医了。

我说："那你媳妇医术应该很高明呀？"

他一脸自豪地说："那是，在我们那一块，我媳妇很出名的，特别是她的中药，那是开得相当好，尤其在不孕不育方面。"

真是小刀划屁股——开了眼。

我问："猫猫狗狗也要治疗不孕不育吗？"

他说："这你就不懂了，现在好品种的宠物，一只2000到几万块不等呀，如果不孕不育，那些卖宠物猫狗的不得亏死？所以治疗宠物不孕不育的需求就这样出来了。"

"懂了。"我越想越觉得自己入错行了，说，"你媳妇真是厉害。"

"那是，我这包皮也是她割的。"

什么？我以为自己听错了，问："你做兽医的媳妇帮你割了包皮？"

他也毫不避讳地掏给我看，炫耀他媳妇的作品。

我也没客气，看了一下，确实做得还行。

我好奇地问："你媳妇是怎么帮你做的？"

他说，就是网上买了一个"割包皮环切器吻合器"，然后他媳妇按照视频步骤学一学，就帮他切了，说那割包皮套装里面还附赠诺氟沙星胶囊，这一套下来才花了300块钱。

之前我才看过新闻，有一个小伙子也是买了一个这样的"切包皮神器"。切完之后第二天，"小兄弟"不但没有好转，还在一夜间"长大"了不少，并且变得青紫瘀血，切口流脓流血，发现是感染了。他媳妇胆子还真大，竟然敢冒这么大风险，这么草率地向自己的"性福"下手，也不怕把丈夫的命根子搞感染了。

痔疮手术快结束的时候，他还跟我说，他媳妇最近发现他儿子的包皮也有点长，她已经在准备做下一台包皮手术了。我劝他最好不要这么做，不过他显然没有听进去……

# 7

遇到了一个硬核①的理工男，人家是真的硬核，毕业于国内名牌大学，好像是某大公司机械设计的工程师，对

---

① 网络流行词，形容能力强，或性格彪悍。

于这次手术，他做了大量工作，查询了指南、论文，还有国外的文献，还用电脑测绘了一张肛门局部解剖图。

一天早上，他跟我说："白医生，这是我画的解剖图，你看看怎么样？"

我一看，哇，这比教科书那个黑白图精致多了，确实画得很不错，而且还是彩绘。

随后他又跟我谈了痔疮治疗指南、论文文献等一些专业性东西，他讲得很专业，一些不确定的问题还十分谦虚地请教我。

这一刻我都有点觉得他是隔壁市医院派过来的卧底，我赶紧问："你不是医生？"

他笑了，一副被肯定的喜悦，略带羞涩，摇摇头说："不是，我是做机械模型的，这些资料是我来医院前找的，这几天没什么事就拿出来翻一翻。"

学霸，绝对是学霸！能够在这短短几天的时间就掌握这么多知识，足以证明他有些过人的学习能力。

整个住院期间，他虽然经常问我问题，但是他的提问非常专业，我在回答他问题的时候也尽量措辞准确，让他得到一个可靠的答案。

在我告诉他我是他的主刀医生时，他没有表示惊讶，这也让我有些欣慰，毕竟他跟我的前辈陈老师是朋友。

手术很成功，他也很配合治疗，预后很不错，不过他说他的工作得长时间坐着,估计不久之后又会复发了,他现在已经懂痔疮发病原理了。

在他出院之前,我特意去他的病床前,咳嗽一声,说:"赵先生,你这功课做得很踏实,那个图谱有点小瑕疵,我帮你改改。"

他情商很高,立马说:"是嘛,我都好了,这图纸您留着帮我改就好了,我也不带回去了。"

"白嫖"①到手!

---

① 网络流行词,泛指免费索取他人资源的行为。

# 夜里的那根烟,看过人生百态

## 1

半夜听到了哭声,哭得很低沉,像是一个男人在哭。

我听声辨位,应该是在楼梯的位置,难不成是今天做手术的那个男人?那个男人非常怕疼,可能是半夜疼哭了吧,这个倒是挺常见的。

但是他实在哭得太大声了,我想起身告诉他,如果担心吵到自己同病房的病友,其实完全可以去厕所那边哭,那边隔音做得很好呀,估计是建厕所的时候哪个"先知"早就知道有这么一个需求,提前猛堆隔音材料。

他在楼梯哭,真的太影响我休息了。我穿上白大褂,看到一个男人盯着窗台一直哭。

我走过去问:"怎么啦?"

他转身一看,吓得一激灵,可能以为撞上鬼了,随后才颤颤巍巍地说:"没……没什么事。"

"你没事怎么在这里?"

"我老婆在肿瘤科住院,我来这里抽根烟。"

肿瘤科就在我们楼下,我们肛肠科外面有一个吸烟区,有不少家属会上来抽烟。

原来是肿瘤科患者的家属呀,那我大概能猜到个大概了。

我问:"你老婆做病理检验了吗?"

男人点了点头说:"做了,肝癌晚期了。"

"多久了?"

"才半年。"

"这么快。"

"一年前她就说不舒服,两个孩子都在上大学,一个大三,一个大一,家里没什么钱,舍不得来医院看病,一拖就拖成这样了。"

男人的话语中满是愧疚和自责,我没有多说什么,问:"你们弄水滴筹了吗?"

男人不懂,说:"那是什么?"

"就是可以捐款的平台,别人捐款,然后你就可以拿这些钱给你媳妇治病。"

他的眼睛突然亮了,然后又有些担心,看着我的白大褂说:"你是医生吧?"

"我是这层楼的肛肠科医生。"

"那你可以帮我弄这个什么水滴筹吗？我不会弄。"

"可以，我帮你弄吧。"

其实我也是第一次弄，弄了一个来小时才弄好，我自己也捐了两百块钱。

我也是农村出来的孩子，我能理解一对农村夫妻培养两个大学生是多么困难，那几乎已经耗尽了他们所有的钱，我大一的时候，我爸得抑郁性神经症却一年多不敢去医院，后来摔倒在厨房才第一次去大医院看门诊、取药。

哪有什么人人生而平等？穷人对抗疾病的能力几乎为零，连普通的肺炎都能带走留守农村的老头老太太。

## 2

医院的候诊室里，一个男人焦急地等待着，他的眼神里充满了不安和忧虑，身边年幼的女儿，大大的眼睛，乌黑的头发，是个非常漂亮的小女孩。

来到门诊的时候，男人给了我一个很厚的病历袋。

男人说："我家孩子以前做过肛门手术，但是不知道怎么的，这几天大便很困难。"

这么小就做过肛门手术的孩子不常见呀。我给她检查了一下，肛门周围确实有很多手术之后留下的瘢痕，整个肛门的形态也跟正常孩子的肛门不一样。

我问："做了几次手术？"

男人说："做了三次手术。"

这么多次。我赶紧看了一下女孩以前的病历——高位型肛门闭锁。

着实把我吓了一跳。

高位型肛门闭锁是一种先天性疾病，新生儿出生后因肛门发育障碍，未能形成肛管，导致无法正常排便。

根据孩子父亲说的，这个孩子刚出生没多久，就做了三次手术，第一次是做结肠造瘘术，过几个月后又做了肛门成形术，最后一次是做结肠造瘘管漏手术。

手术之后恢复情况还不错，但是排便功能一直不太好，虽然孩子现在已经上小学了，仍旧得经常扩张，才容易排便。

虽然她爸才三十五六岁，但是已经两鬓斑白了。

问了才知道，原来女孩妈妈前年因肠癌去世了。

女孩术后基本都是由爸爸护理的。

因为便秘得厉害，她爸很担心，在诊室里一直在追问女孩到底有没有乱吃东西，以前虽然排便困难，但是很少这么严重。

问了半天，小女孩终于开口了，说："爸，我不乖，周一放学的时候,我偷吃了一个炸鸡腿。"

她爸生气地质问道:"谁给你的?"

她支支吾吾地说:"同学都在吃,我也想吃,就偷偷用零花钱买了一只。"然后大哭起来,哽咽着说:"我再也不吃了……"

女孩一吃容易上火的东西就会排便困难,所以她爸从来不让她吃油炸的东西。

她爸当时都快气哭了,带着哭腔说:"医生,这孩子平时挺懂事的,学习也认真,就是有时嘴馋。"

我点了点头,赶紧给女孩掏粪,其实也就大便头头比较硬,掏出来之后后面软便就慢慢出来了。

她爸还想教育孩子,我安慰她爸说:"小孩子喜欢吃东西,是天性,别骂她了。"

男人点了点头,说了一句让我至今都忘不了的话。他说:"我知道,但是饮食方面她要自己注意。再大一点,我就不方便给她扩了。"

唉,我懂。为人父母后,我可以深刻理解这种担忧。

然而,命运似乎并不打算放过这个家庭。几个月后,男人再次来到医院,这次是因为他自己的健康问题。

下午的时候,一个看起来非常脸熟的男人来到肛肠科住院部，说是找我的。我还挺诧异，不过他一开口，我立马就想起来了。

男人说："我是那个无肛女孩的父亲！你还记得吗？"

记得，当然记得了，不过我们才半年多不见，他怎么头发全白了呀？我都有点认不出来了。

我问："怎么了？"

男人说："我最近一天拉几十次水。"

啊，这么严重呀！无意中谈起他女儿，完全出乎了我的意料。

我问他："这次你女儿怎么没跟你一起来？"

男人说："三个月前，孩子早上突然发了高烧，晚上出现了脑疝，到医院抢救一周，还是走了。"

天啊，我脑海中如视频回放一样，想起了女孩第一次过来就诊的情景。

我看了一下男人的病历，忍不住叹了一口气。

他摇头苦笑说："医生，你说我运气是有多差，老家果园被征地了，赔了不少钱，等过两天款子就到了，我现在却查出肝癌晚期了！"

开完药，他离开前，问了我一句："医生，你相信命吗？"

说实话，在遇到他之前，我是不信的……

检查结果显示，他已经是肝癌晚期。

男人苦笑着问我："医生，你相信命吗？"我无言以对。在遇到他之前，我不太信命，但看着这个家庭经历的一切，我不禁开始怀疑，是不是真的有所谓的命运？

# 3

夜班查完房刚要回值班室休息，急诊科就打电话过来了，让我去急诊科给一个"三无"患者会诊。

这是所有医生最害怕的三个字，但是真碰上了，硬着头皮也要上呀！

我来到急诊科，看到一个衣着破旧的男人拿着纱布捂着伤口，手指缝还在渗血。

心里陡然一惊，看样子伤口不小呀！

在检查室看了一下，是肛周外伤，伤口上有大量的透明玻璃碎屑，这种外伤处理起来非常麻烦。

还有一个非常棘手的问题，就是这个男人没有家属，即使做局部麻醉，也存在一定手术风险。

没办法，只能先把他送到清创室处理伤口了。

男人抬起头来，我认出来了，这不是天桥下那个流浪汉嘛，我和家人晚上散步都能看到他躺在那里。

我之所以对他有印象，是因为他总是抱着一只母鸡，那只母鸡好像跟他很有感情，能够听得懂他的口令。

刚上了清创台，他低声跟我说："医生，我没什么钱。"

我点头表示知道，问："先清创吧，对了，你叫什么名字？"

他说："姓李，名字没用很久了，忘了。"

他不愿意多说，我就没再多问。我将他伤口里的碎玻璃挑出来，有些玻璃扎破了小血管，此时那细碎的透明玻璃裹着鲜红的血液，在无影灯下像一颗颗血钻一样亮眼，我眼睛都被晃得有些晕眩。

后来我问他为什么会受伤，他说："有一个人想偷我的鸡，被我看到了，我跟他打了一架，不小心坐到放在地上的破窗户上了。"

原来是坐在破玻璃窗上，怪不得伤口上有那么多玻璃碴。

他的伤口情况挺复杂，处理了一个多小时才搞定。

他跟我点了下头，说："谢谢你，医生。"而后一瘸一拐离开了，也没再过来换药。

后来我和我媳妇带着孩子晚上散步的时候也碰到过他好几次，不过都没有打招呼。

我真没想到他会再主动来找我。

一天傍晚，下班回家时，他突然拦住我，递给我六个鸡蛋。

我吓了一跳，蒙了一下。

他说："给你儿子吃，小朋友看起来很可爱。"

我回推了一下手里的鸡蛋，想要还给他。

他着急了，说："医生，放心，这不是偷的。"

塞给我鸡蛋后，他就走了……

## 4

今天在门诊上遇到了一个因为生宝宝羊水栓塞的病人，这病就是高年资的产科医生听到了心肝都会打颤！

她来我诊室是过来看便秘的，她说自己自从生了孩子之后，便秘非常严重。

她的脸色苍白，一看她的脸色就能知道她的身体非常虚弱。我给她把了下脉，又玄又细。

她说自己便秘得非常严重，平时有正常的便意但是没力气拉出来，已经十来天没拉了，即使用开塞露也拉不出来。

那只能辅助排便了，就是我用手帮她将那些非常硬的粪便抠出来，然后再用开塞露让她自己把剩余粪便慢慢排出。

但是这只是治标不治本,把身体调理好才是根本。

我在给她掏粪的时候,发现她真的没什么力气,需要我一点点往回托,她才能艰难地拉出来。

从中医角度来说,这是非常典型的气虚。

还有一个特别奇怪的现象,十几天前的粪便竟然还没被完全"消化"完。

其实这也不能算新鲜,应该说是吃进去的食物基本没怎么消化。

我问:"你之前是不是做过手术?"

她跟我说,她在生这个宝宝的时候,羊水栓塞了,全身换了好几遍血,在 ICU 住了半个月才把命捡回来。

说实话,我都听愣住了。

她继续说道:"我现在卵巢和子宫全丢了,也不来月经,跟个老太太没区别了。"

唉,她才 28 岁呀!

告诉大家一个事实,在临床上遇到的多了就会知道,生孩子绝不是某些婆婆说的那样,跟拉个屎一样简单,有时是会要了命的。

两三个月后,她来到了住院部找我。

我问:"吃完药有没有效果啊?"

女人说:"大便是好拉一些了,吃东西还容易不消化,想再来开开药调理调理。"

我抬头一看，吓了一跳，两个月不见，她怎么变了一个人似的，满脸皱纹，眼袋黢黑。

这就是传说中的断崖式衰老吧！

我想起了她说的话，对哦，她没有卵巢了，可是她才28岁呀。

## 5

"脱贫三五年，一病回从前。"

"做个阑尾炎，白耕一年田。"

"小病拖，大病挨，重病才往医院抬……"

这样的顺口溜，都是老百姓遭遇疾病带来的经济风险时的真实写照。

门诊来了一个40多岁、皮肤黝黑的男人，姓秦，暂且称呼他老秦。我看他的手指满是裂痕，应该是干重体力活的。

我给他做肛门指检时，发现他的肛管有一处变硬的瘢痕，用肛门镜一看，边界模糊，有一个半厘米的溃疡面，我建议他做病理检查。

他一听得花大几百块钱，脸色一沉，情绪变得很激动，说："医生，我这是不是癌症呀？"

病理是医生的医生，病理还没出来之前，哪个医生都不敢用"火眼金睛"给病人乱下癌症的诊断。

我说："这只是怀疑，做完病理检查后才能明确诊断。"

老秦叹了口气，说："那估计是癌症了，不治了，不治了。"

我情绪有些激动，说："说了，得检查才能知道。"

"八成是那个，算了，我直接回家等死吧，给孩子留点钱，他还要读那个什么研究生，还要花很多钱哩。"

我点了点头，然后说："行，既然你这样说，那我也没办法再说什么，如果只是炎症，或者癌前病变，那只要手术切除，不需要花很多钱就可以恢复健康，继续工作。"

听到我这么说，老秦才慢慢平静下来，问了我许多关于这个症状的各种可能性，于是我把他收入住院了，答应他进来把住院费用控制到最低。

住院隔天，他儿子小秦刚好放假，过来当陪护，他之前提到他儿子是学影像学的，虽然影像学和临床医学有很大区别，但是也都算是医疗行业，我和他儿子便多聊了几句。

小秦现在读大四，刚考完研，本来是影像学专业的，现在想跨专业考公共卫生专业，目前成绩已经出来了，算是中下水平，也已经联系了他所报专业的几位导师，他们都没有积极意愿要让他成为自己的学生，他此时的处境有些进退两难。

我也更深入地了解了他想要跨专业考研的原因。他说得很坦诚，说自己之所以会跨专业考研，是因为本专业考研的话，他考不上，所以才选择跨专业。而且他自己也坦诚地说了，就是单纯想要一个硕士学位来提升自己而已，至于是什么专业，他觉得无所谓。

说实话，我不太能够理解这个年轻人的想法。但是身边也有挺多这样选择的人，他们竟然可以为了硕士"卷"到专业不分。

我们后续又聊了几句，他说也不是喜欢报考的这个专业，单纯是为了"更方便"考取一个硕士学位而已。他不爱工作，是实习的时候感觉进入社会以后世界有点复杂，想多待在校园里读书。

他有点刻意逃避"成长"，他是单亲家庭的孩子，他家的唯一收入就是他爸的工资，现在他爸身体状况不好，住院治疗也需要花一些钱，以他现在的学历参考一个比较好的市级医院影像科问题不大，选择先出来就业，再考一个在职研究生也许更合适。

后来我和小秦聊得不多，倒是跟老秦聊了不少。

一周后，病理结果出来了，是癌前病变，也算是不幸中的万幸。

癌前病变做手术是能够治愈的，癌前病变属于患者本身存在某种良性疾病。

若不给予治疗或进行干预，良性疾病继续发展下去，会有较大概率转变为恶性的癌症。

一旦检查出存在癌前病变，我们都会建议患者给予高度的重视并积极治疗。

术后，老秦恢复得很好，出院没多久就回工地干活儿了，我们互相留了微信，他刚开始会给我发一些花开富贵、早安吉祥之类的表情包，我刚开始会回，后来有时看到就回个表情，他就慢慢不发了。

这两天又给我发了条长长的语音。他说，他们这边的事业单位已经可以报名，他想偷偷替小秦报名，但是苦于自己读书少，身边也没有多少读书人，就想着医生也是事业编制，想让我偷偷替小秦报名。

后来一问才知道，原来小秦那次考研没有考上，天天在家里看书，打算"二战"研究生，老秦觉得这不是办法，才想到这个"霸王硬上弓"的烂主意。

我拒绝了，我跟老秦说，报事业单位这个事得小秦同意，不然报了名不去考试也是白报，过后我还是跟老秦要了小秦的电话，电话中他坚持"二战"考研，这次打算再换一个比较容易考上的专业，具体是什么专业，他说不方便透露。

# 6

我都快下班了,一个老太太才神神秘秘地走进来。

老太太一头鬓发,面容慈祥,我问:"怎么啦?"

老太太擦了擦椅子坐下,说:"医生,我想问你个事。"

我点了点头:"说吧。"

她递给我一份病历。

我看了一下,发现这个病历非常奇怪,最后诊断结果写着:痔疮。

一般正规医院不会简单地把痔疮写为诊断结果。痔疮可以分为三种:内痔、外痔和混合痔。

这明显就不是一本正经的病历。我仔细看完她的病历后觉得更加奇怪,这些检查和治疗根本对不上,而是在指向另一个病。

老太太突然问道:"医生,你说我这个病历是不是假的?"

确实像是伪造的,而且伪造技术很拙劣,诊断那行的纸都起毛了,肯定是被修改过。

我一时语塞,这可是天大的事,我不敢轻易开口。要是人家家属本来就是为了隐瞒病人才修改病历的,如果我把真话告诉病人,病人想不开出了什么事,那我可担待不起。

身为医生,在临床上不仅要保护病人,也得学会保护自己。

她看出了我的为难,说:"医生,别怕,我知道这个病历是谁伪造的。"

我好奇问:"谁呀?"

她说:"是我家老头弄的,医生,我这个应该是癌才对吧。"

我沉默不语。

她笑着说:"那我之后可能就是一个没肛门的老太太咯,可能要经常来麻烦医生你了。"

原来老太太知道自己的病呀!

说完她就走了。

再次就诊的时候她的肛门已经没了,腹部多了一个人造肛门。

这次是老爷子和老太太一起过来的。

她跟我说,刚换上这个很不习惯,一天去十几次洗手间,频繁更换造口袋,导致她皮肤严重过敏,腹部长出红疹。

我跟她说:"得慢慢适应,有很多人适应后,生活质量并没有下降很多。"

她点点头说:"我知道,还能怎么样,苟活着吧,我不能就这么走了,老头子他枕边没人是睡不着的。"

后来她又来了一次,她说老爷子前几天心梗突然没了。

那天的她格外没精神,原本一丝不苟的白发都凌乱了。走的时候她跟我说:"再见,医生。这大半年一直麻烦你,谢谢啦。"

当时我的心头莫名涌起了一阵不祥的预感。

不久后,住在他们同一小区的同事说,老太太在处理完老爷子的后事以后也走了。

# 7

这是我做肛门指检的第一个"重大发现"。

我和老太太第一次碰面是在肛肠科门诊,那时候小李也在,他是理疗科的,主要工作是帮忙打打下手、写写病历。

老太太烫着鬈发,头发有些稀疏,但是梳得十分端庄,脸上有微微的淡妆痕迹,一眼就能看得出来是一个精致的老太太。

老太太说自己也没有哪里难受,就是爬楼梯很吃力,以前不会这样,现在爬五楼都要分两趟,到三楼就已经很累了。

七十五六岁了,爬楼梯费劲很正常,我都担心我到她这个年纪别说爬楼梯,可能走路都费劲了。

后来老太太提到大便带黑色,一听到黑便,我立马警惕了起来,

这是肠道癌症特征之一,身为肛肠科医生自然对这个症状高度敏感。

这个症状必须得做肛门指检。

我在给她做肛门指检的时候,手指进去之后,就发现了异常,在她的肠壁上可摸到高低不平的硬块,感觉表面有溃疡,还伴有肠腔狭窄。

我退出指套的时候,发现指套染有少量脓血和一些黏液。

典型,太典型了!这就是教科书里描述的直肠癌的症状呀!

我叫来了陈主任,让他再次确定。

老太太这个时候也已经察觉到异常了,问我说:"有什么问题吗?"

我一时语塞。

陈主任正好过来了,说:"这是我们科的规培医生,经验没那么足,我再给你检查一下。"

老太太很和善,没有多说什么,让陈主任又做了一次

肛门指检，我和小李跟在旁边。

陈主任递给我一个眼神，轻声地说："你摸对了，是坏东西。"

随后陈主任建议老太太住院，刚开始老太太不同意，她说孩子都在香港，没有人可以照顾自己。

陈主任跟老太太暗示了她现在的情况需要做一个系统检查。

老太太从陈主任的语气当中已经听出异常了，最后答应住院做系统检查。

做了病理后确认，老太太得的是直肠癌，由于肿瘤距离肛门太近了，如果做手术，肛门无法保留。

住院期间，她几乎每天都会打电话给儿子和女儿。

她在住院期间也跟我问了很多关于直肠癌的治疗情况，当然她最关心的是没有肛门如何生活，大便从哪里出来呢？

手术中我们要切掉含有肿瘤的直肠，然后把近端没有肿瘤的肠管，缝在肚皮上，也就是说，肠管直接接到肚皮上来，大便直接从肚皮流出。

这个叫肠造瘘，造口外面要接一个造口袋，大便和气体进入这个袋子里面，袋子满了之后，排空里面的大便即可，造口袋需要几天更换一次。

使用造口袋的患者不能自主控制排泄，需要时刻贴戴造口袋，接住排泄物。腰腹上的袋子会不会漏，会不会胀袋，会不会有异味，几乎是所有造口患者时刻面临的挑战。

听我解释之后，老太太没有办法接受这样的结果。

住院三天后，她儿子回来了，来医院照顾她，和她多番商量以后，老太太还是决定做手术。

我们请了上级医院的大专家给她做这个手术，我们的主任和青年医生都过去学习了，肛肠科如果想发展，恶性肿瘤是一个绕不开的课题。

我们在手术中发现，老太太的直肠癌还没有想象中那么严重，而且手术很成功。

手术愈后不错，她的女儿和儿子因为工作关系没能长期陪护，雇了一个护工。

肛门切除后，老太太肚子上开了个临时造口，把肠管的一端从腹壁上人造的开口引出，再翻转缝在腹壁上，成了人工肛门，以便粪便和气体排出。但因为不像原来的肠道和肛门，不能人为控制排泄，所以要用一个底盘贴在造口周围的皮肤上，并连接造口袋，接住排泄物。

虽然老太太很少说什么，但是我去查房的时候可以看到老太太怕尴尬，把窗户打开，然后拿了一台风扇对外吹风，她也会敏感地观察我和其他医生的表情，担心我们闻到异味。

有一次老太太造口袋的底盘没贴好，粪便漏了出来，搞得床上哪里都是，臭烘烘的，护工又不在，她手忙脚乱地清理着，我刚好看到了，赶紧过去帮她整理，味道确实挺大的。我极力克制自己的反应，尽量不让老太太发现。

老太太一个劲儿跟我道谢，眼眶泛红，让人看着甚是心疼，虽然老太太经济上没问题，但是身边没有亲人，确实很孤单。

手术的伤口好了，身体恢复得差不多，老太太也实在待不住了，她女儿陪她办了出院，在出院的时候我特意跟她女儿提了要注意老太太的情绪，还有尽量不要让她一个人独自生活，她女儿答应了，但是后来她也没再来医院复诊过。

今天在食堂碰到了正在急诊轮转的规培同事小李，提起我和他在肛肠科轮转时的这个老太太。

小李现在在急诊科当救护车急诊医生，他说，到现场后，发现老太太已经没有生命体征了，怀疑她服用了大量安眠药自杀。

老太太很爱干净，她其实早就有这样的念头了，我和小李都没有觉得很意外。

# 医生与护士,各有各的难处

## 1

今天轮休,跟一个写手朋友谈起了护士这个职业,他最近正在追一个三甲医院内科的女护士。

他说:"我在网上看到,护士位于'三不娶'之首(护士、教师、银行职员),是不是风评真的那么差?"

我说:"连这种话你都敢说,不怕被捶吗?"

"我是真的想知道。"

"这个没有讨论的必要,哪个行业都有好人坏人,你要娶的是一个具体的人,不是一个模糊的职业群体,应该以自己的判断为主。"

"有道理,但是有一个问题,这个女孩虽然工作很忙,但是性格温柔,很乖巧。"

他在说这个女孩的时候,语气特别欢快,我想他口中的这个女孩应该很不错。我也给了他一些友情提醒：要问问护士圈乱不乱，那是特别"乱"，尤其是她们的生物钟。特别是大医院的护士，她们真的很辛苦，节日无休假，一周两次倒班，这种违背生物钟的作息时间对女生来说非常耗费精神。更可怕的是，护士会面对各种各样的患者。

前几天有一个骨科护士给醉汉擦伤口，醉汉对护士有肢体和言语上的猥亵，值班的骨科医生看到了，打了醉汉一顿，后来骨科医生花了500块钱才把这事私了了，而这个护士小姐姐哭了一晚上，都动了辞职的念头。

他说："是不是医生是护士的领导？听说很多医生和护士有不正当关系，都是这样产生的。"

我又给他解释了一番。

大家以为医生和护士是从属关系，以为我们医生整天颐指气使呵斥护士，其实不是这样的。

在现代医学的最初阶段，护士确实从属于医生，后来随着护理学的进步，护士逐渐脱离了从属地位，变成了和医生平起平坐的关系。

护士主要归护理部管，医生主要归医务部管，它们是两个平行部门。

医生之间、护士之间、医护之间也会因为观点不同或者利益纷争在早会上吵得面红耳赤。

而像我这种"社会底层"的医生，从小就是被护士骂大的,实习被骂,读研被骂,规培被骂,就算你当副主任医师了,开错几个医嘱还得被护士长臭骂一顿。我的同事林少文更惨了,连讨个老婆都是护士,回家还得被骂……

护士有时比我们医生还牛气,要是护士长看我们不爽,我们有可能连蓝水笔和医用口罩都拿不到,因为掌握资源就等于掌握话语权。

当然,也确实有一些老师带实习生喝酒,某某医生和护士在外面有情人这样的花边新闻。

经过我的一番全方位的分析之后,我的这位写手朋友心里已经有了一个明朗的答案,吃完饭回去就跟人家女孩表白了,结果挺让人意外,人家女孩只是想把自己闺密介绍给他而已。

## 2

补休在家,本想补补眠,突然有人敲门,我去开门一看,原来是远房表哥。说实话,我从小到大就见过他两次,我们去年才互相留了微信,除了逢年过节发发祝福语,其他时间几乎没联系。

我对于他的来访有些意外,但是看他一瘸一拐,大概是为了这事来的。他也没空手来,手上还提着一袋橘子。

闲聊几句之后,他就直奔主题,说:"最近不知道为什么,脚痛得厉害。你是医生,给看看行不行?"

我是看屁股的,看腿我不是内行呀,但是人家都找上门了,我总不能说"不会"就直接把人家打发走吧,这样不太礼貌,况且人家也不是空手过来的。我看了一下他的脚,关节及其周围发红发烫,肿胀明显,还伴有剧烈疼痛,是痛风的典型症状。

我说:"这可能是痛风,最好是去医院查一查尿酸。"

我简单地跟他解释,我们吃的海鲜、喝的啤酒都会引起尿酸增高,而尿酸中的尿酸盐结晶在关节和其他组织中沉积并诱发局部炎症和组织破坏时,就会导致脚痛。

显然他对我的答案非常不满意,不屑地说:"这不跟网上说的一模一样吗?我还以为你们医生能够说点什么不一样的呢。对了,你们有没有什么特效药?"

"得先确定是不是痛风才能用药呀,最好是先去医院看看。"

"这是小病吧?找赤脚大夫都能看得好,我是觉得找你比较方便,没想到自己家亲戚还要弄这种套路,早知道在村里拿几包药吃一吃算了。"

我心里琢磨着,你大可以不找我看呀,不过来者是客,我还是耐着性子说:"我是看肛肠疾病的,这方面我不太专业，我帮你问问专科的同事。"

他最后生气地说："现在医生都是研究生了，你们医院还用专科生呀。"

"专科是专业看某一科的疾病的意思，不是大专生。"

他面子上有些挂不住，说："不用那么麻烦了，全身那么多地方的病可以看，你为什么要去看屁股，不怕脏吗？"

我一时还真不知道怎么回他，最后冷不丁回了一句："我在口腔科实习过，有的人的嘴巴其实比屁股臭。"

他立马拖着瘸腿一瘸一拐地离开了，还顺手带走了橘子。

## 3

在医院不听医嘱的患者非常多，但带头"造反"的患者难得一见。

以前碰到过一个"麻烦精"患者。患者所在的科室还有两人间病房，她非得搬到六人间大病房住，后来才知道那个患者是卖保险的，她在住院期间成功让那六人间病房的所有病人全部买了她的保险，我觉得应该让保险公司把"爱岗敬业"奖颁给她。

卖保险给自己病友其实还好，我说的"难得一见"是一个卖保健品的患者，她竟然污蔑医生，说医生开的都是最低级的假药，还劝同病房的病人不要用医生开的药，用她的保健品更绿色、更安全。那可怜的病友听信她的话，吃了她的保健品，拉了三天的肚子，多住了一个礼拜才出院。

为此我还特意去找这个卖保健品的妇女谈话，她还跟我辩论上了，说他们公司现在还处于起步阶段，一旦整个保健生态体系建立起来，将会改变现有的医疗格局，让一颗药就可以治愈癌症，这个药将开启一个价值万亿的养生市场，从而帮助人类实现"永生"。

确实，她说的话有很强的感染力，在被她"洗脑"一番之后，我主动加了她的微信。

看到她的朋友圈后我大吃一惊——各种微信转账截图，我就纳闷儿了，一个年入几十万的职场女精英怎么微信朋友圈里都是什么乱七八糟的"微能量"儿童尿不湿的广告？这画面想想就觉得挺魔幻的。

我研究了一下她朋友圈的广告，发现只要花两百块钱就能成为这个团队的区域市场经理，这门槛也不高。

后来才发现我们科室几个医生都添加了她的微信，不过没人跟她有真金白银的交易，让她有些失望。

她来我们肛肠科做肛瘘手术，术后完全不按照我们医院的用药规范，自己乱吃药，吃一些什么"原生肽""动力酶"之类的保健品，她觉得医院是"谋财害命"的地方，住了两天就强行主动出院，才过了一个多月，肛瘘又复发了，比上次更加严重，吃了苦头之后，这次才愿意配合治疗。

其实这个高科技保健品公司应该先制出一颗药治肛瘘，让肛瘘患者摆脱手术的切肤之痛。

肛瘘在人群中的发病率为 3.5%。

# 4

今天在食堂吃饭的时候，碰到了小虹（男护士），我们面对面坐着，我看见他脸上有重重的黑眼圈。

小虹说他去女生家见了女生的父母，女方家长知道他的职业是护士后，女生的父亲当面质问他一个大男人为什么要去干护士，天天被医生吆五喝六，他听着这话，眼泪差点掉下来。

女方家长已经刻板地将护士默认为一个女性的专属职业，拒绝了他的第二次拜访，于是他和那个女生分手了。

他一直在强调自己要是当初好好读书，就不用考中专护理了。他比我提前工作五六年，现在工资却比我低，而且还是编外（考编需要本科以上），他很想辞职，但是快三十岁了，辞职也做不了其他工作，只能这样熬着。

我说："那考个本科呗？"

他说："唉，全日制本科肯定是没这时间了，而且我这种学渣也不一定能考上，非全日制本科就呵呵，你懂的……"

他说，之前有一个老大爷以为他是医生，天天跟他打招呼，后来知道他是护士以后，连碰面都装作不认识他了，那一刻他觉得太不是滋味了。

在他眼里，医生比护士地位高，发展前景好，受人尊重，至少容易找到媳妇。

原本我觉得医生这个活儿已经够惨了，没想到听完小虹的话以后，发现男护士真是处境比医生更艰难。

# 医院的病历永远不会让我失望

## 1

来到更大的医院学习后,眼界会变得更加开阔一些,以前在县级医院只能见到一些常见病,到三甲大医院以后能碰到许多教科书上记录的罕见病,我个人感觉这对于一个青年医生的成长十分有益。

最近因为忙着轮转科室病房的事,已经很久没有跟汪主任了。汪主任现在已经是退休返聘,基本除了大查房很少回病房了。她作风严谨,有很多病人,跟她的门诊总少不了挨骂,不过也能学到很多东西。

下午5点15分以后,我都已经开始收拾诊室办公桌上的各种单子,打算5点半准时下班。

这时,一个拎着白色手提布袋子的女人探了探头,看到门诊没有人才走了进来。

汪主任抬头一看，说："你又来了。"

这个女人四十来岁的样子，身体非常瘦，两鬓已有些花白，脸色苍白。

汪主任问："这次又怎么啦？"

女人点了点头，小心翼翼地坐了下来，屁股都没敢完全坐下去，身子僵硬地撑着。

汪主任问："怎么又过来了？"

女人看了我一眼，眼神闪躲，随后才小声地说："又掉出来了。"

"又掉出来了？"汪主任沉着脸，严肃地问。

"是呀。"

"我看看。"

我跟在汪主任的后面进了检查室。女人看着我，眼神时不时地瞥我一下。汪主任也发现了，跟她解释说："我们医生不分男女病人的。"

她眼睛赶紧向下闪躲，可能觉得不太好意思。

她躺上治疗床，脱掉内裤后，看到她还打着一条昏黄色的布吊带兜在肛门处，整条布吊带皱皱巴巴的。

汪主任皱着眉头说："为什么要绑这个？"

她小声说："不然容易脱出来。"

解开布吊带，她稍微一用力，直肠马上脱出，大概足足有9厘米长，属于最严重的三度直肠脱垂。

这种情况非常严重呀，我看过几个直肠脱垂患者了，但是像她这么严重的，我还是头一次见。

汪主任说："你这样怎么生活，平时生活很不方便吧？"

女人说："经常肚子胀，有时连灌肠都拉不出来，得是那种很稀的才能拉得出来，我现在连饭都不太敢吃。"

汪主任说："上次治疗后效果不是挺好的吗？"

女人低下头，说："是我自己的原因。"

汪主任经验丰富，她从女人的神情中读到了异常，问："是不是有过特殊的夫妻生活？"

沉默了一会儿，女人才点头，说："有……"

"为什么要这样子做，那里不是给你这样用的，肛门和直肠组织不像阴道那样可分泌液体，起到润滑作用。"

女人又沉默了一会儿，才说道："我那个不能用，我那里有病。"

汪主任追问："怎么不能用啦？"

"我去看过妇产科医生了，那个医生说我是原发性阴道痉挛。"

我大吃一惊，原发性阴道痉挛是指从建立性交活动开始，当性交时即出现阴道痉挛，这种患者大部分未经历过成功的性交。

我问:"你们夫妻有孩子吗?"

女人说:"我没有自己生,不过领养了一个女孩,今年十岁了。"

汪主任露出了悲悯和无奈,说:"你不能再这样了,再这样的话,会越来越严重。"

女人用很低很低的声音说:"我知道……"

"你这个得手术,你打算做吗?"

女人又迟疑了,说:"做,但是我得问问我家那位。"

汪主任说:"你这个已经严重影响生活了,我个人建议你还是做手术吧。"

女人点了点头,说:"我知道。"

女人带了一些药回去吃。

她离开后,汪主任摊了摊手,说:"没办法,没办法,你说手术完了,她丈夫如果一弄,不还得脱出来,没办法的……"

以前在学校单纯以为医术高明、技术过硬就可以把病看好,工作时间长了,才发现医生能做的很少,唯一能做的就是在能力范围内把病治好而已。

后来我再也没见过这个女人来就诊,不知道她现在过得怎么样。

# 2

前两天,我给一个患者做肛门指检后就跟平常一样去洗手,再用消毒液干洗一遍,他问:"我有那么脏吗?"

我愣了一下,心想谁的屁眼不脏?当然,我还是委婉地说:"常规消毒,就是其他部位换药也是要洗手的。"

虽然我解释了一大堆,但还是被这个人投诉了,理由是:我给他换药后立马去洗手,嫌弃他脏,投诉我歧视他。

刚开始来肛肠科的时候,我得戴手套才敢掰屁股上药,后来至少也得垫一个纱布,再后来看到陈主任竟然徒手掰屁股,我简直不能理解这种"神级"操作,最后一忙起来,我也徒手上场了。

最近我又不敢徒手操作了,原因是遇到了一个不寻常的"痔疮"。

在门诊,一个瘦瘦、黑黑的女孩,十八九岁,跟一个跟她年纪差不多的青年一起来看病。男人很高、很瘦,脸颊完全没肉。

女孩说自己屁股上长了个肉坨坨。

我刚开始惯性思维,以为是外痔。

给她做常规检查,发现不太对劲。

破溃,中央糜烂,呈红铜色,有少量黏性分泌物,呈圆形或椭圆形,直径约1厘米,接近树胶状,按压下去无明显痛感,这是典型的"硬下疳"呀。

在肛肠科不只"看屁股",偶尔也会碰到性病[①],性病其实不只有梅毒,我国重点防治的性病是八个:梅毒、淋病、非淋菌性尿道炎、艾滋病、生殖器疱疹、尖锐湿疣、软下疳、性病性淋巴肉芽肿。念珠菌性阴道炎、细菌性阴道病等也属于性病。

我在急诊的时候,就碰到了一个四十岁的护士和一个医生给一个工人清创缝合时不小心被工人头皮里的锐器异物扎到手流血了。

他们本来想免费给这个工人抽血检查,以排除一些传染病,但是他拒绝抽血,后来还投诉护士,理由是病人怀疑护士操作过程中有什么过失,才会叫他补抽血。

最后也没能给患者做检查,急诊主任就叫这个护士三个月内不要和丈夫同房,而且要按正规职业暴露流程走。虽然三个月后复查没什么事,但是这个护士起码瘦了十几斤,她本来还想要个二胎,这样一耽搁,后来二胎也没有要成,她也一直觉得很对不起自己老公,时常跟我提起这事。

刑事诉讼中的经典理论是"没有充分确凿的证据证实有罪,应推定为无罪"。

而医生看病与这个原则完全相反,在没有充分证据证

---

[①] 在临床上为了方便,仍使用"性病"这一较为简便的名称,但其涵盖了性传播疾病所包括的范畴。

明这个病的时候，也要优先往危急重传染病方面考虑，这是多少优秀的医学前辈留下的宝贵经验，也是用多少患者的生命书写的鲜活案例。

这个女孩的症状确实很典型，但是她还这么年轻，犹豫一会儿之后，我还是决定传染病四项检查全开，这四项检查包括乙肝、丙肝、梅毒、艾滋病。

那个年轻人嘀咕了几句，最后女孩还是去检验科抽血了。

结果出来了，这女孩子不仅有梅毒，还有艾滋！

当我把这个消息告诉女孩的时候，她还以为是流感一样的病而已，问我这个会不会传染给他男朋友。

我说："你应该上过学吧？"

女孩点了点头说："到初一就没读了。"

"那你可以百度查一查艾滋病的相关信息。"

女孩听着我的话查了起来。

我也跟她男友说了这件事。

青年淡淡地说："我看过报道，艾滋病不会影响寿命的。"

看来是这个家伙传给女孩的，他不仅神色怡然自若，还有点不屑与医生谈论此病。

女孩查完后愣愣地坐着，我刚要跟她提如何治疗的事时，那个青年拉着她的手，一言不发地走了，也不知道要把这个女孩带去哪里……

## 3

一天之内竟然发生两起恶性伤医事件,因为疫情我们停下了手头的工作,奔赴各地给封闭小区的密切接触者采核酸。

而我的同事今天被打了,理由十分荒唐,我的同事入户给次密接人员采样时,鼻拭子的棉签还没伸进鼻子,女人就一直往后躲,大声地喊:"轻一点,轻一点……"

医生手上的动作更轻、更慢了,那个女人突然对医生大声吼道:"你能不能轻一点,我去其他地方采都没有你们这样子的!"

医生准备开始试采第二次,情况和第一次是一样的,但这一次那个女人吼得更大声,完全不能配合。

医生说了一句:"请您配合。"

她的丈夫听到后立马冲出来,开始辱骂我们的那个医务人员:"你们什么态度啊?"

我的同事说:"我们会更轻一些,请你配合。"

就这样,男人突然一下子冲了过来,将我的同事扑倒在地上,用拳头猛烈捶击他的头部。

我的同事起码有一米八的个头，他整个过程十分地克制，只是紧紧抱住自己的头部，被那个男人一顿暴打，地面上满是血渍，他的眼镜还被打碎了，牙齿也被打掉了，另一个志愿者想要拉开那个男人的时候，也被揍了几拳。他们是密接人员，还扯掉了医务人员的口罩。

后来我的同事报警了，那个男人还投诉医务人员态度不好，想要以此为由洗脱自己寻衅滋事的罪名。

这个男人随后被警方带走了，拘留十天，罚了500块钱。

今天下午看到我同事的时候，他全程低着头，不愿意与任何人打招呼。

无独有偶，我以前在急诊科工作时常常一起搭档的同事小强，昨天晚上也被打了。

凌晨3时许，一个男子因醉酒跟他的朋友打架受伤了，手臂有一块裂伤，只用面巾纸简单包扎了一下。

醉汉在朋友的陪伴下来到卫生院护士站，小强得知有急诊病人，立马来到护士站，看到男子身上有伤，就告诉他要处理一下伤口。也不知道什么原因，醉汉来到护士站后，发疯似的不停地骂送他来的朋友，结果他的朋友被他骂得狗血淋头，估计他朋友现在的心情也是想骂街，后悔约这种酒疯子出来吃饭。要不是怕醉汉出事，他得承担责任的话，估计他早就跑了。

醉汉骂完自己朋友后，开始不停地骂小强。

小强不愿理他，想着等他情绪稳定点再给他问诊。小强从护士站出来了，没想到醉汉也跟着来到走廊上，醉汉还是不停地辱骂他，于是小强就回到自己的值班室，并关上了房门，他觉得这样的酒疯子跟他讲道理也没有用。

醉汉越骂越来劲，把医生办公室的椅子全砸坏了。随后来到值班室门口，不停踢门，扒窗户，闹了好几分钟后才离开。

外面安静了几分钟，小强以为醉汉走了，可是几分钟后，醉汉从护士站里拿了一把椅子过来开始砸小强的门和窗户。

最后，醉汉砸开窗户玻璃，跳进值班室，朝着小强跑去，掐着他的脖子开始打他。小强想挣扎逃脱的时候被醉汉咬了一口，脸上立马鲜血直流，挣扎了几分钟才在慌乱中跑了出来，但醉汉仍旧还在室内打砸。

事后我去看望小强的时候，听他描述昨夜经历的这件事，感觉就像丧尸半夜入侵卫生院一般惊悚，而小强脸上也缝了七八针，估计会留下伤疤。

小强笑问给他缝合的急诊医生："要不要打破伤风？"

急诊医生也笑着说："那得打，狂犬疫苗也得安排上。"

# 4

一个特殊的女病人。

10点多的时候,我看了看自己管床的病人,从原来最多的22个变成了12个,终于可以松一口气了。

陈主任打电话给我,说因为我以前在精神病科待过,所以他打算把刚刚在门诊收的这个病人分给我。

在精神病科待过的履历真是一个"万金油"标签,什么患者都能往上面贴。有时遇到不好交流的病人,陈主任随手就给人家诊断说:"这人指定有抑郁症,交给你了,小白。"

我还能怎么样?只能照单全收。

不过,陈主任刚刚收进来的这个女患者,还真是明显看得出有精神症状。

一个二十五六岁的女孩子,右侧脸上有一个灰色胎记,鹅蛋脸,五官十分精致,脸色有些苍白,理着齐耳短发,木愣愣地坐在凳子上,她六十多岁的母亲挎着一个黑色的大布袋子跟在她的身后。

我拿了一把凳子坐在她的对面。她身子直挺挺的,还没问她话,她就自言自语起来了,时而念叨着本地话,时而唱歌。

后来,我才知道原来这个女孩才刚刚从封闭的精神病院出来三天，之前在封闭式的精神病院住了一年多。

问她病史，完全答非所问。

我问："流血多久了？"

她说："十秒。"

我问："以前有这样过吗？"

她嘿嘿一笑，说："我想看书。"

……

经过几次对话以后，我发现她完全不能理解我的话，而且她的母亲也是三天前才接她回来，对她的情况也不清不楚。

让她称体重的时候，她突然兴奋起来，蹦了上去，我们那个十几年高寿的体重秤就这样让她这一蹦给送走了，看来她的精神状况还很糟糕呀。

我也跟家属特别交代了，一定不能离开患者，这样的患者可能一眨眼就往窗台蹦。医生的职业生涯有时很脆弱，只要她这么蹦下去，我可能明天就得卷铺盖走人了。

我给她查体的时候，才知道她不仅痔疮出血，肛周的皮肤也相当粗糙，还有陈旧性肛裂，而且她现在还有月经出血，后来一追问，她才含含糊糊地说已经来了二十几天了。

收住入院后开展常规检查，看看检查结果再做决定。

检查结果出来了，她的血红蛋白只有 42g/L，属于重度贫血，于是赶紧给她输了血。但是现在在疫情期间，献血的人很少，血库也非常紧张，如果还要输血的话，只能让她的家属献血，她才能再向血库申请出血。

我赶紧请妇产科的梁医生过来会诊，但是因为女孩的母亲说女孩还没有过性生活，这样就没办法做妇检了，处女是不可以做阴道双合诊检查的，只能暂时按子宫异常出血来治疗，等待进一步检查后再调整治疗方案。

不过梁医生说，贫血这么严重，竟然还能蹦蹦跳跳的，看来不是第一次出血了，还有这个女孩的外阴有些抓痕，需要注意一下。

隔天。

女孩需要再次输血，血库那边通知她的家属去领血袋回来输血。

女孩的母亲岁数比较大了，对医院血库也不熟，跟我说她找不到血库，所以我便带着她去血库，另外吩咐一个实习生帮忙看着女孩，女孩正在睡觉。

在去血库的路上，她母亲在电梯里看到一个妈妈抱着一个两个月左右的婴儿，她的眼睛一直看着婴儿，露出了慈祥的笑容，跟那个妈妈说："你家宝宝好有福气哟，耳垂好大的。"

那个妈妈微微一笑。

电梯到了的时候,她还忍不住再多看了一眼,可能她在想如果自己女儿健健康康的话,也差不多到了结婚生子的年纪了。

我和老太太到了血库,血库的负责人老洪把血袋递给我,然后跟老太太解释最近血库告急,她如果想给自己女儿继续输血,就必须找人过来献血。

老太太一听,眉头紧锁,不时叹气,说:"那抽我的可以吗?"

老洪说:"你这么大年纪,肯定不行的。"

老太太说:"那我再跟教会的人说说这事,看看还有没有好心人可以帮帮我们。"

我看到了她胸口的十字架项链,她应该是基督教徒。

在随后几天里,老太太不能离开自己女儿,就不停地打电话给教会的人,希望可以让更多人为自己女儿献血。

一周后。

功夫不负有心人,在老太太的努力下,遇到了三个愿意给女孩献血的爱心人士,其中有一个是隔壁病房病友的闺密的儿子。

病友闺密在得知女孩家里情况之后,觉得她家条件实在太困难了,看着心里很不是滋味儿,回家之后便叫了自己儿子去献血,其间还好几次煮了猪肝瘦肉汤给女孩喝。

女孩在综合治疗之后，内痔出血和阴道出血症状已经消失了，准备明天就给她办出院。

晚上11点多，护士跑过来叫我，说："小白，你去看看10床，好像有什么奇怪的声音。"

我赶紧跑到病房去，进了病房，此时老太太还睡得很沉，我轻轻叫了几声，她才醒来。

我看到女孩把手放到了她的私密处和肛门，满手都是鲜血，此时的女孩眼神很空洞，似乎看不到人一般，嘴里闷哼着。

我赶紧请了精神病科医生过来会诊，随后她被转到了精神病科继续治疗。

## 5

有时医生不仅要会看病，还得像侦探一样有敏锐的"嗅觉"，特别能"闻出"患者和家属的家庭伦理关系如何。

我以前在急诊科的时候，碰到过这么一件事：一个男人和他的"小三"出去约会，这俩人骑电动车撞到了傍晚买菜回家的妻子，你说巧不巧。

妻子的额头左侧被划了一道大口子，起码有七八厘米长，被撞后倒地不起，"小三"也头皮裂伤，男人只有手指轻微挫伤和擦伤，随后三人都被送到了医院。

于是急诊科就出现了伦理大战，本来他们只要清创缝合、消毒就可以搞定了，后来妻子叫来了自己的娘家人，把男人和"小三"打了一顿，男的被送进了骨科，"小三"被打得身体多处瘀青，鼻青脸肿。

我以为这种事情在急诊科比较常见，没想到在肛肠科这种科室也可以见到这么魔幻的家庭伦理剧。

晚上11点多，急诊科叫了会诊。

我到了急诊科，一个三十五六岁的妇女痔疮大出血，旁边跟着一个三十多岁的男人，脸色有些苍白。

我给她检查了一下肛门，发现还有润滑油残留在肛门周围。

我问："是不是在特殊性生活后才出血的？"

女人刚开始摇头。

我说："有残留润滑油。"

她才点头说："刚才那个后才流血的。"

我看过一个报道，文章提到异性恋中每四个女性中就有一人尝试过肛交，在男同性恋人群中这个比例更高。

尽管全球范围内肛交在异性的性生活中不少见，但是在我们的大环境下，还是要把它包装得人畜无害一些，让患者没有"负罪感"，这样他们就会觉得自己只是一个勇于探索生理知识的小朋友，只不过是把事情搞砸了，需要医生来给他们收拾"残菊"。

检查之后,给她上了药,血暂时止住了。

女人觉得自己再这样出血下去可能命会没了,强烈要求我们给她做急诊手术。她签完字之后,我说家属也要签字,她想了一下,打电话把刚才送她过来的那个男人叫来了。

那个男人跟女人眼神交汇,似乎在交流什么。

我问:"你是她的老公吗?"

男人没有应话,女人抢道:"他是。"

我看到男人嘀咕了一句,就说:"这个签字可是有责任的,而且明天也要拿家属关系证明复印件过来,你是她家属吗?"

男人迟疑了一下,说:"我是。"

我便作罢,照本宣科地说,术中可能出现麻醉意外、出血、休克,甚至死亡等情况,术后可能出现肛门下坠、小便不畅、创面水肿、假愈合、继发性大出血、多次修剪创面、药物不良反应、过敏反应等情况。

我念了一大堆,他们二人只听到了两个字——"死亡"。

男人脸色被吓得煞白,问:"这个还会死人呀?"

女人抢话道:"医生都喜欢把丑话说在前头,小手术,没事的。"说完,她心里没底,看着我说:"医生,是这样的，对吧？"

我点了点头，看着那个男人说："这种概率是不大，但是任何手术都是有风险的，即使是一亿分之一的概率，发生在病人身上那就是百分百。"

男人一听，脸色更加难看了，明显害怕了。

费了好大劲，男人终于把字签了。

女人说头晕，我去病房的时候，看到她的手机正好响了，屏幕上写着"老公"。

女人慌张地接过电话，电话里的男人问："你在哪里？"

奇怪，她老公不是在外面吗，怎么还需要打电话？现在互联网便利成这么病态了吗？不吼一嗓子叫人，还得费老大劲打电话？

这不对呀，难道刚才送她过来的不是她的老公？

女人看了我一眼，走到了靠窗的位置，神色慌张，动作僵硬，可以看得出来她十分紧张。

我识相地退了出去，跟她示意接完电话再签字。

女人半小时前才因为特殊性生活导致痔疮出血被一个男人送来医院，她的老公现在就打电话过来找她了，有问题，十分有问题。

随后我再进病房看那个女人，女人正在手忙脚乱地删除微信记录。

现在一回想，他们一进来，我就感觉他们两个人若即若离的样子，不太像是正常的夫妻，正常夫妻状态是那种合二为一的感觉，不管是行为举止还是说话的节奏，都会莫名地"和谐"。

我找到了刚才签字的那个男人，他正在外面坐着，眉头紧锁，表情比便秘时还痛苦。

我走过去，问："请问你真的是她的老公吗？这个签字是要负责任的。"

男人磕磕巴巴好一会儿，说："我只是她的同事。"

我虽然早就看出端倪，但是知道真相的时候还是大为震惊。

我再折回病房，跟那个女人沟通这个假签名的事，女人想到了自己的妹妹，打算叫她妹妹过来签字。

于是我回到了医生办公室。

"砰！"

一声巨响！

我还以为世界大战了，赶紧冲出去，看到走廊上围着一群人。

护士跑过来说："打起来了，打起来了！"

打架！难道是……

我推开人群，看到那个女人正在撕扯那个陪她一起过来的男人，她似乎情绪崩溃了。

女人嘴里一直吐着各种脏话：

"你他妈的，算什么男人？"

"敢做不敢当？"

"那个孩子是你的，你敢认吗？"

男人扯开了女人的手，落荒而逃。

疯了，简直疯了！

我驱散围观的患者，那些患者还意犹未尽地"吃着瓜"，如果我不是医生，我也很想继续听下去，可我就是医生啊。

女人情绪很激动，没有办法做急诊手术，于是把手术时间改在第二天下午。

隔天。

一个拉着一个四岁男孩，手里抱着一个一岁多女孩的男人来到了办公室，敲门后问："请问，谁是白医生？"

我起身走过去，问："你是？"

"我是3床陈小蕾的家属。"

男人满脸络腮胡子，讲话时连眼睛都不敢抬高。

我怔了一下，他怎么来了？然后眼睛本能地看向那个小女孩。所幸，小女孩长得跟她妈妈更像一些。

小女孩的手臂肉嘟嘟的，笑起来眼睛弯弯的，像月牙儿，也不认生，手里拿着棒棒糖，手伸了过来，要给我吃糖，可爱极了。

七天后。

陈小蕾手术很顺利,不过在最后一天要出院的时候,她自己一个人抱着一岁多的女孩办出院,整个人披头散发,走路有气无力。我还以为她身体有什么不舒服,她说自己只是比较累而已。

小女孩也完全没有之前的可爱模样,自己玩着脏兮兮的手指,显得有些局促不安,也不再像第一次见面那样跟我亲近,而是埋在妈妈怀里。

后来我才听她隔壁床的病友说,她老公来照顾她几天后,不知道是谁告诉她老公"真相"了,她老公也没有跟她吵架,而是坚决要离婚。

成年人的婚姻有太多说不清、道不明的缘由,但是那个一岁多的女娃才是真正的受害者,她以一个尴尬的身份来到了这个世界,她从出生那一刻起便要代自己的母亲承受偷欢之后的惩罚。

# 6

最近我们肛肠科收了一个"神医"老爷子住院。

第一天来我们肛肠科,他没顾得上自己的屁股疼,就把科室哪几个小护士有月经不调给诊断得明明白白了。

听护士们说,他的看病方式也是真神奇!只要老手一搭小手,然后一摸脉,还真的把她们的月经问题说个七七八八。我要是在青春期有他这本事,我也不用拖到现在才结婚,早就辍学在家,也许已经是两个娃的爹了。

在攻克我们护士站的小姐姐们之后,老爷子的野心显然更大了,竟然开始和其他病人说我们汪主任脾肾阳虚。依我看来,汪主任时常畏寒肢冷,舌质淡胖,边有齿痕,舌苔白滑,脾肾阳虚的判断也算是准确。

不过,他这一言论在经过病友几次"发酵"以后逐渐离谱,原本"神医"说的是脾肾阳虚,后面变成了肾阳虚,最后传成了肾虚,还说因为这个,汪主任现在无儿无女,实际人家女儿已经上大三了。

纸包不住火,有人竟然明目张胆地问护士关于汪主任肾虚的事,护士告诉了汪主任。刚开始他也没在意,后来看着越传越离谱——不仅无儿无女,还要外面包"小三",所以他赶紧找到"神医",让他帮自己澄清。

"神医"自觉是自己闯了祸,挨个病房解释"脾肾阳虚"和普通人认为的"肾虚"不是一个概念。

不过即使"神医"辟谣后,有一部分人纠正了之前的看法,仍有一部分人觉得是"神医"受到了汪主任威胁才改口的。

这不"越辟越谣"了？

# 7

收了一个肛门痛的老太太住院，各种检查都做了，没有任何异常，肛裂、肛瘘，甚至痔疮都没有，比我还健康。

早上去查房的时候，老太太虽然没有痛得哭天喊地，但是她躺在床上侧着身子默默流泪，哭得歇斯底里。

在排除老太太是器质性病变后，汪主任笃定地认为老太太的肛门疼痛应该是神经痛。弱弱地说一句，我也是这么想的。当然，也有可能是装的，但是演技应该没有这么好吧。

肛门直肠神经痛是指肛门及其周围以疼痛为主的症状。患者表现为肛门区刺痛、胀痛、坠痛、烧灼痛，有时会感到肛门内直肠区域有蠕动感，像有一条虫子在爬。

严重者肛门区疼痛难忍，可发生在便时、便后或其他时间，每次疼痛数秒或数分钟，也有患者呈持续性疼痛，神经性疼痛定位不明确。

这种病大部分是由于患者自主神经功能紊乱、肛门直肠神经失调，与精神因素和周围神经反射作用有关。

老太太入院的第二天,她丈夫过来找我,说她是装病,打他们年轻的时候,只要他们一吵架,老太太就会装各种各样的病,头痛、头晕、肚子痛、晕倒……

我不信,不相信有这么精湛的演技,于是跟老大爷说:"大爷,这个肛门疼痛,有时不是说没有伤口它就不会痛。"

大爷还没有听我说完,直接打断我的话,说:"这个婆娘就是没跟我要到钱才装病的。"

但是从临床上判断,老太太描述的情况确实很像肛门直肠神经痛。

我继续说:"我想还是请神经科过来会诊吧。"

老大爷摇头说:"哎,你怎么不信我的话呢,老太婆就是要钱,我现在拿1000块钱给她,她立马喊不疼。"

我将信将疑,老大爷真的进了病房,说:"老太婆,住院是要花钱的,咱们这退休金也不是大风刮来的。"

老太太立马竖起眉毛,说:"对呀,住医院是要花钱的,那你早点把钱给我,不就没这事了,咱们也就不用花这冤枉钱了。"

冤枉钱,怎么来医院看病就算花冤枉钱了?不过仔细想想,只给她检查和涂了一些外用药,想想也是挺冤的。

这么说,她这病还真是演的呀!

她这演技,奥斯卡不颁一个奖给她还真是埋没人才了,她应该开一个流量小生培训班,教教他们如何无病呻吟。

老大爷拿了1000块钱塞到她手里,她立马接了过去,吐了一口唾沫,立马眉开眼笑,我被震惊得下巴都快掉了。

老大爷跟我说:"医生,这回你信了吧?给我们办出院吧,也别没病占着病床,我看还有几个病人住走廊呢。"

我点点头。

后来我问了老太太,原来老太太的老闺密有过神经痛,这些症状都是从她老闺密那边听来的。

老太太真是一个努力的演员,在听闺密八卦时也不忘给自己积累生活素材,还能演绎得如此生动!

# 现在开始，大家一起提肛

## 1

几个月前接诊一名小伙，这小伙子一看就是那种偏执的书呆子，头顶又秃又油。他一来就跟我说他对中医也很有研究，给我看了他的电子书APP里面的各种所谓的养生书籍。我抬头看了他一眼，心想他这是来砸场子的吧。

随后我就问他："你到底是过来看什么的？"他说自己听信了某张姓养生大师的话，一个月吃了二十多斤绿豆，现在连大便都不成形了，而且有手足发冷、五心烦热、性功能下降的情况，动不动就拉肚子，经常拉到脱肛。

原来是走火入魔了呀，这好办呀，我就教他做当下最为热门的"网红运动"——提肛运动。

这种运动无须器械，场地不限，每日2～3组，每组连续做二十次就可以了，步骤也很简单，就是"下蹲——站立——下蹲"，下蹲时放松肛门，站立时用力收缩肛门。

虽然这种运动很简单，但是有不少好处。

第一，预防肛肠疾病。提肛运动不仅可以增强肛门部位抵抗疾病的能力，还可以促进肠道蠕动，对于防止便秘也有不错的疗效。

第二，辅助治疗前列腺炎。坚持每天做提肛运动，对尿频、尿失禁、小便不畅有很好的治疗效果。

第三，提升性功能（也是大家最关心的）。提肛运动主要锻炼的是从尾骨到耻骨的肌肉群，而这个部位是支持膀胱功能和性交活动的重要肌肉群。对男性来说，可以增强对射精的控制；对女性来说，可以锻炼会阴附近的肌肉。因此，长期做提肛运动，可以提高性能力。尤其是存在性功能障碍的男性以及生完孩子后阴道松弛的女性，更要试试。

第四，缓解脱肛症状。对脱肛患者来说，提肛运动是必不可少的保健和治疗方法，它可以增强盆腔肌肉筋膜对直肠的支持和固定作用，使肛门括约肌收缩力提高，在很大程度上缓解脱肛症状。

特别提醒一下，之前也有一个患者，为了迅速提高性能力，一天搞了几百次提肛运动，最后无法排尿，专门来到肛肠科导尿。

今天这个小伙子来复诊了，我也向他回访了做提肛运动的效果。

小伙子说效果很好，本来十分钟，现在都能半小时了，他媳妇很满意，这次过来就是想要问我能不能让他的性能力变得更强。"壮阳"这事我不专业，我赶紧把他推给了男科的老邓。

今天病人比较少，我和小伙子谈起了"朋克养生"这个话题，什么"熬最晚的夜，用最贵的护肤品""喝最烈的酒，坐最贵的救护车""啤酒加枸杞，可乐放党参，抽完烟含个咽喉片，大哭之后喝盐水，火锅、烧烤配着凉茶，破洞牛仔裤里贴着暖宝宝""熬亮了一个又一个长夜，勤勤恳恳地做做眼保健操"。

一边作死，一边自救；一边消耗，一边弥补，这似乎就是"朋克养生的常态"。

我也是如此，夜班隔天白天，会玩半天手机，得到眼皮像灌了铅、手机砸了头，才心甘情愿入睡。

可能我们这一代人才这样：一方面，通过互联网灌输的知识，比上一代人更加注重自己的健康；另一方面，还是无法摆脱熬夜的"爽感"，而熬夜的根本原因是一觉醒来又要打工了，所以格外珍惜夜晚的时间。我们知道怎样的生活才是健康合理的，但又总是从不健康的生活方式里寻求快感。

## 2

已经好久没有碰到"大润发"鱼哥了。今天食堂饭菜吃腻了,约了他出来吃饭。他最近忙着减肥,不过效果不太明显,肚子小了一些,但是脸上皱纹多了不少。

去了火锅店,锅底还没煮沸,他就开始噼里啪啦地抱怨一通,说他的规培医院和本单位没有把他当人看,让他在医院工作之后周末又回单位值班,又跟我抱怨一大堆关于装修的琐碎事。

不过他这样挺好的,他嘴巴忙着说话,手上一直烫牛肉,他说话时顾不得吃肉,我全给捞了。

才吃了十几分钟,他就去了两三次厕所,他之前就经常这样,最近去做了肠镜,原来是有肠息肉,我问:"你不是把息肉摘除了吗?怎么还一天都在跑厕所。"

鱼哥摇摇头,叹了口气,说:"大便没问题了,但是小便又出问题了。"

真是命途多舛,我说:"尿频、尿急、尿不尽?"

"你怎么知道?"

"看你一脸前列腺炎的表情就知道了。"

"你说我还是一个黄花大小伙,不会真的得前列腺炎了吧？"

"八九不离十，吃完饭，我给你做肛门指检下不就知道了？"

"别、别、别……吃饭就吃饭，别整这些不下饭的话题。"

既然他拒绝免费体检，那我自然也不会强求他。

吃完火锅，正要回去的路上，鱼哥越想心里越毛，突然说："要不，你给我检查一下吧？"他看了一眼厕所。

我问："你不会是让我在厕所给你做肛门指检吧？"

"不行吗？这个又不需要无菌操作，去你们科室，那些医生我都认识，怪不好意思的。"

"那算了，我怕被别人看到，以为我们两个大男人光天化日在男厕所乱搞，明天就得上头条，估计咱们饭碗都得不保。"

他犹豫了好一会儿，才决定去肛肠科做肛门指检。

来到了肛肠科，他像个小姑娘一样扭扭捏捏地爬上了检查床，裤子一脱，一座肥厚"臀山"矗立在我面前。

他的手不停发抖，我说："你抖什么？"

"没见过世面，有点紧张。"

"放心吧，像你这样的，我一天可以弄几十个。"我掏出了一个避孕套，怕他"小雏菊"受不了，给他抹了不少凡士林，一般人我还真舍不得这么浪费。

按摩了一会儿他的"菊部"后,他原本硬如磐石的屁股慢慢放松下来了,我轻柔地把手指探进去。

"呀!"鱼哥闷哼一声。

"别乱叫!"

他说:"这操作很容易破防呀!"

鱼哥冷不丁冒了一句:"你说我有没有可能喜欢男人?"

我吓出了一身汗,说:"我怎么知道?"心想,这小子不会是发现新大陆,从此不喜欢女生了吧?我要是断了郭家的香火,那他爹老郭子不得宰了我?

我把手指放得更深一些,摸到了一个小石头样的东西,应该是前列腺结石。

前列腺在人体当中的确是一个反人类进化的器官,95%的腺管不是直接连接尿道,而且通过长长的腺管,绕了半个前列腺,才在后叶连接尿道。这样就导致前列腺腺管感染后容易堵塞,日积月累,钙盐等成分沉积,更会加重堵塞,引起前列腺肿胀增大。腺管堵塞不一定在出口,管腔、腺管分支开口,都可能堵塞。

鱼哥自己好像也感觉到了,说:"是不是结石?"

我点头说:"八九不离十,有空去做个彩超。"

鱼哥问:"怎么办?"

我说:"长期缺乏性生活,就容易导致前列腺的一部分功能减退，而且还会造成前列腺液堆积，没有办法排出，分泌物不能及时排出，再加上无机盐逐渐形成，所以容易导致结石的出现。"

鱼哥叹了一口气，说："不结婚还得遭受结石折磨。"

"这不比你妈催婚管用。"我拍了一下他的屁股，让他穿上裤子。

## 3

祖传秘方对于患者有些特别的吸引力，其实市面上有不少的"祖传医学"都是打着祖传的名号招摇撞骗。

患者不相信正规医院开展的技术，实际上，大部分正规医院针对该疾病都采取的是目前最稳妥的治疗方案。

就单单说痔疮这个疾病，医学书上就记载了不少古人处理痔疮的方法。

比如古书《五十二病方》记载："杀狗，取其脬，以穿籥，入胭中，炊吹之，引出，徐以刀劙去其巢，治黄黔而娄傅之。"

这就是说，每次要给一个痔疮患者治疗，就必须得先杀掉一条狗。

估计那只狗是这么想的，你医术高明，你医德高尚，你割痔疮我陪葬?

为什么要杀狗呢?

那是因为需要一个狗膀胱作为手术器械。

具体的手术步骤是,用竹管戳着狗的膀胱,塞进痔疮患者肛门里,然后对着竹管吹气,让狗膀胱膨胀。(类似于吹气球的原理,现在如果还想这么操作,就不用杀狗了,买个避孕套就可以。)

吹完气以后,狗膀胱就会充盈起来,接着往外拖狗膀胱,将痔核引出,再用刀割掉痔疮,用绳子打结止血,最后用黄芩敷上消炎。

这个算是中规中矩,还有点靠谱的古代痔疮手术。

还有一个有待考究真实性,但是其操作方法仍旧让我震撼至今。

某古书有记载,古人用烧红的铁棍戳进肛门,烫掉痔疮。

你没有看错,就是像军队酷刑那样的操作,具体方法是把七八个铁块烧红,尽可能往病人的肛门深处塞;对于更严重的病情,还会用管子撑开病人的肛门,然后用炽热的铁棍如活塞般地在肛门里烫来烫去,直到把患部烫至溃烂脱皮,最后自行脱落,这直接就是"爆炒脆肠"了吧?估计不少烫伤太严重的患者会出现大便失禁。

今天就收了一个肛门溃烂一年多的病人,他一年前肛周脓肿，听信偏方可以不用动手术就治愈。

实际上肛瘘这个疾病，大部分需要通过手术才可以治好，任其发展的结果不但不能自行愈合，反而可能会加剧肛瘘的严重程度，甚至造成不可逆的影响。

经过直肠指检，我在他的肛管左侧触摸到一个肿块，质地有点硬，移动度很差，有轻度压痛感；随后我又给他做了肛镜检查，感觉不太对劲，就取了病理，活体组织检查诊断为肛门癌。

看到这个诊断结果，这个患者就跟丢了魂一样，两条腿都有点站不住了，只能靠着他妻子才勉强扶墙出去。

## 4

咱们来谈谈屁股长毛这件事，屁股长毛不稀奇吧？但是为什么"菊花"要长毛，这毛有什么作用，你肯定不知道吧？

讲一个临床上遇到的病例吧。

有这么一个三十二三岁的男患者，一直觉得自己肛毛旺盛，在上厕所的时候，经常需要好几张纸才能擦干净，于是他就让他媳妇用镊子给他拔肛毛。

这得多疼呀，这也是狠人一个！

拔了之后，只要长了新的毛茬子出来，他就接着拔。

如果一直这样没事，那肯定就不会来肛肠科了。他因为经常拔肛毛，犯了毛囊炎，找我开了外用药回去涂擦。这下他媳妇不给他拔了，他就自己拔，而且天天拔，一天不拔浑身难受，他媳妇都说他魔怔了。

其实这俨然是得了拔毛癖。

拔毛癖指以患者在强烈的异常欲望下拔除自己的毛发为特征的神经官能症，是一种自身强迫行为，受累的主要是头发、眉毛、睫毛、胡须，像拔肛毛这样的还是比较少见的，竟然真让我遇上了。

这个患者还是不肯"金盆洗手"，后来毛囊炎越来越严重，外用抗生素类的药膏都不管用了，"菊部"开始有红肿、疼痛的情况，需要配合口服抗生素类的药物才能把炎症压下去。

有这种特殊病例，我自然得给他详详细细地问诊一番。

他跟我说剃了肛毛之后只有一天多是觉得光滑舒适的，三天后就会开始长出小毛茬，而且"菊部"没了肛毛就容易出汗，不透气，由此产生异味，他觉得自己可能是因为这样才反复得毛囊炎，内裤上还会有一些黄色分泌物。

他老婆也说："原本放屁没有那么大声，自从拔了肛毛以后，放屁如打雷，那声音可是够吓人的。"

他说这还不是最痛苦的，最痛苦的是拔完肛毛几天之后，又粗又硬的肛毛茬又长出来了，那感觉就像是屁股坐在玻璃碴上。

来来来，我说一下知识点。

这个玩意儿学名叫肛毛，虽然看起来低调不起眼，但是作用不容小觑：

1. 阻挡细菌进入。当有细菌、病毒想侵犯你的"菊花"时，肛毛就会挺身而出，将其拒之门外，防止"菊花"被感染，让娇嫩的"菊花"不受外界侵害，从而保持正常工作。

2. 保持"菊部"干燥、通风。"菊花"周围的汗腺比较发达，容易出汗，滋生细菌。而蓬松的肛毛则可以吸收汗液，帮助"菊花"通风换气、保持干燥。

3. 减少屁股的摩擦。如果没了肛毛作为隔绝，走路时屁股两边会直接接触，肛周的皮肤较敏感，频繁摩擦易造成瘙痒感。

4. 减少"社死"现场。放臭屁时，肛毛可以帮助缓冲散发出来的臭味，收敛味道，使臭味没有那么浓烈、难闻；还能有效降低放屁产生的噪声，让响屁变成"杀人无形"的闷屁，从而在"社死"边缘拉你一把。

所以，大家千万不要剃肛毛啊！毕竟剃毛一时爽，长毛火葬场。

剃完后长出来的毛可谓是"短小精悍"，好比上百个容嬷嬷同时拿针扎你的屁股。

如果不信，那你大可一试，试过之后，你就再也不敢了！

# 我和我的中老年同事们

## 1

医院也不是一个单纯治病救人的地方,有人的地方就有江湖,我已经在不少的科室轮转过了,可以明显感觉到人际关系的复杂性。一般一个科室会分成几个小组,一些同龄的中老年医生之间经常会出现势同水火的情况,而年轻人间会更加融洽一些,当然这不代表这些年轻人会永远如此融洽,也许那两个同科室的中老年医生年轻时还是拜把子兄弟呢。不管在科室行政岗位还是业务岗位上,我的大多同龄人的竞争都是强烈而直接的,这就容易导致竞争者在职场"掰手腕"反目成仇。当然,中老年医生现在都有自己的医疗小组,各立山头,基本上是井水不犯河水。

最让人同情的还是年轻医生——顾不上的家庭,还不完的房贷,还要受在职场吃了败仗的中老年医生的"虐待"。这类的中老年医生多半是"自嗨党",他们擅长谈国家大事,不停地输出消极观点和阿谀奉承。

有一次我写完病历,便聊起这个话题,我说:"他们就像一台发酵机,接收的信息不加思考,一直在自己体内发酵,然后输出。"我的女同事说:"像化粪池才对,一直往外面冒臭气,其实自己就是一坨屎屎,还是一坨腐败后的屎屎。"她形容得更恰当。

如果只是空谈一些国家大事、休制问题那倒无所谓,我大不了戴个耳机,不听就成了,主要是这些人也是从青年医生过来的,但是他们对青年医生的窘迫处境视而不见,听而不闻。

比如,有一个女同事的孩子生病了,没人代班,她想要跟另一个男同事换班,那个男同事也同意来了,女同事都快走出医院大门了,还是被领导叫回来了,领导以她没有提前和他商量为由不批准他们换班。

我不懂为什么不批准。我探究了其中的原因,原来理由是那个领导觉得自己没有被尊重。

这就是典型的"恶婆婆心理",婆婆年轻时被恶婆婆对待,等自己成为婆婆就传给自己的儿媳妇。冤有头,债有主,逻辑上应该是找婆婆复仇,而不是找儿媳妇出气呀,不可理解。

## 2

肛肠科门诊外面刚好是妇产科门诊，妇产科门诊旁边放着一个粉红色的免费发放安全套的箱子，取这个安全套很简单，只要身份证一刷，里面的安全套就跟自动售货机里面的可乐一样，啪嗒一下就掉下来了。

别问我为什么这么熟练，我们科室是避孕套消费大科，全医院的避孕套加起来都没有我们科室用得多。

为什么要用避孕套给病人做检查？其实原因很简单，就是为了控制成本——科室主任觉得用手套太浪费了。

如果你在医院工作过，就知道医院供应科的效率了，不提前三天报备的话，就很容易出现货源短缺的情况，有时病人一多，就供不应求，这时候只能找这个计生用品发放机借一借了。呃，其实是有借无还。

而科室里论资排辈我最小，这种"脏活"肯定是我来干的。每次我要去"借货"的时候，都得把科室里所有人的身份证都拿到我手里，然后再去借，这样一次可以多借几个。

今天科室里的避孕套没了，供应室说明天才能给我们科室补货，我只能又去借了。

我做事也是相当谨慎的,每次去"借货",我都会把白大褂脱掉,生怕被病人误以为我是什么变态医生。

我伪装成了普通患者,带着一摞子身份证来到粉红色的计生用品发放机前面刷了起来,不时有来医院看病的患者用异样的眼光看着我,可能以为我是避孕套二道贩子吧。

我也管不了那么多,想着赶紧取完走人,突然有一个穿着灰色夹克衫、五十多岁的男人叫住了我,说:"你干吗呢?"

我被叫蒙了,愣了一下,赶紧往楼下走,绕了医院一大圈才往科室走。

都如此危急时刻了,我还能够如此机智地不给科室蒙羞,我想我这操作要是放在抗战时期,以我这随机应变的能力起码是一个王牌间谍。

好巧不巧,那个叫住我的男人竟然是来医院进行医德医风督察的领导,他来到肛肠科巡查的时候,看到我了,我瞬间慌了,这下撞到大霉了。

他盯着我看了几秒,想起来了,跟主任说:"医德医风要抓好,生活作风也不能放松。"

我们的科室主任一头雾水,他压根儿不知道领导说这话是什么意思,还小鸡啄米似的疯狂点头……

# 3

我发现我真的脸盲,家里亲戚,我见过好几次了,但是现在还是没有办法一眼就分清他们谁是谁。

这种脸盲症在行医过程中会造成不少困扰,比如我会把 20 床的病人错认成 23 床的病人,然后他跟我打招呼说他出院了,我劝他不要再去果园摘荔枝了,而他其实是个渔民,家里根本就没有果园,更没有荔枝。

今天又出现了严重的脸盲症,我们的林主任跟我说:"还记得这个病人吗?前两天做的手术。"

我看了一下他的脸,完全没印象呀,不是第一次见面吗?难不成我失忆了?林主任电脑里的住院记录,确实有他的记录呀,但是我怎么一点印象都没有?不仅脸盲,还有健忘症。

我慌了。

小伙子到了检查床上一躺,裤子一脱。

我脱口而出,说:"这是 22 床!"

林主任看着我笑出了猪叫,调侃道:"你小子真是天生就是吃这碗饭的,认脸不行,但是认屁股还挺厉害的。"

这是夸我还是骂我呢?我回道:"论咱们医院看屁股还是你最专业啦,主要是他这个臀部让人印象深刻。"

小伙子羞涩地低下头。

不过我真不是故意的,他的脸真的没有他的屁股让人印象深刻,我没有一点不尊重的意思,真的是这样的,我发誓!这是一个几乎完美的男性臀部。

它就像是米开朗琪罗《大卫》的臀部,大卫身体的每个细部都充满了弹性,臀部亦是如此。而这个患者的臀部跟大卫的一样健美,超具美感,我觉得应该给这种臀部一个专属的称呼——"大卫臀"。

## 4

领导的媳妇要光临我们肛肠科,这领导级别不低,还是骨科专家,于是我们科室破天荒地大扫除了一遍,把水杯、文件夹、科室书籍全部挪到了规培生值班室,原本上下层的双人床,上层放置杂物,下层变成了一个"睡洞",不过有这样的"睡洞"就很满足了,有的科室值班条件更加惨不忍睹,床板可能随时塌下来的样子。

终于迎来了这位领导夫人,斯斯文文,戴着眼镜,说话也是十分客气。

领导因为他的夫人还在我们的"手里",所以没有像平时那样过来指指点点,而是让我们汪主任特别照顾一下他的夫人。

汪主任自然是满口答应的。

不过这个领导提了一个"过分"的要求，他想亲自督察汪主任做手术。

汪主任同意了。

下午3点，安排了手术。

本来我们科室的手术衣经常是那种一拉就破的手术衣，但不是因为质量太差，而是每穿一次就得拿去高压消毒，很快布料就会变质。

知道领导要来，手术护士相当识相，换上了三套全新手术衣，青绿青绿的，说不出的好看，这是我第二次穿肛肠科全新手术衣，距离第一次穿全新手术衣已经快一年了。

今天汪主任也跟哑巴一样，以前一进手术室他就满嘴跑火车，可以从外太空聊到内子宫，今天确确实实是个闷葫芦，倒是领导会说几句俏皮话让自己老婆放松。

他老婆看到我们这些熟面孔，一点放松不下来。我们十分理解，因为我和汪主任也很紧张呀。

手术开始后，汪主任十分投入，我也一直盯着，麻醉效果很好，而且患者本身也不太怕疼，整个手术过程很顺利，手术做得很成功，半个多小时就结束了。

但是我脱下手术衣的时候，可以闻到重重的臭汗味，我抬头看了一下，汪主任胳肢窝也被汗湿透了，最夸张的是那个领导，他就在旁边看看，竟然汗流浃背。

奇怪了，一个可以做关节大手术的领导，遇到我们这种小手术也能紧张成这样，可能是因为患者是自己的家人吧。

领导脱下手术衣，笑着说："隔行如隔山呀，今天看别人做手术，心里还真的挺紧张的，跟以前第一次上手术台一样。"

汪主任赔笑说："是吗？"

把领导夫人送回了病房，又教会领导常规护理知识后，我就赶紧回办公室了。

做这种有人实时"监督"的手术，就像一个美女虽然身材不错，有几分姿色，但是穿着比基尼站在一个陌生人面前，还是会觉得不自在。随后我问了汪主任，汪主任说这哪是美女穿比基尼，这就是在领导面前裸奔呀。

## 5

来了个女实习生，留着齐耳短发，戴着眼镜，小眼睛，单眼皮，个子不高，看起来有些呆萌，在科室也勤快，学习劲儿很好，她愿意多学，我就会多教一些。

她说自己想考肛肠科研究生。

很多外行人都觉得肛肠科"丑脏差",但是实习生在肛肠科实习过之后,从其他临床专业转到肛肠科的大有人在。在这些有一定经验的实习生面前,那些普通人眼中屎尿屁的东西已经不是问题了。

他们之所以会转到肛肠科,大部分是因为肛肠科相对其他科室来说,危急重症比较少,而且值夜班的时候,被护士叫起来的次数会比较少一些。

像我以前在 ICU 实习的时候,看到我的带教老师,一晚上起来七趟,没说错,就是 12 点回值班室,每隔 50 分钟被叫起来一次,当然,我那个时候是实习生,虽然不用自己处理病人,但是也得屁颠屁颠地跟在带教老师后面跑腿。

她来跟了两周后,说想学学"局麻",局麻也不是很难,我答应了。

打麻药打到最后一针的时候,我就把注射器给她了。

在判断没有风险的情况下,带教老师偷偷带学生做"小操作"一般不会特意告诉患者,(我猜八成患者都不会同意)不只我会这样,几乎我见到的所有带教老师都会这样,我们年轻医生也是在这样"特殊"的操作环境中慢慢成长起来的。

她做得很不错,她感觉此时的自己就像是一个独立做手术的主刀医生，满满的成就感。

走出手术室的时候，她说："我感觉自己好像会了，真想拿我男友那个外痔练练手。"

我怔住了，只能保佑她男朋友身体健康了。

# 肛肠科也有危急重症患者

## 1

其实我们肛肠科也不是每一天都这么"轻松",有时也会遇到危急重症患者。最近,我们收了一个肛周坏死性筋膜炎患者,这是一种致死率高达50%的肛肠疾病。

这个病人不仅有肛周坏死性筋膜炎,还有一屁股的脂肪瘤,看着有些骇人,整个臀部就像是一个巨大的满是藤蔓的树根一般。不仅如此,他还有Ⅱ型糖尿病。

他来医院的时候,脸色铁青,体温39.0℃,整个人状态非常不好。

他是一个包工头,和妻子从外地过来,他们有五个孩子,三女二男,大女儿才11岁,小的还抱在手上,由于家里没有人带孩子,妻子就把所有孩子都带过来了,于是整个病房像一个小游乐场一样,有玩具卡车,还有各种小积木。幸亏他包下了我们肛肠科最好的 VIP 病房，是个单人独立病房，不然隔壁病床的患者可就得遭殃了。

不过患者的状况可谓是相当糟糕，入院时随机血糖为 20.9mmol/L，患者说他平时应酬很多，所以血糖控制得很不理想。干包工头的难免需要应酬，这个也是没办法避免的，但是如果他再不注意控制血糖的话，以后情况会更糟糕。

住进医院之后，他痛得越来越厉害，而且肛外红肿范围也逐渐扩大。

入院第四天查房，我和汪主任一起过去看他，发现他的肛外红肿扩大至右侧臀部及阴囊，左侧肛外皮肤出现溃烂，有坏死筋膜溢出。这是肛周脓肿转变为肛周坏死性筋膜炎。

汪主任紧急召集医生进行疑难病例讨论，因患者病情进展较快，医疗风险较大，手术较难，要求尽早进行手术治疗，医生们还讨论了术中可能发生的情况和术后应该注意的事项，要求患者积极控制血糖，血糖太高的话，手术风险和伤口预后都会受到严重影响。

在媳妇的严格监督下，他的血糖慢慢降下来了，早上 9 点半，血糖为 9.3mmol/L。

血糖已经控制得好一些了，汪主任安排了 11 点手术。一般情况下，如果不是很紧急的病人，不会在这个点安排手术,毕竟谁都想准时下班。

和手术室沟通好以后,我赶紧安排患者换手术服。今天手术室格外冰冷,应该是骨科医生刚刚做完手术出去,可能是因为骨科手术是重体力活的原因,所以他们每次都喜欢把室内温度调到24℃以下。

患者进去就开始打哆嗦,我问:"是冷的吗?"

他也是实在,一边打战一边说:"怕的。"

也是,到这里谁不怕?

我打开了手术室的音乐,放着汪主任最喜欢的音乐《潇洒走一回》。

患者说:"能换一首吗?"

我听惯了朴树的歌,歌单随机弹出来了,我问:"《白桦林》可以吗?"

他点头同意了,说:"这歌我听过,挺好听。"

当歌放到这个地方:"谁来证明那些没有墓碑的爱情和生命?雪依然在下,那村庄依然安详,年轻的人们消逝在白桦林……噩耗声传来在那个午后,心上人战死在远方沙场,她默默来到那片白桦林,望眼欲穿地每天守在那里……"

患者眼角默默流泪,说:"医生,换一首歌吧,这歌我听着怎么像是我老婆和孩子都等不到我回来的感觉。"

呃……这歌词仔细听还真有点"应景"。

他说:"要不放点喜庆点的?不要搞这些生生死死的歌,怪吓人的。"

我说:"那总不能放《好日子》吧?"

患者说:"那就《爱拼才会赢》,你们这边人最爱听的,人生就是要拼。"

麻醉好了,我做好了术前准备,汪主任来了,给患者进行肛周坏死性筋膜炎清创术,坏死组织侵犯到双侧臀部、肛管直肠下段及阴囊处,手术范围约25厘米×35厘米,深度为8厘米,手术耗时3.5小时。

从手术台下来的时候,已经是下午2点半了,虽然我主要做的就是掰屁股的活儿,但是三个多小时下来,感觉头昏昏的,已经低血糖了。我赶紧去手术室拿了一瓶可乐,一口喝了大半瓶,怪不得外科胖子居多。

幸运的是,这个患者的术后恢复良好,已经要办出院了。

他和妻子带了一桶煮熟的鸭蛋给我们,我吃了一个,中午都没吃下饭,这味道我确实受不了。不过我带了一个回家,我媳妇儿倒是吃得很香,还叫我下次记得再给她带一个。这我哪里能知道什么时候下一个病人会再送鸭蛋呀?

# 2

肛肠科很少遇到这么严重的突发事件，但是恰巧被我碰上了，现在想想那天发生的事，我还有些惊魂未定，昨晚睡觉的时候还惊出了一身冷汗。

本来这是一个普通男性患者，五十多岁，除了高血压，也没有什么特殊病史，常规在腰麻下进行了肛裂切除术加内痔套扎术。手术过程挺顺利，患者也没有说哪里不舒服。

隔天早上查房的时候，他也不矫情，没有说疼，还想抽烟，被我们汪主任制止了。

本来他老婆陪护着，他觉得自己没大碍，就让他老婆回去了。

早上9点半的时候，他在上厕所的路上突然倒地。

幸好同病房的患者听到了卫生间里砰的一声，跑过去一看，看到他摔倒了，赶紧叫护士和我。

我们来到病房，立刻将患者平移到床上，他已经小便失禁，意识也不清楚了，怎么叫都不应，大动脉搏动也触及不到了。

马上进行大抢救！

心脏按压，气管插管，简易呼吸器辅助呼吸。

八分钟后，患者恢复自主心跳，赶紧进行床边心脏彩超检查，显示右心增大；肺动脉增强CT显示，右肺下叶后基底段肺动脉栓塞。确诊肺栓塞！

患者病情危重，赶紧转至ICU继续生命支持治疗。

所幸经过大抢救以后，患者脱离生命危险了。现在病情已经稳定，今天要从ICU转到普通病房了。

肺栓塞在临床上的致死率非常高，肺栓塞的可怕还在于其临床表现多无特异性，难以第一时间确诊，容易延误治疗。

以前总觉得那些老医生很胆小，遇到这事之后我才明白他们口中经常说的"医生年纪越大，胆子越小"的意思，这是血泪教训啊！

# 那些不说会憋得慌的日常

## 1

医生偶尔也要看看文献充充电,今天挑两个有趣的知识点和大家分享下。

先猜猜哪个省份痔疮患者最多?

看了一下最新的痔疮统计图,发现重庆、四川竟然不是第一名,这多少有点出乎我的意料;拔得头筹的是湖南,不过说实话,湖南牛肉面是真的辣,那辣度基本是我的"致死量"了;广东竟然是第二名,这确实挺出乎我意料的,他们广东人也不吃辣呀,难不成还有其他原因?

辣椒凭什么可以辣到"菊花"?

"辣"其实不是味道,而是一种"痛觉"。

这种痛感来源于辣椒中的一种物质——辣椒素。

辣椒素还有对应的"感受器",正是这个感受器帮助了你的嘴巴、肠胃，以及"菊花"感受到了由于辣椒素而产生的灼痛感。

你为什么喜欢吃辣？那是当大脑感受到由于辣椒素而产生的灼痛感时，大脑会认为你的嘴巴被灼伤了，为了应对这种灼伤，大脑会产生一种叫内啡肽的物质来帮助你减少痛感。内啡肽又被称为"天然鸦片"，会产生一种类似于吗啡的快感，可以让人在"疼痛中快乐着"，持续不断地吃辣，就会有持续不断的内啡肽产生，就这样，辣味让人上瘾了。

悟了，我突然悟了，怪不得有人喜欢被"虐"！

## 2

一个高高瘦瘦的实习生被分配给我，领导让我带着他做一些简单的临床操作。他烫了个泡面头似的鬈发，戴上无菌帽盖之后，像一朵蘑菇。

他将要进行职业生涯中第一次导尿。

可以看得出来他有些紧张，嘴里不停嘀咕着什么。

我仔细一听，原来他念的是菩萨保佑、上帝保佑……

一次小小的导尿，竟然派了中西两个大神来护航，这阵势多少有点大材小用。

虽然我以前第一次导尿也是这么紧张,不过我的情况比他惨多了。我记得那是一个七十多岁的老人,来医院的时候,整个膀胱鼓鼓囊囊的,一直喊着要导尿,老师带着我手把手操作。

老人疼得啊啊直叫,不过最后还是没有导出尿来,我以为是我的操作问题,最后发现带我的老师也不行,后来只能转到泌尿外科。

实习小伙子要导尿的这个男患者五十来岁,导了十多分钟都没有放进去。我发现这个小伙子好像很排斥捏着对方的生殖器。

谁不是呢?但是已经从医了,就必须接受这种生理上的不适。

小伙子看着我,用眼神求助我,我小声说:"别怕,怕什么?我在呢。"

实习小伙子低头继续。

过了五六分钟。尿液终于从导管出来了。

小伙子露出了笑容,刚才其实我大可以帮他的,但是我不想他的第一次导尿就以失败告终,怕给他留下心理阴影。

半夜。

这个患者跟自己老婆大吵一架,竟然一怒之下把导尿管直接扯下来,满地都是鲜血。这患者也是真够狠的,他就不怕影响他后半辈子的"性福"吗?

这样扯下来,肯定是尿道损伤了,我们科没有办法处理,只能将这个患者转到泌尿外科。难不成这成为一个诅咒了?我和我带的实习生第一次导尿的患者都会被转到泌尿外科。你还别说,实习生小伙子没有心理阴影,但是我有了!

## 3

临近中午近 12 点,又困又饿,一个十分清瘦的女孩来到了诊室,她动作很慢,一副不慌不忙的样子。

我问:"怎么了?"

女孩说:"我是百草枯幸存者,现在常年腹泻,想调理调理。"

百草枯幸存者!

本来还犯困的我,立马精神了起来,我招手示意她坐在我的对面。

一切脉,她的脉又细又弱,这脉甚至比我媳妇刚生完宝宝还虚,而且面色萎黄,神疲倦怠,舌淡苔白,是典型脾胃虚弱症呀。

我问:"腹泻多久了?"

她语气平缓地说:"十五年了,自从那次百草枯中毒被抢救回来就这样了。"

我问道:"当时为什么会百草枯中毒呢?"

她跟我说起当年的事:

"我读初中的时候在学校住宿,有一天跟隔壁宿舍同学借了手机打电话回家,隔天那个同学的手机就丢了,我真的没偷她的手机。我妈说了我一句:'人家早不丢晚不丢,偏偏你借完就丢了,你到底有没有拿人家手机!'我一时气不过,就偷偷喝了一小口百草枯,后来那个同学找到手机了,原来是掉在床腿边。"

一小口百草枯足以让所有医生头皮发麻!因为临床上,一矿泉水瓶盖的百草枯就足以致死呀。

女孩中毒后被抢救的过程也让人胆战心惊。

她说自己后来在ICU住了十几天,其间抢救了好几次,都是医生把她从鬼门关里生生拉回来的,随后又转到呼吸内科治疗了大半年,身体才慢慢恢复,但是一干体力活就气喘,拉肚子的问题也一直存在。

我先给她开了三天的中药调理脾胃。

几天后女孩过来复诊,说腹泻症状比之前缓解一些了,能有这么明显的效果,让我心里十分欣慰。

# 4

遇到不听话的病人可把我气坏了。一个四十来岁的妇女，这个女人必须得让我盯着，我只要不盯着她，她下一秒准能搞出什么幺蛾子。

让她吃药，她跟我说好，随后就把药扔进垃圾桶。

让她坐浴，她用莲蓬头冲两下屁股就敷衍了事。

让她换药，她假装肚子疼，跟她老公闹着让我给她特权——不换药。

年纪不小，说话不大，动不动就捏着嗓子用夹子音撒娇卖萌。

最后好了，本来是个小小的痔疮手术，最后搞出了个肛周脓肿。

痔疮手术后是有一定概率引起肛周脓肿的，一般是由于在做完手术之后不注意患处的卫生清洁，造成了肛腺阻塞，并且形成炎症感染，导致脓肿。患者会出现肛门局部的肿胀及疼痛。

通常按照我们的治疗流程，发生术后肛周脓肿的概率是很小的，但是她就是完全不遵从医嘱，才吃了苦头。医学的治疗流程都是经过几千上万例经验总结出来的，非要逆着走，最后只能自讨苦吃。

给她做完肛周脓肿手术之后，我们科室实在没有办法让她乖乖听话接受治疗，她和她老公也对此很有意见。

万物相生相克，咱们老中医不就是最擅长这个吗？肯定能找到一个"克"住她的人。

我重新看了一下她的病历，终于有了新的发现，她有一个女儿。

于是我从她丈夫那边顺藤摸瓜，取得了她女儿的联系方式。

果然，不出我所料。

她女儿一过来，她就服服帖帖的，让她吃啥就吃啥，一点不敢怠慢，就连她最不喜欢的换药，也被她女儿监督着必须8点半之前换好。

功夫不负有心人，熬了十五天，她终于出院了。

因为这个病人，我头发起码掉了十几根，虽然不确定原来会掉几根，但肯定因为她才会掉得比往常多。当然，科室同事不同意我这个观点，他们说是我娶媳妇后累的。不管他们怎么说，反正我不同意！

# 洞房花烛夜，独立手术时

## 1

这一天终于到来了，人生四大乐事：久旱逢甘霖，他乡遇故知。洞房花烛夜，独立手术时。

每一个年轻医生都会希望自己可以独立做一台手术，这里的"独立"不是自己一个人做手术，而是高级别医生给你当助手，而你自己主刀。

通常年轻医生第一次主刀，都会挑选一个"好说话"的患者来做手术，虽然我不愿意承认，但这确实是事实，毕竟遇到"不好说话"的病人，就是高年资的主刀医生都很头疼，更别说是我们这样的菜鸟医生了。

为了这一台手术，我全程精心陪护，医嘱、备皮、麻醉、术前准备都是我亲自去做的，虽然平时这些也都是我在做的。

汪主任跟我说:"今天交给你了,能搞定吗?"

我点了点头,不敢说大话,毕竟这种话说得太满容易打脸,我谨慎地点头,说:"应该没问题。"

虽然平时也有不少临床操作,但是和完全由自己来的感觉还是不一样的,就像小朋友骑辅助轮车和大人自行车的感觉还是不一样的。

刚刚开始做局麻的时候,手有些抖,不过等麻醉完以后,整个人就进入状态了。

当然,患者也进入状态了。本来他的臀大肌有些僵硬,麻醉后,他发现痔疮手术也不过如此,就安静地玩起手机了。

塞上止血海绵,贴上大胶带,手术完成。

我松了一大口气。

汪主任也朝我看了一眼,给予我肯定。

接下来的几天里,我每天都做一台痔疮手术,难度逐渐加大。当然,那种满满的成就感也慢慢减退了,逐渐变成稀松的日常工作了。

那个患者有一天早上换完药,语重心长地跟我说:"白医生,其实你是第一次当主刀吧?"

我摇摇头后又点了点头,说:"你怎么知道?"

他微微一笑,说:"你的手比我屁股还会抖。"

我挠头哑笑。

他说:"你做得很好,我看隔壁床还没我好得快呢,下次有机会再找你做,谢啦。"

我说:"希望没下次了。"

他出院的时候,还买了一盒草莓送到我们科室对我表示感谢。

## 2

王超超约我去小酌几杯,我平时很少喝酒,不过最近经常被推送什么美国精酿的广告,想尝尝鲜。

平时和哥们儿吹吹牛,有时火候没有把握好,回去的路上回想起来总会有怅然若失的感觉,甚至还有点尴尬。

这时候喝酒的好处就来了,喝了酒,吹完牛之后不会心虚,因为喝完酒就犯困打盹儿,压根儿记不得之前吹过什么牛了。可能这就是男人聚一起喜欢喝酒打屁的原因吧。

进了街口的精酿啤酒门店,酒架上摆着各种精酿啤酒,正面上一堆洋文,能看懂个七七八八,但是懒得看,直接跟老板说,我们俩不太会喝酒,让老板给我们挑。

老板也是爽快人,直接给我们推荐他们店最贵的美国精酿,说这种有果香味,值得一试。

这个小店就老板一人，倒也是清静。

老板给我端了三个凉菜，水煮花生、凉拌海带丝、芥末鱿鱼干。

我和王超超喝起了啤酒，一边喝一边聊。

王超超最近有点胖了，原因是刚刚到耳鼻喉科干两天就被派去抗疫，回来隔离十四天，体重涨了十斤。

可惜他是人，要是种猪的话，他绝对是优质长膘种猪。

我也跟他聊了聊肛肠科最近发生的事，虽然谈的都是屎尿屁，但是越说越起劲，甚至还有点"下饭"，俩人一小时就干了四五瓶。

老板在旁边闲坐着，听着我们唠嗑，还时不时拿着抹布打扫酒架子。

老板拿着拖把拖地的时候，我看了一眼老板，他走姿不太一样，像是屁股有什么疾患，大概是肛瘘或者痔疮脱出之类吧。

不过本着"医不叩门，道不轻传"的原则，我自然不敢轻易过去冒昧地问他屁股是不是有病。

大概喝了两个多小时，我和王超超喝了七八瓶。

在结账的时候，老板搭了个话茬，问："你们在医院工作？"

哎，难不成真被我猜对了？我点头说："是。"

"什么科？"

"肛肠科。"

老板有些不好意思，挠挠头尴尬一笑，说："医生，能不能请教你一个问题？"

"没事，你说。"

"我屁股最近痛得厉害，还会流酸臭水出来。"

八成是肛瘘。

其实看一眼就能确诊，但是我刚刚喝完酒吃完菜，确实不想看那个地方，我说："我是附近××医院的，明天过来看看。"

老板一个劲儿地说："谢谢。"

这一顿本来300多块钱，老板打了个五折，我第一次发现当医生还有这个"福利"。

回去的路上，王超超说："你们科室过来看屁股的病人基本都是附近的人，你留意下那些开烤肉店、牛排店的老板，以后去了，我就报你的名字，也能得个优惠。"

"你现在干耳鼻喉科，为啥不用你的身份去骗吃骗喝？"

"那我不敢，被科室知道了，不得社死。"

"你可真是一个大聪明！我真是替烤肉店、牛排店老板谢谢你了。"

# 3

如果你还是高中生,刚刚想要学医,那请做好终生备考的准备。

毫不夸张地说,身为一个临床医生,每隔三个月就有一场院内考试,每半年就有一场必须要及格的大考。

说出来你可能不信,我结婚那天晚上,拜完天地后,关上房门就从书包里掏出了一本书,让戴着凤冠的新娘子给我抽查。

我媳妇说:"人家都说医生卷,没想到都卷到婚礼上了。"

我只能无奈地笑了笑,说来惭愧,我这工资还比不上她呢。

之所以这么努力,都是因为在我结婚第三天就有一场重要的考试,这个考试没过的话,规培证就拿不到,主治医师就不能考。

医生的每一场职称考试都是一次提高工资的重要途径,考上聘不上那是司空见惯的事,有的医生考完主治医师四五年都没有聘上。

所幸这场考试顺利通过了,这场考试结束了,但是,另一场考试在下个月举行……

今天有感而发，提醒一些老病号，虽然我们肛肠科是"屎尿屁科"，你是老病号，我们也很熟了，但是熟归熟，一些事情还是要保持"见外"，不要那么不把我们肛肠科医生当外人。

今天来了一个二十七八岁的小伙子，年纪不大，肛裂不小。他在附近模具厂上班，肠胃本身就不好，还喜欢约上几个朋友吃香喝辣，导致每天中午 12 点左右就准时上厕所，还使劲儿放屁，这可把他吓坏了，于是赶紧来找我看。

他来的时候很急，我也可以看得出来他很急，他连屁股都没有擦干净就过来了。

整个"菊部"有点惨不忍睹，我咳嗽一声，欲言又止。

他很敏感地察觉到了我的情绪波动，忙问："医生，我这是不是肠癌？"

"没……"

"医生，不用瞒着我，只要跟我说实话。"

我清了清嗓子，说："下次可以再洗干净一些。"

然后，如我所预期的，空气陷入了死寂……

## 4

下班后，走廊人太多，为了避开高峰，也省得跟其他同事碰面，我在办公室小坐了一会儿。看到窗外车水马龙，一个二十多岁的女孩蹲在公交车站旁边捂着肚子，我挑了挑眼镜，觉得自己身为一个医生，有义务去关心一下这个痛经女孩。在我犹豫的时候，女孩站起来了，一辆奔驰大G停到她的面前，随后她被奔驰大G接走了。

下班高峰过了之后，我来到食堂，看着食堂饭菜，就到隔壁新开的奶茶店点了一杯奶茶，本来想要趁着这个时间背一背临床技能操作，没想到刚刚背了一半就被一个服务员打断了。

我有些不悦，因为我背一遍需要十分钟，她这一打断，我又得重新背一遍，而且我已经在提醒她我在背书，她还是要强行打断，是有点没有眼力见。

服务员问："您觉得这款波波奶茶怎么样？"

我说："还行，一般吧，口味上跟其他品牌的奶茶区分度不是很大。"

她点了点头，在笔记上记了记，继续问："那您还会选择再次光临本店吗？"

我点头。

她问："是因为本店是你喜欢的风格吗？"

我摇头说："不是。"

她继续追问，一副非要打破砂锅问到底的架势，说："那是因为什么呢？"

我只能如实回答,说:"因为人少,适合看书。"

然后,她的表情就很复杂……

今天放假回到家里,我妈问我:"是不是你大伯找你看过病?"

我一时想不起来,说:"没有呀,最近都没有碰上什么熟人。"

我妈端了碗炖汤放到我面前,说:"可是我之前回村的时候听你大伯说找你看医院报告,你都没给人家弄好。"

我听得糊里糊涂,问:"哪个大伯?"

"你不就一个亲大伯,你爸的哥哥?"我努力回想,真没有这事呀,难不成我失忆了?

之后我几次回村里,也听到了一些"差评",说我医学报告看不懂,是个不学无术的医生之类的话。

今天刚好回村,碰到了大伯,他很热情地邀请我到他家泡茶。

小坐之余,我想起之前我妈说的那件事,问:"大伯,听说我上次帮你弄了什么没弄好,是吧?"

大伯显然有些心虚,说:"没事,没事,都过去了,现在可以用了。"

我追问道:"没事,我都忘了,你跟我说到底是什么医学报告。"

他拿出手机拿给我看,说:"你上次帮我弄这个医学报告,都没有把名字显示出来,搞得我都上不了公交车。"

我发现,原来他说的是我上次帮他弄的健康码截图不能用(老年手机字体太大,导致截图不完整),怎么到村里就传成了我是庸医,不会看病了?

## 5

之前来了一个小朋友,他每次被数学老师提问就会吓得大便失禁,因为这个原因,他被同学嘲笑得都不敢去上学了。

传统理念中"吓得屁滚尿流"是一些跑龙套的人在受刑的时候,出现大小便失禁的情况,一旦出现这种情况,那肯定是活不过这一集了。

一般电视剧里的英雄男主角是绝不会出现这种情况的,总不能在拯救女主的时候满天飞"翔",那场面也不太美观。

但其实这只是痛觉导致的括约肌收缩过度后产生的松弛失控现象,很多情况下如果大家承受一样的痛觉和紧张,会不会失禁不在于"怂不怂",而在于"括约肌是否足够强健"。

如果括约肌不够强,遇到一些小小的刺激就"翔"不自禁。

平时多练习提肛运动,有助于关键时刻维护英雄形象。

这个小朋友在做了几个月提肛运动和心理辅导与治疗以后,现在已经不会出现这种情况了,可见提肛运动还是有不错的效果的,想要不吃药"壮阳"的男同胞也可以试试,反正没什么坏处。

# 无他，手熟尔

## 1

早上本来心情还可以，就犒劳了自己一顿——挖鼻孔（感觉很治愈）。然而有一块"零食"贴在深处，我粗壮的食指触不可及。我不禁感慨，进化有时也不够科学。如果我是女娲，我会把人的鼻孔捏得大一点，食指捏得细一点，这样才方便"清理垃圾"。

突然，鼻血从右侧鼻腔涌了出来，本来以为鼻血可以止住，却发现根本停不下来。

我慌了，赶紧跑到耳鼻喉科，让同事看看。她免费给我塞了一块止血海绵，鼻血才慢慢消停下来。不过她劝我先别走，于是我就在耳鼻喉科那边的病床上待着。闲着也是闲着，细细一想，人体确实有很多不合理的地方，比如肛裂的人一般容易便秘，而便秘患者上厕所又容易造成肛裂，然后就陷入了恶性循环。

为什么我的气管和食道要共用一个开口？吃饭的时候很容易因此噎住，每年有多少人因异物流入气管导致窒息死亡。我刚才就被迫吞了自己的鼻血，可能还掺了不少鼻屎，但是我别无选择。

还有，身体跟了大脑这么久，但这俩货还是互不信任。

比如，当我看到便便时，会觉得很恶心。身体就会警告我："别看了，别看了，那个不能吃！快吐！"

我很好奇，它为什么是绿色的，我只是看看而已呀。"我没吃啊！"一阵强烈的不适感，呃，呕，忍住，吞进去。

身体再次严正警告，说："我不管，快吐！"

我呕……

另外，痔疮的病因更是特别奇葩。

有一个观点说，痔疮是人类特有的疾病，当我们用四肢爬行时，全身血液循环是水平流动，改为直立行走后，"菊部地区"的血管承受了更多来自上方的压力。"负重累累"的"菊部"血液循环很容易受阻，继而松弛、扩张。久而久之，肛门附近就会形成柔软的静脉团，也就是我们说的痔疮。

换句话说，人类在脑容量急剧增大的同时，痔疮也紧随其后，在未来几万年的进化过程中，痔疮比脑子大也不是不可能的。

## 2

护工是医院的一个特殊存在,当然,护工的护理水平也是参差不齐,还有短期工和长期工。

医院里总有一些常年压床的病人,我见过住院时间最长的病人在医院住过三年,他的子女也很少过来看他,全靠护工阿姨照顾,已经照顾老人两年多了。

病房都像是老人的个人专属房间了,什么电风扇、打印机、锅碗瓢盆都有。

这个护工阿姨非常厉害,能看血常规、生化全套、心电图,也能调整输液器滴速,排输液管空气,还能估摸老爷爷又犯什么病了。

我当时在消化科,老大爷又便秘了,护工阿姨竟然非常专业地按照我们肛肠科掏粪技能教学视频的专业手法给老大爷掏粪,我当时就震惊了。

她姓陈,我经常碰到她,叫她陈姨。

有一天我去病房巡视,我问护工阿姨:"陈姨,你是专门受过这方面的培训吗?"

陈姨笑着摇摇头,说:"什么培训呀?我们这把屎把尿的粗工哪里经过什么培训呀?"

"那你是怎么知道那些血常规、心电图是怎么看的？"

"这个呀，"陈姨捂嘴笑着说，"看到你们在看那些指标，我自己闲着没事干就用手机查一查，一来二去就能看懂一些了，然后你们主任经常过来查房，我在旁边听着听着也能听懂一些。"

"那掏粪是怎么学的？"

"这个呀，简单呀，我就网上看视频，从你们那个执业医师视频里一步步学，多学几遍也不是很难。"

确实，在网络时代有心想学什么都不难，只是难得有一颗好学的心，我说："我看你懂得不少，都快成半个医生了。"

陈姨谦虚地说："哪能呀？我这是外来和尚念歪经，就是瞎胡闹，主要是人家把老人交代给我了，我得把人家照顾好了，再说了，要是他走了，我不就得失业了？"

后来我又看了两三次她给老人掏粪，她的掏粪手法真的专业，我都打算以后消化科有需要掏粪的患者，可以直接打电话联系陈姨，让她掏就可以了。但感觉这样也不行，有空我得跟陈姨谈谈价格，初步打算以按次收费的方式跟她合作，价格合适我就外包给她。

# 3

晚上8点多，急诊科让我去紧急会诊，会诊对象是一个痔疮出血伴有肛门疼痛的女患者。

以前我看到这种唇色苍白的患者，心里都会猛地揪一下；现在看的病患多了，看到监护仪和心电图都没有什么异常情况以后，就如平常一样，按程序叫患者来肛肠科仔细检查检查。逐渐熟练我的工作以后，我发现自己现在的工作和进厂打螺丝的工人越来越像，所有操作也越来越机械化。

我也问过我的姐夫，他在某互联网大公司从事软件开发工作，我问他是不是我工作久了会逐渐程序化？他跟我说，他现在的工作状态也是一样的，行尸走肉似的写代码。

看来人类都是在无可挽回地走向职业刻板。

我打算给这个女患者肛门指检，我机械式地说："请您在检查床上躺好，把屁股露出来，下面我要为您进行肛门指检。"

她看了我一眼，表情有些为难："医生，可以不检查吗？"

女性患者往往会拒绝该检查，当然，可以选择不检查，也可以选择一个女医生。

如果她不是肛门有问题，她完全可以拒绝这个检查，但是她现在痔疮出血，已经到中度贫血了，而且已经不是医生的正常上班时段了，可以这么说，她目前别无选择。

当然，我也很怕医患纠纷，特别是这种桃色医患纠纷，这种桃色新闻的传播程度可以覆盖整个医院，传播的时长可以覆盖我整个职业生涯，甚至我老死了，那些参加我葬礼的同事没准还会不厌其烦地提起这事。

为了防止这样的事情发生，我已经提前安排护士丽萍在旁边当助手了，一般情况下，我都能搞定，而护士丽萍现在已经不是助手那么简单了，而是"准目击证人"的重要存在。

她又几次跟我确认不脱裤子能不能治疗，我确切地回答，不脱没办法诊断，我也劝她去三公里外的外市医院碰碰运气，也许那边肛肠科有女医生值班。

她觉得麻烦，于是在别无选择的情况下，十分不情愿地同意了脱裤子。

我在给她检查的时候，她不时扭头看我的目光，发现她的痔疮出血不是很严重，但是为什么会贫血这么厉害，后来一问才知道原来她有地中海贫血。

我跟她说，她这个痔疮出血不是很严重，不急诊手术也行，止一下血就可以回去了，但是贫血比较严重，建议她住院比较安全。

在用药之后，她的肛门疼痛已经明显缓解了，她还说我医术高明，我说是药好用，她还是客套地说我会用药，那我只能勉为其难承认我确实有几分能耐。

她拒绝了我让她住院的建议，离开检查室的时候，她突然莫名其妙地问我："在你们医生眼里是不是病人都是没有性别的？"

我愣住了，她怎么突然问我这话，我随口回道："可以这么说，进入肛肠科以后的患者，至少对我来说几乎是没有性别的。"

# 医生也是普通人

## 1

中央电视台原主持人倪萍与北大附属医院医生的对话："几乎西医所有的慢性病都是无法治愈的！"

这个视频播放两分钟后，倪萍问了这样一个尖锐的问题："是不是所有患者到医院都寄予希望的结果是起死回生，妙手回春？"

北大医院的医生说："是。"

倪萍问："而结果，80%都做不到？"

北大医院的医生说："是，您说得很尖锐，就是这样。"

倪萍追问："做不到的原因是什么？确实治不好，那你刚开始的时候为什么不告诉人家？"

北大医院的医生说："现代医学有这样一个说法，几乎所有的慢性疾病都是不可治愈的。现代医学可以治愈的病非常非常的少，十个手指头就可以数得过来。"

这段视频放在网上后，视频下面有不少让人匪夷所思的评论。（以下评论都是复制原文）

> 网友：西医治不了。
> 网友：我相信协和医院，中医说"病由心生"，一切疾病都可以治愈。
> 网友：先把钱挣了再说。
> 网友：告诉别人就挣不到钱了。
> 网友：利字当头，道义放两边。
> 网友：这就是外国人当初创建协和的原因。
> 网友：主要是一去医院啥也不问，不管有病没病先来一套检查，而且费用还不低，检查完啥事没有，然后开药。

这只是其中一部分，当然也有不少网友表示理解，医生是普通人，不是神。不过由此也可以看出，现在医患之间的关系有多微妙。

## 2

坐别人坐过的"热椅子"到底会不会得痔疮?

这个问题从我三岁的时候就开始困扰我了。只要家里客人坐过的坐垫,我是不敢立马坐上去的,不然就得挨奶奶一顿"毒"打。

痔疮的发病跟细菌或者病毒没有关系,因此它是不会传染的,更不会通过别人坐过的凳子传染,所以大家放心。而且坐时有衣物阻隔,肛门不会直接接触座椅,因此较少有接触传播的可能。至于性病,如梅毒、艾滋病等,它们的传播途径主要有三种:性行为、血液、母婴方式垂直传播。坐"热椅子"很难符合上述任一条件,所以不必过于担忧。

不过关于这个问题,我在门诊遇到的一个六十多岁的老太太并不认可这个观点。她连续来门诊看了四次,每次都说自己是因为跳广场舞时坐了人家的热板凳才导致感染痔疮的。我跟她解释三回了,今天她来看痔疮,又说是被传染的。

## 3

医院有很多感人的故事,也有很多关于人性的残酷考验。

在医院久了,你就会发现一个很奇怪但细细想来又很合理的现象。

一般能够经常来照顾自己父母的,是那种没有体面工作的,全职做主妇的女儿。那些有稳定工作,特别是医生或者其他特殊行业的,一般没什么时间过来看望老人。

天天照顾老人的家庭妇女一般收入低,家庭情况一般,极少被老人提起,甚至在照料老人的时候,会因为一些小事考虑不周到而挨老人的责骂;而那些很少来看老人,但是事业比较成功的子女,会成为老人与别人吹牛的谈资。虽然这听起来有些扎心,但是现实就是如此。

不过这种情况也不会持续太久,一般一直照顾老人的那个子女就会抱怨,然后子女一起开会,没时间的人就得花钱雇有时间的人照顾老人。但是不用多久,花钱的人会觉得吃亏,说一些闲话。最后变成了所有子女都出钱雇用护工照顾老人,等到老人快不行的时候再来见老人最后一面。

不过这个是仅限于家庭条件不错、有退休金的患者,普通农村老头老太太一般拖不了两个月就"离开"了。

一则新闻,重庆地区的宠物医院对于犬类大牙的根管治疗收费一般在 6000 元左右。

我在口腔科的同事看到这则新闻之后心态崩了，骂骂咧咧地要去宠物诊所当宠物牙科医生。他说在医院这种普通的根管治疗的收费大概是 600～1000 元，而这一只狗竟然要 6000 元。

他还真不是说说的，隔天真买了一本《动物口腔医学》回来看，花了 100 多块钱。

看到他那么卷，我都感觉自己是不是太不上进了？

想了想，难不成研究研究给小狗割痔疮？

有这么一个学说认为，人类祖先直立行走后，上肢得到解放，脑容量也随之增大，但由于直肠静脉的进化没有同步，所以未形成像四肢静脉那样的静脉瓣。直肠静脉血液在重力影响下容易反流，因此容易导致血液淤积形成痔疮。

我查阅了文献资料，都说痔疮这种病是人类独有的，其他动物都不长痔疮。

狗不长痔疮，所以这门生意是没得搞了。

# 4

有一次，我刚想偷偷进护士站拿点小饼干填补填补肚子，就听到了外面叽叽喳喳的吵闹声，难道又有医务人员和患者吵架不成？

在急诊科，这种事都见怪不怪了。也是因为这个原因，所以急诊科现在都会在坐诊医师的后面安装一个红色按钮，那个按钮一按，保安室就会响起警报声。

不过这个按钮作用不大，我们医院大部分保安的年纪比医院里的老中医的年纪都大。倒不是因为领导喜欢招老保安，而是因为待遇不高，加上年轻保安火气也大，容易出事（疫情期间实行一患者一陪护的原则，我们医院唯一的那个年轻保安还被患者揍了一拳，今天看到他的时候他的眼圈还是乌黑的）。

护士跑进来说，来了两个病人，像是喝醉酒的样子。

我问："有没有家属？"

护士说："有一个二十多岁的家属。"

有家属还好，没家属的话连挂号都挂不上。

刚说完，那个二十多岁的小伙子就拉着两个五十多岁的男人进来了。

那两个男人进来的时候，咋咋呼呼，浑身臭烘烘的。他们非常暴躁，恨不得把急诊科护士站给拆了，各种敲敲打打，工作人员怎么劝都劝不住。

大概吵了十来分钟，两人闹累了，一齐躺在走廊病床上。

我问："他们怎么鼻青脸肿的？"

小伙子说:"那是我爸和我姑父,两个人不知道犯什么神经,早上 7 点多就约着一起喝酒,喝到了 10 点多,两个人因为一点鸡毛蒜皮的小事突然吵起来了,越吵越厉害,后面就打起来了,两个人打的时候不小心摔到了门口还没有盖上盖子的化粪池里。"

我转头一看,他们浑身污水,还在呼呼大睡,现在甚至抱在一起了,这画面太美了。小伙子自己看着这画面也一直笑。

这个年轻人讲故事的节奏真的好,他在讲述病史的时候,我真的快被他逗笑了,不过我是受过专业训练的,一般不会在患者面前笑。

我被他带得有点憋不住了,赶紧跟他说:"好,我这边还有点事,先去处理一下。"

一转头,我就躲进了卫生间,像是被点到了笑穴一般,身体好像是有上百只蚂蚁在爬行,痒得厉害。我对着马桶神经病一样哈哈大笑起来,笑罢,正了正神色,走出卫生间。

# 5

临床技能考试比笔试更加折磨人,虽然临床技能考试考的是操作，但是本质上考的却是边操作边口述内容，因为评分标准是按每一个知识点来给分的。

这就要求，你不仅要会操作，还要会背，实际评分过程中口述知识点更重要。

医师规培阶段的原则是以考代练模式，几乎月月都有考试，最魔怔的时候是几乎周周考。

在医院，我随便打开计步器都能超过一万步。

下午一上班就事赶事，收了两个住院病人后，补完病历和首程后，我就急匆匆跑到技能学习室等待考试。

我到的时候，考试序号名单已经出来了。我是第一个，但是考什么项目还不知道。

这种操作类的考试，排在第一个倒是没什么坏处，早考早超生，在那边干等着反而不自在。但也有坏处，就是我进入操作室才知道，评委老师刚刚到，还双眼迷蒙犯困，让我先去整理操作物品，这趟下来十几分钟，好不容易挂在脑子里的知识丢了一大半。

终于准备好了，开始去考前抽签，抽到什么就考什么。

我挑了一张小纸条，纸条越小，内容越短，考试内容越简单。

我是这么想的，经验之谈，不能用于指导"临床"。

我挑出纸条打开——胸腔穿刺术。

这个操作倒是不难，一般就是给一个被"前人"扎得千疮百孔的模拟人，按照技能点写的操作方法，扎上一针，顺利地流出胸腔积液，这样就算完成一大半了。

评委老师看了一下纸条，抬头一看，说："用那个新的模拟人，操作吧。"

新的模拟人？

我心里咯噔了一下。

走过去一看，还真是新的，那我岂不是成了第一个发现探索大陆（穿刺位）的麦哲伦？

这种情况很容易翻车。

事已至此，没有退路了，不能偷懒就规规矩矩地穿刺。

选右侧肩胛下角线作为穿刺点，假装打麻醉，然后拿穿刺针在局麻部位缓慢垂直进针，有突破感了！证明进入胸腔了。可是没有水（代替胸腔积液）流出来呀，正常的话，应该会流出水呀。

评委老师说："你再好好看看位置。"

被他这么一说，我都慌了，我再看一眼，没错呀！

他说："你对这个位置把握还不是很准确呀。"

不可能，这个位置绝对没错，我弱弱地说了一句："是不是新的模拟人，里面没有水？"

评委老师也不自信了，拍了拍模拟人，越来越觉得奇怪，打电话给科教科主任，一问，原来是模拟人忘记灌水了！

他把水灌进去后，不一会儿，水（代替胸腔积液）就流出来了。

评委老师一脸尴尬。

这乌龙真是谢谢了！

# 那些年一起见过的"奇葩"病人

## 1

在医院,有时都不知道为什么医务人员和患者会莫名其妙地吵起来,下面来总结一下,这周的奇葩"医患纠纷"。

四天前,一个水肿的患者在住院期间觉得隔壁床患者频繁咳嗽,严重地影响到他睡眠,为此他还对隔壁床父子有挺大意见,护士已经打算给他们换床了。

而实际情况是,他住在10床,而十五米开外护士站的值班护士听了他一晚上鼾声,这个护士还详细地记录了鼾声的起始时间,从晚上9:35到早上7:00从未间断。

前天,我在给7床冲管的时候,听到护士站大吵大闹的,我侧着耳朵听,愣是没有听清他们是因为什么吵起来,只能听到患者一些零零碎碎的话。

"你这个护士,怎么这么没素质?"

"会不会尊重人?"

"我是哪里得罪你了,要这么骂我?"

……

以上就是我听到的话,估计是患者对护士态度十分不满。

冲完管,我到护士站偷偷问到底发生了什么事,知道真相的我,眼泪差点掉下来。

原来是医生下了一个"见人抽血"的医嘱,于是护士跟另一个护士交接班说:"23床见人抽血。"

好巧不巧,23床这个四十来岁的女患者就听到了这话,听成了"23床贱人抽血",然后就吵起来了。


今天,我去肛肠科做了一台严重痔疮手术,患者重度贫血,所以手术时要格外小心,一出血就得用电刀止血。手术进行得很慢,起码一个多小时。

在做这台手术的一个多小时里,有一个患者打了七次电话问我粥到底算不算饭。

我说算。

他抱怨说,为什么不交代得清楚一点。

难道这不是常识吗？看来我得罗列一个禁食清单出来了。

唉，现在才发现医患之间信息不对称有多严重。

## 2

有时给病人解释病情其实没那么困难，但是给病人解释某一项检查的意义，会比做一个复杂性肛瘘更难。

比如要给患者做一个排粪造影检查。

排粪造影就是通过向病人直肠注入造影剂，通过动、静态结合观察病人"排便"时的肛管直肠部位。这种检查能显示肛管直肠部位的功能性及器质性病变，为临床上便秘的诊断治疗提供依据。

从年轻人的角度来看，这不难理解，但是要给六七十岁的老人解释清楚那可是不容易的。

今天我就给老太太解释了半天，她都没有听懂，最后我只能用最通俗易懂的语言跟她解释，想了半天，我终于想到了，说："这个检查就是让你一边拉屎一边照相。"

这个解释虽然已经背离了这个检查原本的含义，但是只要她能理解并签字，这一切就算有一个完美的结果了。

老太太听完，睁大满是血丝的眼睛，太过于震惊，把松弛的眼袋都提起来了,说:"你们怎么还让人一边拉屎一边照相?真是不怕脏!不过你们天天看这种东西,怎么还吃得下饭?我看你吃得白白胖胖的。"

论患者如何一句话伤害医生三次,这老太太做到了。

最后,她还是不愿意给自己的大便照相。

## 3

我以前不太能够理解为什么那些医生前辈总是在朋友圈里吐槽自己的工作,现在我终于懂了,我也会时不时想发朋友圈,而且是发在私人号那种,毕竟在工作号发的话,领导看到了隔天又得找我"谈心"。

我想吐槽的事之一:什么样的患者都有。

之前就碰到一个刚入院时客客气气的年轻人,等他病好了,要出院的时候,我跟他说记得带身份证复印件过来办出院,他就用一种满是质疑我们的眼神,质问道:"都快出院了,要我个人信息干吗,要是信息泄露怎么办?"

我直接无语了,他可能是对住院治病需要花钱很不满意吧。

今天又遇到了一个年轻的"哲学大师",他痔疮合并肛裂,打算住院手术。

我一开始问他病史就发现这个年轻人"绝非凡人"。我问："你大便后屁股疼痛,大概多久了?"

他说："我也不知道,痛的时候就痛,不痛的时候就不痛。"

这不是废话吗?

我问："比如说一周、半个月、一个月?"

"那我怎么知道?谁会记得自己屁股什么时候痛?太久了,应该有四五年了。"

"直接说五年不就好了。"

"有没有药物或者什么食物过敏?"

"我体质很好的,吃药从来不会过敏,顶多就是皮肤痒痒的,过几天就好了。"

那就是过敏呀!我跟他解释了一通药物过敏症状,他直接跟我说,他自学过中医,我骗不了他。他还说现在中医不行就是因为不自信,医生不敢用纯中药给人看病,他自己有头疼脑热都是自己开中药治好的。

我耐着性子刨根问底,他才说他吃诺氟沙星过敏。

这也不是中药呀,还说什么纯中药?

他说自己向来崇尚无为而治,万物皆可调理。

嘿,如果真是这样的话,他干吗要住院做痔疮手术?

查房时,我问:"你好点了吗?"

患者说:"好点了,就是我家有三套房,来回走可能受不了。"

我整个人愣住,然后听他讲自己如何"科学收租"的故事。

遇到这样的病人,感觉看他一个病人,比一天收十个病人还累。


## 4

国庆回到老家,去钓鱼的时候遇到了同村的一个钓鱼佬,四十岁出头。他鱼没有钓多少,话却很多,而我一下午一条鱼也没有钓到,净听他问我关于痔疮能不能自己手术这件事。

他的痔疮经常脱出,一蹲下去就会脱出。这已经是三度痔疮了,需要做手术才行。

他跟我详细问了这个手术应该怎么做,我虽然不想回答,也只能硬着头皮跟他讲个大概。

这家伙干了一件惊天动地的事,一周后,他提前打电话给我,说要到我们肛肠科门诊看病。

我一看,他的"菊部"有一个黑黑的肉球,跟龙眼核差不多。

当时我有点蒙,竟然有人真的干出这种事。

他竟然用钓鱼线把他脱出的那个痔疮给结扎了。你没有听错,他在没有麻醉的情况下,把脱出的小肉球结扎了,然后痛了两天,后来实在受不了才来看病。

我赶紧给他安排手术,他结扎那个脱出的痔疮已经坏死了,我们将这团坏死的组织切除,还发现他的肛周有一个皮下瘘。

皮下瘘是最轻的肛瘘,治疗简单、发病位置浅,很容易找到它的内口,直接切开就可以进行治疗,而且不涉及括约肌。

术后的效果很不错,出院小结上我特意给他备注:如果肛周有不适,及时就诊,切勿自行用药和手术。

## 5

去查房的时候,有个患者说自己排便的时候疼痛。

我问:"大便好排吗?大便是硬的还是软的呀?"

患者一脸疑惑地看着我,然后说:"我怎么知道,我总不能用手去捏吧。"

我都不知道怎么回答他。

之后,我每天去查房,他都会问一堆问题,就像是一个好奇宝宝。有一回他问:"你们医生会不会得痔疮?"

我说:"会得痔疮,还有好几个。"

他问:"得了痔疮是自己手术,还是让同事治疗,还是互相手术?"

我说:"自己做不了,得让同事做。"

"那这个手术费应该怎么算?"

"我是自己当自己的管床医生。"

"你们医生真好,还能自己给自己加业务量。"

"……"

他的脑洞总是那么清奇。

他住了七天院,出院后要了我的微信,在之后的几天,他时不时汇报他肛门伤口的恢复情况,我刚开始还会简单回复一下,大概就是"恢复良好""忌辛辣""有问题及时就诊"。

后来,他还会时不时跟我汇报他今天做了什么,我觉得有点不太对劲,后来就没有回复他了。

今天他竟然跟我说:"我是不是很讨人烦?"

我直接无语了。

然后今天晚上再看他的朋友圈,发现已经被屏蔽了,我尝试性地给他发了一条信息,果然被他删除了。

删除了也好,省得我心里毛毛的。

## 6

在非专科科室轮转的时候，经常会碰到一些"囧事"，比如第一次听到的操作名，十分钟后你就得掌握它，并成功用在患者身上。

这个并不夸张，毕竟内科类科室很忙，而且内科的操作那么多，不可能每一个操作都学习过，而且上级医生都非常忙，有时一早上需要收十几个病人，基本上很难有精力照顾病情稳定的患者。

当然这些操作也不会很难，至少是风险比较小的操作。

今天我的带教老师就把"胃管置入"这个"重大"任务交给我了，我之前只在模拟人的身上"实验"过，还没有真正的临床经验，但是现在我必须行动起来了。

不过我运气不错，我将要操作的这个对象，是一个可爱的老头，他的眼镜跟啤酒瓶底一样厚，每次说话都笑眯眯的。

我在看了五遍视频，确定闭上眼已经可以回顾全部画面后，就走到了病房，跟他说明了他必须插胃管的这件事，也跟他解释了我今天是他的操作医生。

他微微一笑，说："好吧。"

他的回答让我觉得，他有一种别无选择的无奈。

我让病房里的其他家属都出去了，"观众"少一点，我的压力也会小一点。

我准备好物品之后，就准备开始操作了，还没开始行动，我额头的冷汗已经流下来了。

在进行第一次操作的时候，你必须做到虽然是第一次临床操作，但是要假装很熟练，因为这样你才可能避免被投诉。

我强装淡定，把整个操作做完，做完的时候，我一直在观察他神情的变化，他脸上表情的痛苦程度是我尚能接受的范围，至于他受不受得了，我不得而知，不过心电监护告诉我，他现在可能不高兴，但是至少是健康的，只是心率比较快（121次/分）。

过程不算顺利，但是结果还可以，至少今天下午我因为不安再去看望他的时候，他还活着，还给我递了一个礼貌性的微笑。

# 7

今天一大早在科室当了摆拍模特，我敢肯定，这不是个别现象，应该说绝大部分的医院都是如此。在医院工作可不是光看病，还要搞一些行政方面的事情，开会、检查、上课、评审，等等。临床工作再忙，你都得抽时间去应付，并且还要拍照留痕。

也有年轻同事问过科室领导为什么要这样做,这样做的意义是什么。刚开始科室领导会说这是上面的要求,就不愿意多说了,他也知道这种形式并没有什么实际意义。后来年轻同事变老了,也不再问这种问题了,只是在叫大家拍照记录的时候,抬抬头看看屏幕上只有标题没有内容的PPT而已,随后就马上低头处理手头上的临床工作。

# 急诊科：人性百态的聚集地

## 1

一天大半夜来了一个被家里人直接拖到急诊科的妇女，女人五十多岁，她的六七个家属分别站在急诊室的各个门口守着。

而她就这样双目无神、目光空洞地坐在急诊的椅子上，突然没有缘由地自言自语，对着空气说话，说自己如何如何有钱，只要开口一声拿个十万八万没有问题。她还说今天在附近的中心广场扔了好几万现金和金银首饰。

那这可是大人物！我赶紧问家属，家属说她有精神问题，最近没吃药，自己跑出来了，今天才看到人，赶紧带她来医院。

我又赶紧打电话叫精神科的萧医生来会诊，十几分钟后萧医生就过来了。

原来这个患者是萧医生的老病号了，前段时间才出院，最近又因为跟她老公吵架要闹离婚，而且她经常感觉有人在旁边说她坏话，耳边经常听到有多种声音在骂她，卖鱼时常常怀疑员工在议论她，注意力不能集中，记忆力减退，到最后都不能卖鱼，在家里待着，最近觉得在家里待着太闷了才跑出来。

我之前在精神病科待过，该患者来的这个季节确实是精神病高发期，俗话说"菜花黄，疯子忙"——说的是阳春三月，正是精神疾病高发的时候。一些文献的统计数据表明，抑郁症、躁郁症、双相情感障碍、精神分裂症等患者的自杀率，在春季相对其他季节会更高。

大概过了一个来小时，患者老公过来了，女人情绪变得更加激动了，她老公已经见怪不怪了，只是淡漠地跟萧医生交代还是给她办住院。

她老公证实了她的话，她中午时真的在中心广场扔了不少现金和金银首饰，出门这几天总共花了十几万，大部分买了金戒指、金项链，其中大部分又都送了人。不过她丈夫倒是豪气，说自己也不打算去追回那些东西。

听完了她的故事，我不想捡她的钱，但是我想跟她一起去卖海鲜，她一天挣的钱就能顶我半个月的工资了。回到值班室已经凌晨三四点了，我躺在床上久久不能平复，为什么人家几天时间就可以扔掉十几万，我一年都很难挣到十万块钱?

## 2

在南方海边乡村,小时候老人和长辈们都说中暑后不能打针。于是中暑后不输液似乎成了一个不成文的规矩。只要是哪个诊所或者医院给中暑的人输液了,肯定要被骂这个医生没良心,挣黑心钱。

比起去医院输液治疗,这里的人更愿意选择用"刮痧"的方法去除暑气。

这个地方夏天最高气温可达 40℃以上,中暑的人非常多。中暑后的病人大都拒绝输液,态度比医生还要坚决。

我在 120 急救中心的时候,就碰到不少这种情况。

一天中午 12 点多,中心派我们出车。出车的过程中,碰到一名患者诉头晕,全身乏力,皮肤烧热,口干舌燥,明显是中暑后的症状。

这个男人的脖子有一团团板状的青紫色,看起来有些吓人。

后来一问,是他的母亲已经给其刮痧了,但是症状没有缓解,这才叫来了救护车。

他母亲还特意交代我,不要给他输液,不要打针,让我们用救护车送他去医院推拿、刮痧。

我直言不讳地说:"我们医院中暑的话不会用推拿和刮痧这种治疗方法,原则上是降温加补液。"

他和他的母亲听完以后一直摇头,觉得我们医院的治疗方式不对,最后这名患者自己签署了拒绝就医告知书,放弃去医院接受治疗。

轻症中暑症状:轻症中暑可表现为头晕、头疼、面色潮红、口渴、大量出汗、全身乏力、心悸、脉搏快速、注意力不集中、动作不协调等。

简单说一下,轻症中暑在家或者送往医院之前怎么处理。

具体处理方式:

1. 离开高温、高湿环境,找个阴凉通风的地方,若衣服湿透则要脱掉并更换衣服,让病人平卧。

2. 赶紧冷敷降温。用冷毛巾敷病人头部,或者用冷水擦全身,使用风扇、空调加速散热,随时观察,体温到38℃以下时停止各种降温措施。

3. 补水。针对清醒的病人,可以喝点淡盐温开水,也可喝点绿豆汤。不可急切地大量补水,否则又会引起腹痛、恶心呕吐。如果是昏迷状态下的病人,则需要医生输液。

# 3

刚到急诊轮转，我选了救护车班，这个班可以值24小时、休息36小时，这样我就有时间在家里写小说。

急诊救护车医生是一个异常艰辛的岗位，以下是急诊女医生的朋友圈文案：

> 昨晚出车有感
>
> 不管有多害怕，还是一路向前。
>
> 未知的现场，可能是血肉模糊，可能是奄奄一息，也可能精神异常，或者更多的可能，即便心里再害怕，也要奔赴在最前面，这是责任，却也没有退路，不是天生勇敢，却在不断勇敢，仰视生命，尊重生命，却也怜悯生命，有汗，有泪，有宽恕。
>
> ——致急诊科女医生

这就是急诊科最真实的样子，待过急诊的人都会害怕那120警报系统。

在医院有一句黑话，某某医生"好白"，某某医生"好黑"。

这里的"好白"和"好黑"不是说对方的肤色，而是说这个人的运气。有一个医生人称"寡妇制造者"，她的最高纪录是一天送走了五个50岁以下的男性患者。

我也属于那种运气很差、什么稀奇古怪的病人都能碰到的人。

某天凌晨一点，我睡得正香的时候，突然被急诊护士的电话叫醒了。

我披上了绿色的急诊制服，看着昏暗的天空，感受着冰冷的空气，头痛欲裂，刚刚睡一小时就被叫起来，感觉自己脑袋响起被闪电击中一样的声音。

我急急忙忙赶来，问值班的护士："小红，是哪里人？什么病？"

小红说："在蓝地，心脏不适。"

这个位置和疾病怎么这么耳熟，说："尾号是不是1110？"

小红重新确认了一下报警的号码，说:"对,还真是他。"

"又是这个浑蛋！"

果然，到了目的地后，拨打这个号码，发现又被拉入黑名单了。

这是急诊的"老熟人"了，经常报警，我们开了一个半小时救护车到达目的地以后，却联系不上他。

因为这事，我们还专门找到了这个人，是一个三十七八岁的单身汉，住在一个破旧的瓦房里。我们跟他说起这事时,他一副无所谓的样子,说:"自己喝点酒以后觉得心脏不舒服才打的120,但是过一会儿就好了。"

我们告诉他,他这样会挤对别人的急救资源,他却不以为然,觉得全世界都欠他,都应该为他的贫穷负责。

我想,急救中心应该跟支付宝和微信一样建立一个"信用分"制度,像这种恶意浪费急救资源的人就应该有相应的处罚机制。

三天后的凌晨4点多,急诊警报响了。

我看了一下急救中心的警报单:蓝山,昏迷不醒。

我的心猛然抽动了一下,难道这次出车是一次大抢救?

虽然也碰到几次"昏迷不醒"的乌龙急救,但是大部分情况下,出现昏迷不醒都需要格外警惕。

原本我还有些困意,一听到这,立马打起了十二分精神,急救车开到了最快速度,开车的陈师傅恨不得把脚踩到油箱里去,开了一个多小时终于到目的地了。

在蓝山小镇上,清晨6点多,街道上没什么人,我们跟着两个交警来到事故地点。

一下救护车,没多迟疑,赶紧检查病人生命体征。

生命体征就是用来判断病人的病情轻重和危急程度的指征,主要有心率、脉搏、血压、呼吸、瞳孔和角膜反射。

病人所有的生命体征都消失了,心电图呈一条直线。

交警也没有联系到他的家人。

我再仔细看看眼前这个死者,大吃一惊,这人不就是之前那个尾号 1110、经常无故拨打急救电话的男人吗?

## 4

同事要去相亲,跟我换班了,每次换班都会格外"黑",不过大家都会有点挪不开的事,总要互相帮衬一下。早上 6 点多,急诊警报声响起,我穿上急诊制服,上了救护车以后,家属的急救电话不停地催来,声音慌张而仓促,我们几个对视一眼,知道这一次的出车可能没有那么容易。

十几分钟路程,我们来到了一个旅游酒店,看到一个穿着粉红色棉睡衣的女人,慌慌张张地跑了出来,这个女人对这里的地形并不熟悉,她带着救护车绕了一大圈才领到他们住的酒店,原来他们一家人是来这边旅游的,对这里并不熟悉。

女人很紧张,清瘦的双腿不停地发抖,口齿上下扣着,几乎没有一丝力气,看到这样的情形,我更能确定我之前的判断了,这一趟"抢救"会十分危急。

我问:"什么情况?"女人哇的一声哭了出来,说:"我也不知道是什么情况,5 点多的时候,他突然滚下床,我就去叫他，怎么也叫不醒他了，摸了摸他的鼻子，好像没有呼吸了。"

边走边说，女人呼吸越来越急促，在带我们上楼的时候，一踉跄就摔倒了，我让救护车司机将她搀扶上去，我拿着除颤仪，护士拿着急救包。

当我走进门的时候看到有两个小女孩坐在客厅沙发上，大的五六岁，小的一岁多。

想必他们家庭经济条件不错，旅游还能租这么大的套房。

她大女儿呆呆地坐在客厅看着我们三个人进来，满眼的惊慌失措。她小女儿则一脸天真无邪地朝着刚走进门的妈妈微笑。

女人无暇回应她的微笑，虚弱地带我们走进了房间。

我把除颤仪放到一边，走了过去，看到床下趴着一个男人，男人起码一米八以上，身材强壮，我有些吃力地把男人翻过去，他的口唇发紫，四肢冰凉，已经没有心跳、呼吸、脉搏了，给他拉上心电图，也是一条直线。

其实男人已经去世不短时间了，我们对女人告知真实情况。

她有点难以接受这个现实，不过还是含泪点头，说："你们可以救救他吗？也许还有机会。"

就这样我们抢救了半个小时，他还是没能清醒过来。

她的两个孩子乖乖在外面等着，不吵不闹，等我们做第二次心电图后将纸递给女人，还跟女人要了两百块钱出车费。

每次遇到这种病人已经去世却还要出车费的时候，我都很难开口，感觉自己的行为会让刚刚丧失挚爱的家属更加悲伤。不过女人也没有多说什么，直接从包里拿出现金给我们。

这时候，在客厅的小妹妹突然哇哇地大声哭了起来，她姐姐走了进来跟她妈妈说："妈妈，妹妹想要喝豆浆。"

刚开始女人静静坐着，眼神发愣，整个人跟没有魂似的。

小妹妹可能饿极了，哭得更大声了。

女人抹掉了眼泪，走到了客厅，将小女孩抱了起来，然后去厨房冲了一碗豆浆给女儿喝。

我在整理急救包里面的物品，走出去的时候看到女人在一个小碗里放了一勺半的白砂糖。

我在想这样会不会太甜了，又想了想也许这是小女孩这辈子喝过最甜的一次豆浆了，父亲不在了，以后的日子并没有这么甜的。

想到这里心里有一种说不出的滋味，救护车医生最怕的就是这种场景。不过来不及悲伤，又得奔赴下一个急救现场了，刚刚走下楼，急救中心又派发任务了：南明路口，车祸，昏迷不醒。

黑暗的一天！

# 5

胡主任是急诊骨科的主任医师，他满头白发，说话有气无力，每次开早会的时候，他都自己躲在一旁，默默玩手机，上下班也从来没有打过考勤卡。（是的，这个规培医院是要打考勤卡的，如果迟到一次罚100块钱，虽然国家不允许罚研究生钱，但还是有四个研究生因为迟到被罚了。）急诊大科室主任也不说他，他就像是一个透明人一样神游于这个医院。

值班的时候我就跟急诊骨科医生杨晨曦聊起了这个事。

杨晨曦这人爱讲八卦，我点了两杯奶茶加一份烧烤，我们就谈天说地起来了。

我问："咱们胡主任什么来头，在医院这么自由？"

杨晨曦说："胡主任是这个医院的第一个博士，有很多特权的啦。"

"是吗？博士就能这么闲散吗？我觉得他都明显懒散过头了。"

"可不能这么说，他可是我们骨科的大功臣，像关节手术这方面的骨干医生基本是他带出来的,他自己在膝关节手术方面的成就在咱们市可以算第一人。"

杨晨曦确实没有吹牛,这个医院的骨科是最好的科室,而关节骨科是骨科王牌中的王牌。

我们歇了一下,杨晨曦欲言又止,叹了口气,说:"有时人呀,就是这么不值,本来他都快要当骨科大主任了,被那个人一搞全没了。"

看来这个胡主任有故事。

我追问:"是不是遇到什么事了?出大医疗事故了?"

"没,没,不是事故,要是事故还没那么冤枉。"

我想再问,他就不说了。

后来我从另一个骨科医生口中得知,原来是胡主任做了一个严重膝关节粉碎性骨折患者的手术,这个患者成了他一辈子的噩梦。

这个患者是在工地上干活儿的工人,从十一层楼上掉落下来,幸亏落在防护网上,最后才滚到地上,但是膝关节却伤得很重。

当时送了几家医院都没有人敢收这个病人,最后是胡主任揽下来的。

不过考虑到患者伤情很重,因此进行了充分的术前谈话,告知患者和家属因为骨折太严重,可能以后不能负重劳动,当时家属和患者也同意了。

那场手术难度极大，做了六个多小时，这在骨科手术中是很少见的。

手术愈后效果也很不错，胡主任以为没什么。

没想到，半年后，那个患者却找到胡主任，说自己现在干不了体力活儿，这个事得赖胡主任，如果胡主任当初没有做这个手术，他老板就会送他去北京积水潭医院做手术。

就这样，那个患者天天来骨科医生办公室，一来就是两个月，胡主任认为自己没有过错，没有丝毫妥协。

医院领导层也让胡主任出面花钱摆平这件事，胡主任不愿意。

后来那个患者急了，天天跟着胡主任上下班，还时不时跟踪他十二岁的女儿上下学，一跟就是半年。

胡主任因此患上严重睡眠障碍，重度抑郁，现在都还在吃药。

唉！

以前看网友自嘲，学医五年本科，三年研究生，三年博士，三年规培，寒窗苦读十四载，某天上临床，被一刀砍死。

原以为是段子，没想到现实比段子更残酷。

昨天晚上回家，吃饭的时候我跟我妈讲起来这个事，我妈立马大力拍桌子站起来，说："要是有病人这么无理取闹跟踪你，你跟我说，我立马把工作辞了，我也跟他一样天天守在他家门口,看谁比较闲。"

我有点感动,果然,只有魔法才能打败魔法。

# 6

下午5点多,救护车去街道的垃圾桶里捞了一个醉汉回来,浑身都是泔水的味道。本来我就只有一套急诊制服,现在好了,它馊了,我只能穿明天值班的医生的衣服了,他的裤子比我还惨,松紧带都没有,直接用夹子夹在裤裆上面,真是造孽,怪不得医生不孕不育的概率那么大。

打了十几通电话,他的老婆终于来领人了,对于我们把他抢救回医院这件事,他老婆非常不满,一个劲儿地指责我们为什么要去载他回医院,认为我们是没生意硬要做业绩。

我们如何解释她都听不进去。

不过护士跟她说要收两百块钱救护车费用的时候她听进去了,骂得更厉害了。

在医院经常会出现吃力不讨好的事,我认为很多患者把看病当成购物,觉得我花钱看病就应该把我的病看好,如果没有看好我的病,我应该有一键"退货"的功能,这样才能切实地保证消费者权益。

而现实有时并没有办法如患者所愿，医疗人员的技术参差不齐，三甲医院和基层医疗设备的先进程度相差极大。

告诉你们一个可怕的事实，其实现代医学没有你们想的那么高明，它连糖尿病和高血压都没办法根治。

最后，护士她们实在拿不到钱，我跟醉汉妻子协商给她打了五折，她一边拿出了100块钱扔在我手里，一边骂骂咧咧地说："医院利润真大，还能打五折。"

护士们都听到了，心里也哭得委屈。醉汉妻子离开后，我也被科室护士骂了一顿，而醉汉另一半的医药费是我出的。我在急诊已经贴进去好几百块钱了，有时候我真感觉我做这份工作是来搞慈善的。

我越想越生气，看着手机里的支付宝，也骂了它一顿，要不是有"借呗"，我也不能贴钱又挨骂。

# 7

今天简直是开了一个腹痛专场，一晚上来了五个急性胃肠炎的患者，估计是节假日去旅游之后的后遗症。

我因为没有放假而免遭急性胃肠炎的困扰，现在想来医院的领导真是对我们关怀备至，不仅给我们两倍加班费，还省去旅游费，现在还额外省了医药费。

话音刚落，又来了个腹痛病人，我问她："有没有绞痛？"她答："脚不痛，肚子痛，我都说多少遍了。"这已经不是第一次了，哈哈哈，我当时没绷住。

这次我记住了，下次我再遇到肚子绞痛的患者，我应该让这个词变得更加具象些，我应该跟患者说："你有没有感觉一台搅拌机放在肚子里，而且根本停不下来？"

又来了一个患者，也是腹痛，我真的这样说了，他一脸不耐烦地看着我，说："我是来看病的，不是来学搅拌机的。"

我一时不知道怎么回答。

可能也是因为节假日之后没钱花了，我成了他们可以投诉的出气筒。接到一个投诉需要罚200块钱，总共有两个人投诉我，需要罚400元。而我这几天加班，总共净收入负两百元，而这400元将会被医院收入口袋。我还不如这七天躺在家里吃药呢，这样还更有获得感一些。

在我还没有毕业的时候，我以为医生是非常严谨的工作，但是真正在医院工作之后，才发现医院就像是金庸笔下的少林寺一样，有修行极高的扫地僧，也有品行丑恶的和尚"成昆"。

我规培跟的这个骨科带教就挺糟糕的。

他是一个临近退休的老头儿，还有一年就退休了，经常在自己朋友圈发一些国家大事和为人处世的大道理，当然还有些与某某大医院专家的合照来抬高自己身份。

他雁过拔毛的技术那是相当了得，在门诊遇到他自己不想用手法复位的桡骨远端骨折的患者，他也会装模作样地开一堆检查，然后再推给急诊的年轻骨科医生去打石膏。

这样一来，对于患者来说，看一次病就得挂两次号；对于年轻的骨科医生来说，刚才他已经把检查开过一遍了，如果再开一次患者肯定会不高兴，无形中增加很多原本就不必要的医患矛盾。

他还有跟私人医院一样的问诊方法，会根据患者工作和收入量身定制一个高收费的治疗方案，他的治疗方案费用普遍是其他医生的一到两倍。

不过，常在河边走，哪有不湿鞋？今天他就碰到了一个严谨的律师，质问他为什么不给打石膏，还要收检查费。估计他一时半会儿没办法解释清楚了，善恶终有报，天道好轮回。

今天刚上救护车的时候，小护士就跟我说，从今天开始，摄像机会遍布我们的救护车，让我说话小心一点，这个摄像机不仅会录像，还会录音。

可能这些规则的制定者认为，只要让医疗变得极度透明化以后，很多医患矛盾就可以缓解。

但在我看来,这些矛盾并不会因为医疗透明化而得以缓解,反而会加剧。

高科技让医院或者是更高级别的医院可以在救护途中实时帮助青年医师抢救,这个我可以理解,但是如果是安装这么多的镜头来监控医生的实时活动,我就不太理解其中的含义。特别是我们的救护车,有时来回都要三个小时才能跑一趟,就是说,接到病人然后再把病人送到指定医院,整个过程需要三个小时的时间。原本以前我还可以跟小护士、司机说上几句笑话缓解一下疲劳,现在我连抠个鼻屎,都生怕被院里的领导看到。

下午回到医院的时候,急诊主任叫我过去,我想着我今天应该没有挖鼻屎呀,叫我过去干吗?

急诊主任拍了一下我的肩膀说:"小白,以后扯内裤的时候避开一下摄像头,卫生局领导过来审查的时候都看到了。"

我顿时无言以对……

# 8

八卦到低血糖昏迷的老太太,到底是因为什么八卦,搞得我都很好奇。

某天急诊救护车碰到了一个相当离奇的发病原因。

傍晚，接到了急救中心的通知，我们乘救护车来到了小镇的巷子里。

他们家外面的路很窄，车连开进去都很费劲，足足开了十来分钟。

其实在我干急诊的这几个月，发现医疗资源确实是在选房时需要认真考虑的，救护车发车距离远近会直接影响到突发疾病的预后结果，特别是家里有老人的，如果可以短时间就近得到救治，往往能逢凶化吉。

到了老太太家里，我们发现她已经昏迷不醒了，她的女儿对她的情况一无所知，从她女儿嘴里根本问不出什么有用的信息。

后来将老太太送上救护车了，再仔细问了她女儿一遍，才知道原来老太太有糖尿病，平常规律使用胰岛素。

是因为低血糖昏迷？

我赶紧给她测血糖，血糖低于 2.3mmol/L。

果然是低血糖。

给她升糖之后，老太太手指动了，慢慢眼睛也睁开了，快送到医院的时候，她自己醒过来了，都可以直接坐在救护车担架床上和她女儿说话了。

她女儿问她为什么打完胰岛素不吃饭，她说是隔壁的另一个老太太过来找她说话，说得起劲就忘记自己已经打了胰岛素。

这都能忘？这可是会出人命的。

原来是听八卦听出的低血糖。

救护车刚送到医院，她女儿看到老太太已经完全恢复清醒，和平常没什么两样，便要求拒绝住院继续治疗。

如果她没有强行自动出院的话，我还真挺想知道到底是什么样的八卦，才能让她如此痴迷，以至于废寝忘食到低血糖昏迷。

需要打胰岛素的糖尿病患者需要非常注意自己的饮食。

因为每个人打完胰岛素后，一般需要等待一段时间再吃饭，等待多久合适也不是固定的，而是因人而异。当然也有例外，如果是消化吸收很慢的糖友，适合先吃完饭再打胰岛素，而且同一个人吃不同食物，打完胰岛素后需要等待的时间也不同。

即使同样是主食，升糖速度也是不同的，比如，粥升糖最快，一般粥适合打完胰岛素等 20～30 分钟喝；白米饭适合打完胰岛素后等 10～20 分钟吃；炒米饭适合打完胰岛素后等 5～10 分钟吃。

打完胰岛素等多久能让食物和胰岛素匹配得最好，这个需要理论联系实际，最好借助于动态血糖仪，根据实时观察到的血糖值、箭头趋势长期摸索，然后找到适合自己的进食时间，避免出现血糖过低的情况。

## 9

在急诊外科轮转时,本来以为当天上午不会收住院病人了,没想到快 12 点的时候来了一个小腹酸痛患者。

这个患者是初中语文老师,她这几年老是觉得小腹酸痛,刚开始觉得没什么事,就没有在意。一天,在和自己丈夫进行一周一次的常规身体交流后,发现下面出血了,她才觉得不对劲。

他们婚后第一次同房的时候也出过血,她怀疑是不是那次留下的病根。

那次流血后,她去诊所拿了些药,吃了几天,还是没有效果,出血比之前更多了,面巾纸都能印上血迹。

她还想再拖一下,看看会不会自愈,但是几天后仍旧没有好转,出血量更大了,所以才来急诊科看看到底是什么情况。

看到是我和钱医生两个大男人,她心里很不愿意接受,要求去妇产科。之所以要这么干,是因为她在网上查了,很大概率是妇产科疾病。

钱医生问完病史给她查体后,开了血常规检查。结果显示白细胞增高,有炎症,叫了妇产科医生过来会诊。妇产科医生认为不像是妇产科疾病,于是钱医生开单给女人去做彩超。

彩超结果是有膀胱结石。

我先拿到了报告,跟她说:"是结石,但是结石中间好像还有什么东西。"

女人似乎想到了什么,脸唰的一下变得红扑扑的。

女人说:"那需要拿掉吗?"

钱医生刚去吃午饭了,我说:"这个需要外科医生来评估。"

"好……"

我和她找到了钱医生,他看了说:"是它在搞鬼,这么大的石头不拿掉是不行啦。"

女人问:"需要手术?"

钱医生又看了一下报告说:"这么大,不手术是不行的。"

"这个手术很危险吗?"

"谈不上大危险,不过手术总归有危险,谁也不敢保证手术没意外。"

她点头说:"这个我知道,需要家属陪同吗?"

钱医生说:"肯定的,不能没有家属。"

钱医生看到这个异样的结石,一眼就知道是怎么回事。和她丈夫交流的时候倒是没有让女人有一丝尴尬,只谈那个石头，没说其他。

很快就给她安排了手术，钱医生主刀，我当助手。

钱医生选择在下腹部正中切口。

我用两把组织钳夹组织壁并提起，用空针针头插入膀胱抽吸，有液体抽出，即证明这个地方就是膀胱。

将膀胱内的液体经导尿管放出，然后分开膀胱前壁，吸净膀胱内残存液体，用剪刀扩大膀胱切口。

钱医生很快就从她的膀胱中取出了一个婴儿拳头大小的结石，中间还有一根细细的水笔壳子。就像一个婴儿握着水笔壳似的，紧紧地穿在石头中间。

他自言自语："为什么有一个水笔壳？"

我淡淡地说道："应该是不小心放进尿道，跑到膀胱里的。"

钱医生和我对视一眼，没再多说，已然知道是怎么一回事了。

他笑着说："水笔能到这里，还真是曲折离奇。"

我说："都变成这么大的结石了，估计她自己都忘了。"

取完异物之后冲洗创口，用可吸收线将黏膜及肌层进行间断缝合，再用细线间断缝合加固，在耻骨后间隙放入橡皮条引流后，逐层缝合腹部切口。

这个手术做得很快，一个多小时就做好了。但是女人术后伤口愈合不良，拖了许久才出院。

## 10

前几天遇到一个穿着黑色衬衫、一脸颓废的男孩被送进了急诊室，大概十五六岁的样子。

当他被送进来的时候，他双眼紧闭，眼球不停顶着眼皮，如同滚珠一般来回跑动。

他奶奶和他一起过来的，老太太已经七十多岁，穿着一件湛蓝色布衣，手肘和衣角都有两三个补丁，走路的时候有些费力，还要照顾这个半大不小的小伙子，确实不容易。

老太太说："我孙子不知道因为什么事，突然就把我吃的药全吃了。"

我问："什么药？"

老太太说："我睡不着吃的药。"

安眠药！

"吃了多少？"

"大半瓶。"

这么多！

大量吃安眠药会导致昏睡，甚至昏迷，另外安眠药过量的时候会引起中毒的表现，会抑制呼吸，呼吸中枢抑制住了之后人就不喘气了，会引发人的死亡。

我问："你有没有把药瓶子拿过来？"

老太太说："太着急放在家里了。"

"那你赶紧打电话叫人把那个药瓶子带过来。"

老太太打电话给亲戚帮忙把瓶子带过来，我先给小伙子接上心电监护。

奇怪，心率、血氧、呼吸都正常。

大概十几分钟后，小伙子的叔叔骑着摩托车过来了，拎着一个黑色塑料袋进来。

我赶紧接过去看，原来是酸枣仁丸呀。

酸枣仁丸具有养心安神、敛汗的作用，可用于辅助心肝血虚导致的心悸、失眠。

它是由酸枣仁、茯神、远志仁、柏子仁、防风（去芦）、生地黄、枳壳、青竹茹这几味药组成的方子。

真的是"知识改变命运"，要是多读点书，知道酸枣仁丸不是安眠药的话，这小命就没了。

# 妇产科：每一位女性都应该先爱自己

## 1

在妇产科门诊可以看到很多因为想要一个健康宝宝而经历万般苦难的妈妈。

这类妈妈当中有很多患有多囊卵巢综合征的妇女。

多囊卵巢全称多囊卵巢综合征，是育龄期女性最常见的妇产科内分泌紊乱疾病，患有多囊卵巢综合征的病人会持续无排卵状态，而导致不孕症。

简单来说，当女人每个月要排卵的时候，会有很多小卵泡产生，它们慢慢长大，成熟的那个会排出。而多囊的患者，那些小卵泡都长不大，无法排卵，还会分泌雄性激素，让情况更加恶化，从而导致不孕。而且有些多囊的孕妈会在初期先兆流产，后期也会有孕期高血糖、高血压的风险。

我国育龄人群多囊卵巢的患病率为5.61%，在妇产科门诊几乎每天都能碰到两三个患多囊卵巢综合征的妇女。

在妇产科轮转期间，遇到过一个让我印象很深刻的患者。

她是银行职员，我在门诊第一次看到她时，她有多囊卵巢患者雄激素过多的表现，身体比较肥胖，上唇跟男性一样有小胡子，满脸的痤疮。

她跟我的妇产科带教老师很熟，一排到号就立马将一大沓病历放在办公桌上，然后详细汇报自己的体温，比我们这些跟诊的规培生还熟练。

黄老师看着她不时地摇摇头，咂了一下嘴说："小陈呀，有没有动静呀？"

陈女士苦笑着说："有努力，但是不知道这次成不成？"

她轻车熟路地取完药就离开了。我听到黄主任的学生小王说："这个病人也是挺苦的，已经来这边整整吃了三年的药了，还没能要一个宝宝。"

三年前她和她先生步入了婚姻的殿堂。婚后他们夫妻俩一起拼搏，尽管夫妻恩爱、生活幸福，但他们却觉得有一些美中不足，那就是他们始终没有孩子。察觉到这一点，他们夫妻俩开始在工作之余有意识地积极造人，然而三年过去了，他们却始终不能如愿。

夫妻俩开始去医院检查，在当地医院检查，结果显示陈女士是多囊卵巢，在医生的建议下，陈女士在该院做了宫腹腔镜手术，并用药物促排，但还是没有怀孕，时间也一天天过去了。

去年，这个陈女士怀过一次孕，但是在40多天的时候阴道大量出血，最终没有办法保住胎儿，她就和丈夫两人在科室走廊抱头痛哭。小王医生看到后，眼泪也跟着掉，因为她不久前也是刚刚怀孕不到两个月就流产了。

生一个健康宝宝真的很不容易！

第二次又在妇产科门诊遇到了陈女士，这次黄主任建议她做辅助生殖技术。

她说下次来门诊时给黄主任回复。

第三次在门诊遇到陈女士的时候，她带着丈夫过来了。黄主任向陈女士夫妻分享了自己治疗多囊卵巢综合征的众多报喜案例，打消了她对治疗的顾虑，坚定了她求子的信心。

于是她就开始了试管之路，经过一个多月的调理，让子宫达到胚胎移植较为理想的状态。

终于等到了胚胎移植那一天，他们夫妻二人都紧张地在病房等待着，我去叫她到手术室。

送她进去之后，小王医生就带她上了手术台，我大概说了下胚胎移植的操作过程。

胚胎移植通常在无菌条件下进行，会让患者在手术前服用安定。这样做的好处不仅可以让患者的神经平静下来，还可以放松子宫的平滑肌，让胚胎更好地植入。

然后，胚胎被装入一个特殊的导管中。移植的医生会将窥器放入阴道以观察子宫颈，然后进行清洁。在超声引导下，导管穿过子宫颈进入子宫。适当放置导管后，将胚胎轻轻插入子宫，胚胎就能从那里植入。

那次移植手术很成功，陈女士怀孕了。

后来在医院开会的时候，我遇到了小王医生，提起这个人，她说陈女士已经生下了一个男宝宝，她老公给妇产科送了好多荔枝，邀请我过去吃，那时小王医生也怀孕四个月了。

## 2

有时觉得当医生挺苦的，有值不完的夜班、写不完的病历，而且工资很低，晚上几乎一晚上没有休息，白天又得过来补班，感觉这日子没法过了。但是在妇产科门诊遇到一个妇女后，我才知道其实还有一部分人连基本的生活保障都没有。

这个妇女来看病的时候带着三个孩子，那群孩子一到诊室就开始好奇地摆弄诊室的血糖仪、血压计、听诊器……搞得头都大了。

她是因为下体瘙痒、白带异常才过来看病的，给她抽了血，一个多小时后检查结果出来了，是霉菌性阴道炎，细细一问，原来她是用了那种100片9.9包邮的卫生巾之后才开始觉得下体瘙痒。

我听完都震惊了，这世界上竟然有这么便宜的卫生巾！

黄主任听完以后直摇头，一直跟妇女说："哎呀，你个傻女人，再穷咱们也不能用这种三无卫生巾呀，咱们女人那个地方是很金贵的，你不好好照顾它，它就会一直找你麻烦的，以后不要再用那种东西了。"

女人一直点头，随后才说了一句："我男人去年开大货车把人给撞了，赔了好几十万，家里还有三个孩子，他母亲也八十多岁了，身体不好，需要人照顾，我现在也没办法出去工作，我男人挣的钱基本拿去赔款了，这些看病的钱还是我去找我大嫂借的。"

在说话的时候，她还不停地拉扯着那三个孩子，几乎没有一点空闲时间，估计在家里除了带孩子什么事都做不了了。

黄主任很同情她，用自己的医保卡给她开了七帖坐浴方，然后让我去楼下药房拿给她。

在她离开诊室后，黄主任摇摇头说："唉，孩子这么多，又没有收入，这日子怎么过呀？"

我想到她那样的生活状况，再想想自己和媳妇都有一个稳定工作，这样的日子已经很不错了。

## 3

有一个妇女来到内科门诊看病，因为病人比较多，她等得受不了了，在那里一通乱跳，对着医院的导诊护士发了一通无名火，跟其他病人抱怨说医院就是阎罗王的前殿，医生就是黑白无常，活人大部分是医生带走的，乍一听，好像也有点道理。

但是仔细一想，就知道这个问题有多荒唐了。在她的世界里，似乎没有医生的话，人类就可以长生不老，显然是逻辑颠倒了，应该是因为人类会生老病死才需要医生这个职业出现，而医生救死扶伤的职业特性注定病人在医院的时候都是非健康状态，自然有更大的概率面临死亡。

我已经准备好跟她好好"辩论"一场了，等轮到她的时候，我沉着脸说："医院就是这么忙，排队大家都心急。"

我本来以为，她会跟我大吵一架，没想到她这变脸速度比四川变脸还快，她竟然已完全没脾气了，笑眯眯地说:"理解,理解,你们当医生最辛苦了,我刚才一时着急而已。"

嘿,小样儿,还有两副面孔!

其实经常会遇到这样的情况,他们总会把无名火撒在护士和护工身上,而那些人对医生时常用另一副面孔,生怕得罪了医生,怕医生会故意给患者留下病根。

今天在妇产科住院部,刚要和带教老师吃午饭的时候,一个女人气势汹汹地来到门诊,喊道:"蔡医生,我昨天百度了,我这种小病,应该很快就能出院的,怎么住了这么久都没有一点起色?"

蔡医生说:"那你应该去百度医院看病。"

女人语气软了一些,说:"我也不是这个意思,我就想快点消炎。"

"那得手术。保守治疗的话是比较慢的,我之前也跟你说得清清楚楚,明明白白的。"

"那我不想手术,你有没有藏着什么好药不给我用?"

"哎,你怎么这样说话,我恨不得做一款神药给你用,让你一抹就能好。"

"可是,这都花好几百块钱了,我丈夫和婆婆很有意见,说我矫情,一天天就知道花钱,单位那边也在催我上班了。"

"你这是生病了,算什么乱花钱?要是没钱,怎么来医院看病?"

女人这次住院是因为巴氏腺囊肿,这是一种发生在女性外阴前庭大腺部位的囊肿,这种病最典型的症状就是疼痛及外阴部位长疙瘩,她的肿块体积比较大,有化脓的现象,需要切开引流治疗,但是她不想切开引流,只想保守治疗。

女人没再多说什么,回到了自己的病房,随后她丈夫火急火燎地来要求办自动出院,用手指着我和蔡老师说医院就是坑钱货。对,连我也跟着被骂了。

被骂了之后,蔡老师和我都松了一口气,如果挨一顿骂可以这辈子不再见到这样的家属,即使他再多骂几句,我们也是可以接受的。

## 4

那时我第一天跟诊蓝主任,她是出了名的暴躁,这个消息来源于她们妇产科的研究生,真实性极高。

她的病人很多,我刚一到,就已经排了二三十个人在外面候诊了。

蓝主任似乎已经习惯这种热闹的场面了,到科室以后,她先用毛巾把她的办公桌抹了一遍,再端端正正坐下去。

我以为今天会忙死,没想到男医生到妇产科门诊没什么特别的事,就是刷刷卡、开开药。毕竟在这么保守的小城市,女患者也不会让一个男医生给她做妇检。

那天刚刚接诊就遇到了一个"王炸",是本地区一个小领导的夫人带着16岁的女儿过来看病。

这个小姑娘停经,腹痛,阴道出血。

女孩戴着眼镜,乖乖地端坐在对面,蓝主任问:"有没有性生活史?"

女孩羞红了脸,一直摇头说:"没有,没有呀。"

女孩妈妈一听,脸色变得非常难看,觉得自己受到了侮辱,说:"医生,我好好的孩子,你说话要负责任的!"

蓝主任生气地怼她说:"你们挂这个号还是托人补的。这是常规问诊,你要是这么大架子,完全可以去投诉我。"

好酷!我什么时候才能像她这么酷,估计得等我退休或者捡到一个亿,才敢对这种神经过敏的患者家属这个态度吧。

女孩母亲瞬间低下头,全然没有了之前趾高气扬的样子,说:"不好意思,蓝主任。"

蓝主任看了我一眼,说:"尿、血、超声都开了。"

我赶紧麻利开单,生怕战火烧到我这边。

两个小时后,结果都出来了。

血、尿HCG，果不其然是阳性，超声提示附件区包块，"异位妊娠"可能性大。

异位妊娠，也就是"宫外孕"——"迷路"的孩子，是驻扎在子宫体腔以外的妊娠。由于腹腔内急性出血及剧烈腹痛，患者可能会出现晕厥，腹腔内出血越多越快，症状越严重，如不及时救治，甚至会造成死亡，这种情况一定要及时前往医院就诊。

女孩母亲崩溃了，捂着额头，一直指着女孩。

蓝主任把女孩母亲赶了出去，然后对小女孩说："有没有发生性关系目前已经不太重要了。"

女孩怯生生地说："真的没有，只是蹭蹭……"

这傻孩子，蹭蹭也是可能怀孕的。

外面蹭蹭，又称之为边缘性行为。如果在外面蹭的时候，有明显的前列腺液分泌，或者是射精表现，这时候刚好分泌物又从处女膜孔流进阴道内，那在外面蹭蹭也会引起怀孕。

蓝主任跟小女孩说："异位妊娠是很危险的，小姑娘你有难处我理解，但是命要紧，瞒谁不能瞒我，毕竟你不是蚯蚓，可以自体繁殖。"

唰的一下，女孩的眼泪掉下来，问："我会不会死？"

蓝主任安慰道："不会，不会死，以后懂事一点，知道吗？"

"嗯……"

我发现蓝主任也没有传闻中那么可怕,至少目前是这样的。

## 5

门诊妇产科什么病人都有,而且有可能上一个患者跟下一个患者态度完全相反。

这天的23号病人有子宫肌瘤,蓝主任说:"你有子宫肌瘤,不过很小,只有2厘米左右,定期观察就行了。"

患者一听慌了,说:"有瘤子呀,不行,不能留着,早晚得出事。切完,都切完,我又不生孩子了,一点别给我留!"

24号病人对子宫肌瘤的态度跟前面那个患者完全不一样。

蓝主任说:"你肚子里有个大瘤子,你看你肚子都像怀孕的一样了,要抓紧时间手术!现在已经严重影响你的生活了。"

患者连忙摆手说:"不用了,不用了,我是不开刀的,那开膛破肚的,一场手术下来,不得鬼门关走一遭了,我没有任何感觉,不耽误吃,不耽误喝,不耽误干活,也不发烧，不要好好的给整没了！"

不过还有第三类患者，自诩为互联网大夫的患者。

此类患者最大的特点是自以为通过上网搜索把自己的所谓疾病研究透了，对治疗也"了然于心"，只不过苦于没有检查手段证实，于是就出现了就诊时症状什么都不说，上来就是："医生，给我开个B超！"

"你为什么要做超声？有什么不舒服？"

"我宫颈糜烂。"

宫颈糜烂其实是一种过时的说法。

所谓的"宫颈糜烂"，目前叫作宫颈糜烂样改变，是指宫颈里的细胞长到了宫颈口外，因为表面呈红色且粗糙，看上去就像是"糜烂"的样子。

实际上，"宫颈糜烂"是年轻女性由于雌激素水平较高，出现的一种正常的生理变化，而不是一种疾病。在绝经后，雌激素水平下降，曾经的"糜烂"也会消失。既然"宫颈糜烂"不是病，当然也就不需要治疗了。

# 6

妇产科门诊来了一个身材高大的女人，起码有175厘米以上，戴着围巾，兴冲冲地跑进来，说："蓝主任，蓝主任，我好像长了一个瘤子。"

蓝主任趁着这个时间病人少，正在喝水，被她这么一喊，差点呛到，睨了她一眼，说："碧华，你又怎么了？"

这个女人是蓝主任的老病号了，她们不太像是医患关系，更像是长辈和晚辈的相处方式。

刘碧华就是典型的互联网大夫。

互联网大夫是指患者自己找知识对号入座，这类患者一般都是知识分子，而且对于自己获取信息的渠道十分自信。

刘碧华是无聊时在网上刷短视频的时候，看到有一个9.9元做全套妇产科检查的体检套餐，就兴冲冲地跑到私人医院做了体检，查出了一个必须手术治疗的囊肿。

蓝主任一听就觉得不对劲，看了一下在那边写的门诊病历，是子宫纳囊。

这种小囊肿，数量比较少、体积也比较小的时候，一般没有什么自觉症状，对于生活也好，性生活也好，基本上都没啥影响。根本不需要做什么，不需要塞什么药，更不需要去做什么所谓的"手术"！

蓝主任说："没关系，我也有囊肿，跟你一样！"

刘碧华咋咋呼呼地说："你也有呀？那就是死不了，那我就放心了。"

蓝主任脸色一沉，满脸无语地看了她一眼。

然后刘碧华又拿出了一张彩超单子，说那边医院说自己子宫肌瘤很大，必须得手术。

蓝主任看了一眼她在那个医院做的彩超报告，实在不愿意挑明，说："你要是相信我，你就再去做一次彩超。"

"信你，信你，我去检查。"刘碧华说。

彩超结果出来了，子宫肌瘤3厘米。

临床上，子宫肌瘤小于5厘米，没有其他不适症状，可以先观察治疗，定期复查，压根儿不需要手术。

而且我还发现那家医院出的报告极有可能不是刘碧华的。

刘碧华一听十分生气，气冲冲地就跑出去了。

最近我在妇产科门诊发现，妇产科还真是某些私人医院猎取钱财的"好"科室。

其实要判断一个医院的医术和医德怎么样，很简单。

如果它的官网排在那些搜索引擎的前面，那肯定是不靠谱的，优先排除——公立医院舍不得花那个钱竞价排名。

如果网站上面都是在线咨询、疾病解惑、成功案例，还有崭新洁白的白大褂，一溜儿都是漂亮护士，技术成果页面各种纳米、微波、量子力学，简直就是世界顶尖物理试验场，让人看着就想去的，千万别去，那指定是要掏空你钱包的私人医院。

如果网站上面都是党团建设，白大褂皱皱巴巴，护士高矮胖瘦都有，还有学术会议、论文发表、支援边区，让人看都看不下去，那应该就是靠谱的公立医院。

# 7

蓝主任坐诊到11点半，突然闹肚子，看着病人比较少，让我顶一会儿班，她去卫生间。虽然只是让我看看报告，写写门诊病历，但我还是第一次独立坐诊妇产科门诊，心里有些忐忑。

希望这个时间段不要来病人。

刚这么想，病人就进来了，看着没有其他病人，她的丈夫也跟了进来。

一般妇产科都是不让男家属跟进来的，毕竟在妇产科看病，必须问三个问题：有没有伴侣？有没有性生活？性生活有没有避孕？并且还会出现一种四个数字的串码，总结下来便是妇产科病例中的"1-1-1-1"。

这四个"1"依次代表妇女的足月分娩次数、早产次数、流产次数、目前存在的孩子数，"1-1-1-1"就是这位妇女总共足月生了1个孩子，早产过1次，流产过1次，目前有1个孩子存活。

这些对于女患者来说是很敏感的信息，有的甚至连她自己的男友或者老公都不知道。

我问:"你需要看什么?"

女子拿出了纸质报告说:"这是昨天蓝主任开给我的检查,报告出来了。"

我接了过去,看了一下:"尿HCG:阳性,血HCG:373,孕酮:22.56。"

看着我的表情,她丈夫有些紧张,急促地问:"医生,有没有怀孕?"

我眉毛舒展,笑着说:"怀孕了,恭喜你们二位。"

男家属激动地说:"怀孕啦,同喜,同喜。"

我一时不知道怎么回他。

# 8

又是妇产科门诊蓝主任被患者"逼"到崩溃的一天。

遇到了一个支原体感染的年轻女孩,这女孩挂的号是8点的,等11点多基本没人时才"鬼鬼祟祟"地走进来,女孩问:"是不是男方传染给我的?"

蓝主任看着她一副要吵架的样子,严谨地说:"成人主要通过性接触传播,当然也有通过污染的衣物间接接触感染的。"

女孩气呼呼地说:"我就知道,我平时麻辣烫不敢吃,内裤最多一个月就得换新的,穿外套我都不敢坐床上。"

听她这么一说,我猜她八成是个护士。

我正在做逻辑推理的时候,她一下子冲了出去,拽着她老公的衣领,怒不可遏地大骂了起来,整个门诊走廊都可以听到他们的吵架声。

蓝主任连连摇头,说:"这个艺洪丫头也是暴脾气。"

我好奇地问:"她是我们医院的?"

"就我们儿科去年刚结婚的护士,还说等病人比较少时再叫她,担心被其他人知道,她这么一搞,整个医院不都知道了?"

下午门诊,蓝主任带了一个妇女去做妇产科检查,半天没有回来。

等蓝主任回来的时候,一直摇头,气呼呼地说:"被这傻女人气死了。"

我问:"怎么啦?"

她说:"刚上检查床脱了一条裤腿,回头一看,裤腿是脱了,内裤还在。我又说,内裤也要脱掉,结果又一回头,内裤是脱了,裤子穿上了。我最后说,你把裤子和内裤都脱掉。她说,那我下面不就什么都没穿了?唉,真是个傻女人。"

一波未平一波又起。

随后，来了一个支原体感染反复发作的女病人。

蓝主任反反复复地看了好几遍她的检查报告，眉头紧蹙，嘴里一直念叨着："不应该呀，不应该呀。"

一般蓝主任对自己的方案很有信心的，这还是我第一次看到蓝主任心里这么没底。

蓝主任挑了挑她的金框眼镜，用怀疑的语气说："你们夫妻到底有没有一起吃药？"

女人低声说："有啊。"

蓝主任似乎知道了，再问了一遍，说："你在撒谎，你老公是不是没有吃药？"

女人这才低着头说："我老公说他不想吃药。"

蓝主任生气地说："那就换一个愿意吃药的，不然你这病永远好不了。"

# 9

痛经，女孩最怕的话题之一，有人却很羡慕会痛经的女孩。

今天来了一个特殊的病人。

这个女孩才20岁，穿着一件素色的T恤，天蓝色牛仔裤，今年刚刚上大学，估计很少来医院看病，一进诊室就显得十分紧张，坐在凳子上，两条腿微微颤抖。

蓝主任问："你来看什么呀？"

女孩说："我没有来月经。"

我一听，以为是意外怀孕，有很多意外怀孕的女生误以为是月经不调，这个很常见。

其实除了月经，还有并月、季经、避年、暗经。

并月，两个月来一次，有排卵，可以怀孕，排除多囊卵巢，算正常。

季经（居经），三个月来一次，有排卵，可以怀孕，排除多囊卵巢，算正常。

避年，一年来一次月经，有正常排卵，可以怀孕，算正常。

暗经，终身无月经，但是有正常排卵，可以怀孕，也是正常的。

但是这个女孩和这几种情况都不一样。

取了昨晚做的彩超以后，蓝主任看着彩超报告，说："你 20 岁从来没有来过月经？"

当时我就震惊了。

女孩点了点头，说："是呀，没来过。"

蓝主任问："去看过这个病吗？"

女孩应道："没有。"

蓝主任说："你这个是始基子宫，就是你在母胎的时候没有发育完全。"

始基子宫，患者的子宫极小，多数无宫腔或为实体肌性子宫，无月经来潮，常合并先天性无阴道，这个女孩有阴道。

女孩听完之后很失落，说："老师，我其实很羡慕那些可以来月经的女孩，甚至痛经的感觉我都很羡慕。"

我能从她的眼神当中看出那种难以言表的羡慕和渴望。

女孩小心翼翼地问："我以后能有宝宝吗？"

蓝主任摇摇头，不敢开口，女孩失落地说了一声"谢谢"，随后就离开了。

我和蓝主任相视一望，心里五味杂陈。

# 儿科：最紧张的医患关系
# 与最温柔的医生

## 1

我来到儿科轮转的时候，才发现儿科的医患关系确实非常紧张。

我几乎每天早上去儿科病房都可以听到类似对话。

我跟的那个带教严老师40岁左右，讲话温柔，基本不跟病人急，就这样今天早上还是跟患者吵起来了。

患儿家长说："大夫，孩子发烧39℃！"

严医生只能笑笑，说："烧这么高，先打个屁股针退烧。"

患儿家长显然对医生这样回答不甚满意，说："不行，打屁股太疼！"

严医生退一步，说："口服退烧药有吗？先喝上，如果可以退的话，那就先观察观察。"

几乎每一次和家长交流都像是大国外交博弈，既要保证孩子的生命健康，又要让家长可以接受医生提出的治疗方案。

患儿家长说："不行，他不喝药，要是愿意喝药，我也不用来医院呀！"

这下把严医生难住了，什么方案都不行，那只能做检查，诊断疾病了，说："那查个血常规看看，听着肺里没问题，嗓子也不红，精神状态也挺好，有点鼻塞，也没其他症状，就是感冒了。"

患儿家长说："就发个烧，不用查吧，等查完烧都退了。"

严医生咳嗽一声，说："那回家，38.5℃以下多喂温开水，温水擦浴降温，不用捂太多，38.5℃以上喂口服退烧药，要是持续高烧不退，还得再来看病。"

患儿家长说："你就让我们回家啊？你们医生是不是觉得不是自己家孩子，所以事不关己高高挂起？"

严医生十分为难，我在旁边听到这话，火气都快冒出来了，医生说："那打吊瓶吧，用点退烧药，烧这么高，补补液。"

患儿家长说："就是个感冒，还让我们打针？再说了，孩子太小，打针不配合，不能打！"

我在心里嘀咕着,要不我把白大褂脱了,你自己来给孩子看病?严医生说:"那你说怎么办?"

患儿家长不高兴了,说:"你这怎么说话呢?你是医生还是我是医生啊?问我怎么办?"

严医生终于忍不住,回怼了一句,说:"这也不同意,那也不配合,没法给你治病啊!"

患儿家长就开始破口大骂了……

这样的患儿家属算是好的,因为他们只是骂,没有威胁医生,没有把刀拿出来,只是抱着孩子匆匆离去。

也因为这样的原因,儿科长期沦为最差科室,从医的很多都不愿选择儿科,现在国内儿科医生缺口巨大已是不争的事实,儿科医生被称为苦、累、穷,有的医院三年一个都没招到。

和我们一起规培的一个儿科女研究生,她爸让她待在市医院儿科,她说如果她爸逼着她选儿科的话,她就不打算干医生了,她之前被患儿家长扔过水杯,那次以后就铁了心不想干儿科了。

这个话题有些沉重,但是我还是希望大家可以多理解一下医生,特别是儿科医生。

## 2

一个妈妈火急火燎地来到儿科找林主任看病,那个妈妈非常紧张,到的时候说话都有点颤抖了,说:"我女儿怎么没有阴道口?"

林主任一听也有点蒙,赶紧让妈妈脱掉小宝宝的纸尿裤。

林主任在仔细检查的时候,妈妈脱口而出,问道:"我家宝宝会不会是石女?"

林医生仔细检查后,摇摇头,说:"不是石女,是发炎了。"

经林医生检查,宝宝被诊断为小阴唇粘连。

这是因为长期的慢性炎症导致两侧的小阴唇完全粘连而遮盖了阴道口。

后来一问,原来是这个妈妈给宝宝擦屁股的时候都是从后往前擦的。

无论成年女性还是女宝宝解大便后,如果从后往前擦屁股,会将肛门处的细菌带到会阴部,也会增加感染的机会,它就是造成阴道炎的原因之一。

擦屁股,这几乎是每个人每天的基本操作之一,但是如何科学擦屁股其实还是有一些门道的。

世界卫生组织发现,大部分人如厕之后都会因为用力过猛造成"菊部"充血，导致顽固污渍藏在褶皱里。

而粪便通常在 3～5 分钟就会自然风干，残存的粪便很难全部擦干净。

如果清洁做不好，隐匿的细菌长期刺激，就很容易引发肛门疼痛。不正确的擦法会导致微血管循环不畅，诱发痔疮。

普通人擦屁股的时候要做到用力合理，轻柔地从前向后擦拭，然后顾及肛门周围所有地方，技巧是温柔且耐心。

对于患有痔疮的患者来说，擦屁股就得讲究一些技巧，无论内外痔，通常都会引起疼痛、瘙痒或出血，在如厕后用温水淋浴是一个不错的选择。有条件的就用智能冲水马桶，没有条件的就用莲蓬头冲洗，可以有效防止痔疮复发（我自己就是这么干的）。

# ICU：距离死亡最近的一次

医师规范化培训需要三年，这是一段不短的时间，但是当我第三年进入ICU轮转的时候，发现竟然有两个在医院待的比我还久的压床病人，一个住了四年，一个住了五年半。

有人打死不进ICU，有人却把ICU当家住。

说到了ICU就到了离死亡最近的地方，乍一听似乎没错，其实我并不太赞同这种说法，因为那些必须进ICU的患者离开ICU只会离死亡更近！

病情不重也不会进ICU，毕竟ICU的床位没有那么宽裕，ICU集中最优势的人力、物力，把危重病人尽全力从死亡线上往回拉，客观地说，对危重病人而言，ICU是可以降低死亡威胁的地方。

ICU每张病床旁常会用到呼吸机、心电监护、麻醉机、氧气系统、输液泵、除颤仪等，还有一套中心监护设备掌控全局，以及各种床旁检查设备。

ICU其实像是一个孤岛，特别是对于住院总医师来说，他们总住在医院里，一周只有一天半的假期，其余时间都得住在医院，其他人也是没有其他事情不能走出ICU。

ICU患者有专业的医护人员照料，实行单床隔离制度，这就会使患者出现孤独、焦虑等情绪，但是实际上ICU患者有医生与护士进行照顾，我们会随时观测患者监护仪的数据情况，一旦出现异常，要随时准备抢救，护士不仅会对患者进行病情监测，同时还会进行打针、换药、洗脸、洗头、洗身、翻身等操作，病人几乎所有的日常生活起居都要医护人员来负责，家属无须担心患者在ICU病房无人管理。

可能是因为被关在密闭空间内，大家情绪都比较激动，时常会听到医生和护士争吵的声音，这也成了这个科室的特色人际关系。

ICU里面有十张病床，两个固定被"预定"的病床，一个是金大爷，他虽然还有心跳、呼吸、脉搏，也能说一些含糊的话，但是他几乎已经和医护人员之外的人员没有什么联系了，每半个月会有一个男护工给他洗澡。

大爷经常半夜喊痛，一喊痛，大半夜医生也得给他开药镇痛。在整个ICU里，每个值班的医生都被他折磨得睡眠不足，眼袋黢黑。

就我这种身体这么好的年轻小伙,在连续值了几个夜班被他叫醒后,转氨酶也爆表了,更别说那些常年奋战在一线的本科室医生。

我在ICU待了大半个月后,才第一次碰到他的家属过来,那天金大爷需要复查胸部CT,查看肺部感染有没有好一些。

推一个重症患者去做CT不是一件简单的事情,起码需要两个医生、一个护士,配上三四个家属,这也是他的家属需要过来的原因。

而医生需要一个看着心电监护仪,一个推着氧气瓶,这个氧气瓶非常关键,稍微有一点点不通畅,病人的血氧就会迅速往下掉。

这些重症患者其实更像是半个机器人,他们需要大量的医疗器械来维持呼吸和心跳,稍有不慎,就会出事。

在病人推出ICU之后,要进入电梯的时候,需要让电梯操作员完全控制电梯,这样才能直接下楼,中间没有停留。

金大爷出了楼梯口以后,跟自己的女儿说:"阿兰,我想回家。"

他女儿说:"你没有看到你身上都是管子吗?回家后没人会给你整理管子。"

金大爷语气极弱地说:"死就死了,我都八十多了,也该死了。"

女儿说:"你不能死,你会长命百岁的。"

金大爷听着听着,他那连假牙都没有的嘴唇,突然哆哆嗦嗦地颤抖了起来,然后整张脸挤在了一起,呜呜地哭了起来,说:"我想回家,要么就死了算了。"

其实我完全可以理解金大爷的想法,在ICU的全封闭空间里,他没办法自己坐起来,他的目光所及之处每天都是一样的,最多也就是隔壁床来来回回的新病人而已,而他每天遇到最现实的问题就是疼痛,需要用可成瘾性药物才能镇住疼痛,睡上零散的几小时。

看到金大爷在哭,他的子女也没再说什么,径直把他推到了CT室,拍完片以后CT显示肺炎比之前好多了,在普通病房看到这样的情况是医患皆大欢喜的结果,但是我此时不知道这对金大爷来说是好事还是坏事,恐怕得他自己才能知道了。

做完检查之后,他的子女都默契地匆匆回去。

后来,听带教老师说这个金大爷退休金高,把医院的费用扣除之后,还能给子女好几万,怪不得他的子女不愿意接他回家,又不愿意放弃治疗,这样的病人,到最后却变成了子女"分红"的工具。

金大爷这样的情况在ICU这种挥金如土的病房是少见的,大部分是另外一种情况。

前两天一个刚刚住了一周的重症胰腺炎的患者因为经济原因办了自动出院，他才 37 岁，但是因为家里没钱，他的家属甚至没能力帮他转到普通病房，只能接回家里了。其实这种病人是非常危险的，恐怕回家后的情况不容乐观，但现实就是如此。

其实在中国，像这样的家庭还有近 50 万，并以每年 7 万到 10 万的速度增长，这是一个很可怕的数字。目前重症患者的处境就是医院不愿收，回家护理难，到头来无处安放。

一个是因为钱，漫长而痛苦地活着；另一个也是因为钱，没办法继续健康地活着。

# 呼吸科:融入日常生活的科室

## 1

一位患者58岁,有40多年的烟龄,一天平均需要抽两包烟,我约莫算了一下,按一天睡6个小时来算,他醒着的这18个小时,每半个小时就要抽一根烟,对于我这种不抽烟的人,还真是匪夷所思。

一天晚上他突然感到呼吸困难,被立即送到了医院,诊断为慢性阻塞性肺炎。

住院治疗期间,这个老人总是偷偷躲到卫生间吸烟,医护人员多次提醒和劝阻无效,只好每天没收烟和打火机。

也跟他的家属交代过了,但他就是不听,因为限制他抽烟,他觉得很不自由,办了自动出院。

回家后,喘得太厉害了,他家属给他买了氧气瓶,让他别抽烟,他还是不听。

他在吸氧治疗时烟瘾发作,他支开家属,一边吸烟一边吸氧,不到一分钟就引燃了插入鼻腔的氧气管,一团火球在他面部燃起,导致脸部烧伤。

被我们医院的救护车送进了ICU,过几天病情稳定又转到呼吸科了。

一切又回到原来的起点,只是他改变了当初的模样……

## 2

这是忙碌而惶恐的一天,上午给一个42岁肺占位性的女患者做经皮肺穿刺,发生了一个意外。

为了方便大家理解,大概讲一下经皮肺穿刺是什么,经皮肺穿刺是指在医学影像设备的引导下,利用活检针经皮穿刺通过胸壁、胸膜腔脏层胸膜刺入肺组织,以获取病理诊断所需的组织或细胞标本的诊断技术。

我们这次选的超声下经皮肺穿刺活检方法简便,微创,准确率高,并发症少,是肺部肿块或弥漫结节病变诊断和鉴别诊断的重要手段之一。

具体操作过程是用细针或者略粗一点的活检枪通过外表的皮肤穿入肺内病灶中进行抽吸或者切割获取活体

标本，除了打麻药的时候有一些疼痛感，全程几乎没太多痛苦。

早上 10 点多，我们送患者去彩超室，她丈夫陪在她的身边，她紧紧握着丈夫的手。送病人下去的时候，我看了一下病人的 CT 单子，发现一个生死攸关的大乌龙，原来左肺肿瘤竟然写成了右肺肿瘤，我赶紧跟自己的上级医生汇报了这个事，上级医生马上联系 CT 室更改报告的结果，我赶紧去 CT 室拿新报告替换旧报告，这要是没有及时发现，可就是严重医疗事故了。

确认了一遍检查结果之后，把患者送进了彩超室。在等电梯的时候，她还和丈夫有说有笑，但是一进彩超室，她立马神态就变了，变得焦虑不安，不时地搓手和整理自己的袖口。

看到她，我想到了自己，如果有一天，我也被推到了这个"审判台"，需要用病理穿刺来决定我还有没有时间可以活的时候，我会是什么样子的，我也许还没她这般镇定。

我们一直在强调医患同理心，其实人与人的悲欢是很难共通的，医生大多时候会把精力放在治疗相关事务上，而没有多余精力放在和患者沟通时的措辞修饰上，就像医生跟患者说这个穿刺是要排除是不是癌症，患者听完就很介意，说能不能不提这个词。

我们三个医生顿时有些语塞。

现实中医生也很难像脱口秀演员那样风趣幽默且形象生动地为患者描述病情，当然，患者也没有心情听医生说脱口秀，患者最想知道的是自己肺里面那个肿瘤是良性的还是恶性的。

患者躺在彩超检查床上，双手不住发抖，我们高年资的蓝医生握着她的手，一直在安慰她，说："你是体检发现的，应该问题不大，不要太紧张。"

女人点了点头，呼吸变得有些急促，声音打战，忐忑地问："如果是坏东西怎么办？"

蓝医生说："别想那么多，穿刺完咱们看看结果，再考虑治疗方案，好不好？"

女人说："好。"仍旧不住发抖，给她吸了氧以后才慢慢放松下来。

整个过程十分顺利，彩超医生没用多久就找到她左肺上那块肿瘤，打了局部麻醉以后便开始穿刺，整个过程十分顺利，不一会儿便取出了三个小肉条（肿瘤组织），其中两条粉中带黑，另外一条是纯粉色，大概只有线头粗细。

在送病人回到病房后，我准备去处理穿刺包，刚刚碰到穿刺包的时候，突然感觉我的右手小拇指有一阵电击感。

我低头一看，竟然被注射器针头刺到了，我愣了一下，小拇指指甲内侧已经渗出了一滴猩红的血珠，我立即到洗手台用流动水清洗污染的皮肤。

心里唯一的想法就是希望这个患者的丙肝、乙肝、梅毒、艾滋都是阴性的。

我尽可能挤出损伤处的血液，再用流动水进行冲洗。

在受伤部位的伤口冲洗后，用0.5%的碘伏进行消毒，只是针刺而已，我就没有包扎。

我有些恍惚地来到了电脑前打开了电脑，这一刻我终于知道那个女患者在彩超检查床上的感觉了，那就是被审判的感觉，什么结果我都必须无条件接受，有一种深深的无力感。

我去看了一下，幸运的是，患者的丙肝、乙肝、梅毒、艾滋都是阴性的，这才松了一口气，不过心里还是有些空空的感觉。

不过还要填写一个医务人员职业暴露的电子单，里面一大串信息，填得头晕眼花，大概拖了半小时才下班。

中午吃饭的时候，胃口明显比平时小了很多，虽然就是一个比芝麻还小的针眼，却给了我一个巨大的心理阴影，导致原本我中午最喜欢吃的猪脚饭都只吃了猪脚，没吃饭，实在没胃口。

# 3

呼吸科来了一个鱼骨头刺到肺支气管的老大爷。

根据大爷所说，十几天前，他在吃鱼的时候不小心将鱼骨头吞了下去，卡在喉咙里，他又是吞饭，又是喝醋、吃糖，都没有办法吞下鱼骨头，在多番尝试无效之后，大爷想试试用大声咳嗽将鱼骨头咳出来。

咳了几下之后，鱼骨头不在喉咙里了，反而掉到了更深处的气管里，随后开始出现严重咳嗽，彻夜不能眠，熬了十几天才来医院就诊。

不少人在鱼刺卡喉之后，会通过大口吞饭、喝醋、抠喉咙等方法来处理，但实则稍有不慎，就可能加重损害，还有可能刺破大血管。

我们通过影像学检查，发现鱼骨头位于左下支气管深处，两头都扎进肉里，上面还有倒刺，旁边还长出肉芽，更加隐蔽，更难取出。

鱼刺位于左下支气管，上面的倒刺钩在支气管壁上，没取出来之前，也不知道刺得多深，鱼刺周围就是大动脉，随时可能扎进血管甚至心脏，非常危险。

经过反复多次地转动鱼刺方向后，好不容易把鱼刺从左下支气管的肉芽里拉出来。但是经过声门的时候，鱼刺的倒钩又钩住了周围的黏膜，还是没办法取出来。

这个时候，鱼刺在大气道，假如不取出来会更加危险。

一个多小时后，经过"软镜进入""取到异物""旋转方向""拉到声门""硬镜介入"等一系列操作，鱼骨头终于被取了出来！

鱼骨头取出来了，危险因素总算排除了，但是老大爷在麻醉后睡得很沉，怎么都叫不醒。他不醒来，我就没办法把他送回病房，他没办法回病房，我就不能准时下班。

他就这样睡了一个多小时，他倒是睡得舒服了，我却惨了。原本我可以准时下班，买一束花送给我老婆，这样我就能平稳地度过5月20日（520）这个"丈夫受难日"了。但是大爷这一睡，彻底把我的计划打乱了，现在我只能祈求路上堵车，而且还是比以往堵两倍的样子，这样她就没有这么快过来接我了，我才有可能逃过一劫。

最后，确实堵车了，我紧赶慢赶地买了一束花，准确地说是三朵香槟玫瑰。买完这花回去我就花粉过敏了，一夜没睡，整夜地咳嗽流涕，终究逃不过这一劫。

# 内分泌科：一些隐秘的病因

某天内分泌科收了一个"荔枝病"患者，这个患者才二十来岁，是个模特，白皮肤，大长腿。

她在吃了一筐的荔枝之后出现头晕、心慌、疲乏无力、面色苍白、手脚冰凉、皮肤湿冷的症状。

后来一测血糖只有 3.0mmol/L，赶紧给她升糖，她才缓过来。

她之所以会得"荔枝病"，是因为她最近都不吃晚餐，打算把荔枝当成"减脂晚餐"。

我们这里夏天盛产荔枝，而且价格很低，一斤才三四元，基本十块钱管饱，也因为这样的原因，这里的急诊夏天经常会接到"荔枝病"患者。

吃荔枝导致低血糖，网上很多"科普"说是因为荔枝中大量果糖不能及时转化成能被人体吸收的葡萄糖造成的，这其实是一种误传。荔枝导致低血糖这事儿，和"大量果糖"根本没什么关系。根据一个权威研究报告解释说，荔枝引起低血糖的原因，是因为荔枝中含有两种降低血糖的毒素——α-亚甲环丙基甘氨酸和次甘氨酸A。

这两种毒素可能是荔枝类水果家族的"独门秘器"，不仅会造成低血糖状态，还把人体维持血糖稳定的糖异生途径也封闭了，甚至还能降低人体分解脂肪供应能量的能力，让人体感觉全身发软、头晕眼花。严重情况下，还会对大脑产生不可逆转的损害。

不过这些毒素不会积累，过一段时间就会被身体代谢掉。

正确的食用方法就是在吃了荔枝之后，只要正常吃饭，及时获取主食中的碳水化合物，就能有效避免低血糖反应。所以，千万不要因为吃了荔枝之后得到很多糖分，就忽略掉正餐。

不过荔枝的美味是没有人可以拒绝的，对于我这种贪吃的胖子来说，我绝不会空腹吃荔枝，而是吃两碗大米饭后再吃一盆荔枝当饭后甜点。

# 名老中医门诊：德高望重的地方

## 1

跟名老中医门诊可以学到很多东西，他们不仅有丰富的临床经验，还有很多值得学习的医德素养。我跟的是中医肾内科的林主任，她已经将近80岁了。她真的非常关心自己的患者，甚至会因为"五一"放假担心糖尿病、高血压患者的药不够吃，而一一给他们打电话，提醒他们过来取药。扪心自问，我们年轻的医生有多少能够做到这样？

跟她的门诊也会遇到很多以前没有遇到过的病人，这天门诊就遇到了一个特别"哲学"的问题。

一个妇女来看月经不调的时候，跟林主任问了一个问题，她丈夫正在进行肺癌的第三期化疗，但是出现了一个很奇怪的现象，就是自己丈夫的性欲望变得特别强。

癌症跟性欲变强能有什么关系？不是越化疗越虚弱吗？我当时是这么想的。

林主任一听，说："这个对于肺癌化疗的患者还挺常见的，这个从中医观点来说是阴虚阳亢。"

原来这个症状就是阴虚阳亢。

阴虚阳亢，是指正常状态下阴和阳的平衡被打破，阴亏损，阳失去制约而变得亢盛，所以出现阳亢的表现。

症状主要是潮热、颧红、盗汗、五心烦热，男性性欲旺盛，但是做爱的时间偏短，而且会有遗精的现象。

林主任仔细问女人，女人说自己男人确实是这样的，需求大，但是时间短而且质量也不高。

林主任说："方便的话就带着他一起过来，吃一吃中药，效果很不错的。"

女人最后还问道："林主任呀，你说他都这样了，我还能不能跟他同床呀？"

医学上肺癌是不会通过性传播的，但是看到自己伴侣生病担心被传染这也是本能，要是我还真回答不了这个问题。

林主任倒是回答得很委婉，说："癌症是不会通过同房传播的，是可以同房的，但是他身体比较虚，应该减少肾精损耗，还有要采取安全措施，会更稳妥一些，毕竟你月经还在，要是有宝宝可就麻烦了。你改天带他过来，我也会跟他说说这事。"

隔天,女人就带着自己丈夫过来看病,她丈夫面色潮红,舌红少苔少津,脉弦细数,一派阴虚阳亢之相。

林主任给他开了七服中药。

吃了一周后,女人自己过来复诊,她说吃了三服药以后,她丈夫那方面的需求确实小了,但是夫妻生活质量确实变好了。

## 2

跟诊名老中医门诊,又遇到了一个老太太,63岁,是一个虔诚的佛教徒,纯素食主义者,长期住在寺庙里。

她一进诊室就送给老师和我一个小木块和一张达摩祖师的塑料卡片,想要跟我们结佛缘,但是我和老师都不是佛教徒,她便作罢。

她的症状比较特殊,她说这两年来时不时会觉得自己的身体有一股气在游走,最近竟然往胸口跑,而且是沿着经络游走。

我问她:"你怎么知道是沿着经络跑?"

她说:"我跟寺庙里的师父学过气功,知道人体有十二条经络,能够明显感觉到气体在经络上游走。"

这么神奇吗？其实我有点不信，听过练气功会有气感，但是没有听过气感这么明显的。

我问："为什么吃素呀？"

她说："我已经皈依了，我们在寺庙都吃素的，还有我以前有糖尿病，自从吃素以后好多了。"

老主任对此表示不信，她叫我给她测一下血糖。

我给她测了血糖，随机血糖 21.8mmol/L。

主任建议她住院，她拒绝了，让她打胰岛素，她也拒绝了，也不打算吃降糖药。

老主任强调，这么高的血糖，如果不及时控制，很容易引起酮症酸中毒。

她才愿意勉强开点药回去吃。

老主任也跟她和她陪诊的儿子解释了，她之所以会出现这种情况，不是练气功感觉到的气感，而是高血糖造成的周围神经功能障碍，从而引起双侧肢体疼痛、麻木、感觉异常，也会造成吞咽困难、上腹饱胀、便秘、腹泻等症状。

后来发现老太太很偏执，只能给她儿子进行糖尿病教育，让他监督老人。

儿子说："她在寺庙吃斋饭，比在家里的食量大很多，以前在家就吃一碗，在那边可以吃两三碗。"

这下就真相大白了。

如果在饮食上能够多吃素食，并且减少主食量的摄入，多吃蔬菜、菌类的食物，确实是有助于控制血糖的水平。

但是现实情况是素食者只吃菜和一些碳水化合物，不吃肉，所以饱腹感不会维持很久，很容易就饿了。

因此为了增加饱腹感，要吃大量的主食，而大家都知道主食中含量最多的就是碳水化合物，碳水化合物分解后会生成葡萄糖迅速进入血液，这样就会让血糖快速升高。血糖快速升高之后，下丘脑就会收到信号，然后刺激胰岛B细胞分泌胰岛素，只要血糖一升高机体就会启动胰岛B细胞，让其分泌胰岛素。一天两天还好，常年这样的话会给胰岛细胞造成很严重的负担，长此以往胰岛细胞会发生故障，血糖就降不下来了。

下次要是谁再跟我说他练气功练得全身真气游走，我得第一时间给他扎一个末梢血糖。

# 3

跟着老主任门诊，能遇到很多疑难杂症，也会听到很多她亲口讲述的身边故事。

某天跟老主任门诊就遇到了一个特别焦虑的中年男人，41岁，每年到这个季节都得咳嗽一个多礼拜，他担心自己有肺炎，想来查一个肺部CT。CT查了，没什么问题。

但他觉得自己身体特别虚，想调理调理，于是他当着十几个正在排队的患者的面，讲述他的夫妻生活时间，从年初到现在夫妻生活的时间一一跟主任罗列出来。原来正在排队候诊的几个女患者听得有些不好意思，都借故离开了。最后主任都听得不耐烦了，直接打断他的话，说："我知道了，你说了这么多次，没有一次超过五分钟的，不用说得那么详细，我看你的舌脉，是肾阴虚呀。"

他这才说："老主任，我是不是说得太详细了？"

老主任挑了挑眼睛，说："你看看，女患者都被你说走好几个了。"

他这才没继续说。

到了上午11点半的时候，诊室已经没有其他患者了，老主任一看没患者了，就从抽屉横板上拿出了几张书写工整的纸张，跟我讲起了糖尿病的用药心得。

只要诊室没有患者，她就会挤出时间给学生讲课，讲自己的用药经验，担心我们听得乏味，还会融入一些发生在她身边的故事。

她说消渴丸是治疗糖尿病的中成药，不少患者以为它是纯中药制剂，副作用小。事实上，消渴丸并非纯中药制剂，消渴丸是在古方"玉泉散""消渴方"的基础上，融中西药为一体，采用中西医结合的方式研制而成的。消渴丸除含地黄、葛根、黄芪、山药、天花粉、五味子、玉米须等中药外，每十颗消渴丸还含有2.5毫克的西药磺胺类药物格列本脲，相当于一片格列本脲。

说到这个药的时候，她还说了一个故事。说她认识的一个副主任，退休以后开了个诊所。

诊所刚开始没什么病人，他一着急就动起了歪心思，但是对外声称是纯中药降血糖，一贴灵，一贴药卖到数百块钱。后来一个老人吃完他开的中药，又正常服用降糖药，导致低血糖昏迷，这才发现他在中药里添加了降糖药。

药品所含成分与国家药品标准规定的成分不符，在中药中擅自加入西药成分，按照《中华人民共和国药品管理法》规定，这种行为属于制作假药，后来罚了不少钱，还被抓进去了。

在一些治腰酸背痛的膏药贴产品里，其产品成分表里也没有激素等西药成分，但生产过程中却添加了激素，要知道激素的副作用很大，并且只需一点点。可能企业认为达不到说明书中"主要成分"的剂量，无须注明，但这不就是明知故犯吗？

# 外科：一些科室间的鄙视链

## 1

来到外科轮转，一进手术室就被护士长问："你是哪个专业的规培生？"

我说："肛肠科。"

护士长立马脸色变得很难看，就跟犯了神经一样，突然发飙，说："怎么又来肛肠科的学生呀？那你给我注意点！"

神经病，我都还没有进手术室的门呢。

在规培医院经常会遇到这样的情况，这边的医生当你是医生，那边护士长当你是学生，时常言语刻薄，冷嘲热讽。

规培生经常会觉得自己存在感很低，他们没办法从事本单位的工作，而到了规培医院始终有寄人篱下的感觉。至于待遇方面，我是属于单位派出来规培的，一年满打满算只有七八万元,而我的月供是4000多块钱,这压力大家就可想而知,我都想把这房子给卖了,但是我老婆不同意。

连续跟了几次外科手术,我在当手术助手的过程中没有任何无菌问题,护士长这才把她的注意力从我身上转移。

下了手术台后,回到办公室,我问了其他规培生,后来才知道,原来这个护士长对于内科和肛肠科规培生有偏见,觉得我们无菌观念很差。

也是,内科无菌操作不多,肛肠手术对于无菌手术要求也比较低。

但是,总不能戴着这样的有色眼镜对待所有非外科的规培生吧?

在外科科室待了一段时间后,才发现原来这个护士长得了甲亢,以前不是这样的,更年期又碰上了甲亢,怪不得天天跟吃了炸药似的。

不过这个也不稀奇,在医院里面得个甲亢或者轻度抑郁已经算不上什么新鲜事了。

## 2

刚好是暑假,在外科每天又有割不完的包皮,你没有听错，包皮在暑期外科的手术室堆积如山。

这背后是一条"攀比链"，我接诊的一个11岁的小男孩，胖胖的，挺可爱，他妈之所以会让他来割包皮，是因为有一天他妈遇到了他同班同学的妈妈在电梯里炫耀自己儿子已经做包皮手术了。

他妈一听，你家娃儿割了，我家娃儿也不能输在"起跑线"上，于是紧赶慢赶地来医院约割包皮手术。

这种包皮焦虑多是私人男科医院通过贩卖焦虑的方式增加手术量，来提高本院业务。

我们外科的周主任认为，目前已经通过手术切包皮的患者，只有六分之一是需要切包皮的，其他患者都是非手术指征下切的。

外科副主任跟这个妈妈说了，她儿子的包皮还没有到要手术的程度，但他妈坚决要求手术。

他妈说："早割早好，他家本来基因就不好，晚了就来不及了。"

这话信息量这么大？

于是这个小胖子就被推上了手术台，稀里糊涂躺了十几分钟后包皮就没了。

我们外科一般选用一次性包皮切割缝合术，俗称"打枪"。根据阴茎直径选择匹配的环切器，放入钟形龟头座固定，调整系带定位，一次性切除多余的包皮，用钛钉缝合。

这种类型的手术方法之所以会这么流行，是因为这种手术快捷，十分钟完成，切口为标准圆形，出血少，水肿轻。

不过也有缺点，就是部分钛钉无法自动脱落，需要手动拆钉，而且费用也比较贵。

不过这种担心自己儿子输在"起跑线"的妈妈一般不会在乎费用。

现在不仅读书卷，连包皮都要卷起来了，我要是以后有儿子，不仅要给他备房、备车，还要给他备包皮手术费，没卷死孩子，倒是先卷死孩子他爹了。

求求那些妈妈了，给那些没有包皮手术指征的孩子留块包皮吧，不碍事！

# 骨科：坚强又脆弱的器官

## 1

我在骨科的时候，跟一个三十五六岁的主治医生一起值班，我们睡在同一个值班室，不同床，有时看完病人就会闲聊。

他之前看过我写的一个公众号小文，于是就成了我的"粉丝"，说他也有一个觉得挺有意思的故事要跟我说。

下面我就以第一人称转述他的故事，文中的我就是"赵医生"。

那天，来了一个老太太，八十多岁了，股骨粗隆间骨折，还有糖尿病，血糖一直控制不好。

我跟家属做了充分术前谈话，主要是谈了血糖控制不好，可能会导致伤口愈合不良的情况，家属签字同意后，我立马叫手术室安排手术台，也把自己科室的主任邀请过来一同给老太太做手术。整个手术过程十分顺利，术后老太太精神状态很不错，我和老太太的家属也松了一口气。

手术后换药都是我亲自换，由于老太太的血糖一直控制得不好，伤口愈合十分困难。

过了两周，伤口周围仍旧轻微渗液，我拿着换药盘进了病房。

她儿子刚好帮老太太翻身，看到我进来了，突然对老太太吼道："人家隔壁床比你还晚三天，手术现在都出院了，就你现在动都动不了，天天要人伺候，谁有这样的时间天天守着你？"

我知道这句话并不是对老太太说的，是含沙射影。

我说："这个伤口可能换药还需要比较长的一段时间。"

她儿子面无表情地说："我们都很忙的，就给她办出院吧。"

"出院的话老人活动不方便，也不方便去卫生院，村卫生所换药条件有限，我担心伤口感染。"

"这老人在医院换了小半个月了，也没见好呀，没准回去村里换药就好了呢。"

我没有继续说下去，换完药就走出了病房，还没有走到办公室，她儿子就跑过来跟我说："在这里住院效果也不是很好,家里还有很多活儿没有干,让老人出院回家吧?"

我迟疑了一下,还是点头了,说:"好,那我待会儿给你办下出院手续。"说完之后我还是不放心,跟她儿子说道:"要不我以后每周去家里给老人换两次药?"

她儿子想了一下,最后点头说:"好……"

老太太出院了,我每周都会去老太太的住处给她换药,去换药的时候碰到老太太的女儿,态度倒是不错,会备点茶水,客气地招待。

要是碰到她儿子,气氛就甚是尴尬,他总是含沙射影地责怪老太太,老太太总是被儿子骂得手足无措,还得尴尬地赔着笑看着我,我心里也不是滋味。

一天,我如常来给老太太换药,她儿子一样无缘由地责骂老太太。我心里听着很不是滋味,电话响了,是媳妇打来的,说五岁的女儿发热40℃,让我赶快回去。我换完药赶紧回去,那时天已经蒙蒙黑了,老太太住的地方巷子很窄,我一着急踩了下油门,车子咔嚓一声,整个人都震了起来,撞到了!我调整了一下方向盘,把车从巷子开出来后才下车去看,车头凹进去了一大块,那一刻我真的有些崩溃了,猛地往凹陷处补了一脚,泪珠竟然从眼眶滑落下来。

当时,我想了很多,甚至怀疑自己不适合当医生。

就这样给老太太足足换了一个月的药,老太太伤口完全好了,我那个月几乎每天都失眠,一个月整整瘦了五斤。

最后一次换药时,我跟老太太说:"阿婆,这次再给你清洗完伤口,我就不来了,你要保持伤口干净,不要碰到水。"

老太太微笑着说道:"谢谢您呀,医生。"

"你这血糖还是得注意呀,不能想吃什么就吃什么。"

她像小孩子一般,有些害羞,合了合嘴说:"是呀,有时就是忍不住。"

我要走的时候,老太太拿着红色粗布袋子装了十几瓶的盒装饮料塞到了我的手里,说:"医生,拿回去给孩子喝。"

我本来不想拿,但是老太太的热情让我不好拒绝,就从袋子里拿了两瓶。看到了老人满眼的感恩之情,我心里涌出一股难以言表的滋味,同时也有一种如释重负的感觉,终于可以松口气了,这一个月真的太难熬了。

后来,因为急诊缺骨科医生,我被暂时调到了急诊科。

有一天,我突然接到一个120急救电话,一听声音我就认出来是她儿子的声音。当我来到她儿子家的时候,当地的村医也在,对我摇摇头说:"可能没了。"

她儿子似乎也接受了这个事实。

老人静静地躺在床上,生命体征极其微弱。

我听了一下心音,可以听到心音,但是很微弱。将老太太送上救护车后,一测血糖只有 2.0mmol/L,想到老太太有糖尿病,赶紧给她推了高糖。

果然,过了一会儿,老太太就慢慢苏醒过来了,她睁开眼睛看到的第一个人就是我。她用枯老的手掌握着我的手笑了,我那时相信人与人的相遇真的有缘分。

低血糖昏迷,若得不到及时治疗,将导致不可逆的脑损伤,甚至死亡。

## 2

某天来骨科门诊跟诊的时候,发现了一个奇怪的车祸事件。

我看到 X 光片后觉得很奇怪,一时心里没有答案,赶紧去值班室找我的带教老师程医生过来看看。

我把 X 光片拿给程医生看,问:"你看看这片子,是不是不太对劲?"

程医生看完片子以后,也觉得不太对劲,赶紧来骨科门诊,他看到了一个黑黑瘦瘦、十三四岁的男孩,这个男孩另一只健康的手紧紧地捂着自己的手指。

男孩的旁边坐着一个胖胖的中年女人，戴着眼镜，一只手不停地揉着自己的膝盖，焦急地问："这个小孩有没有事，医生？"

程医生没有回答，而是问中年女人，道："你们是怎么受伤的？"

少年说："我就在路上走，她一边玩着手机，一边开着电瓶车，突然就把我撞倒在地上了。"

程医生看了一下妇女，让她讲述受伤过程，妇女的脸上露出了一丝愧疚的神色，说："当时下班比较急，我单位有人打电话给我，我接着电话没注意看，不小心把他撞了，医生，他一直说手痛，这孩子的手有什么事吗？"

程医生把X光片卡在阅片灯上，拿出一支墨黑色医用笔在少年的片子上做了一个记号，说："这里可以看到一条骨折线。"

少年一听，说："我就知道骨折了，不然怎么会那么痛？"

程医生没有接他的话茬，问："你不是本地人吧？"

"怎么了，医生？"少年面对程医生的问诊有些不耐烦。

"我们需要了解一些基本信息。"

"不是本地人。"

"来这边干吗？"

"打工。"

"我看你应该没有18岁吧？"

少年一脸不悦，说："关你什么事？你只要给我写骨折诊断就可以了。"

程医生压着脾气说："信息不完整，我没办法给你看病，你自己一个人来这边的吗？"

"和我表哥。"

"你表哥没跟你一起过来？"

"他在外面忙，晚点就过来接我。"

妇女紧张地问道："医生，这个孩子骨折了，那该怎么办？"

程医生示意我去门诊外面看看，看到了两个青年骑着电动车在医院里面来回晃荡。

此时的程医生心里已经大概有个底了，跟妇女说道："这个少年小指第二节是有骨折痕迹，但是从 X 光片再结合临床诊断来看，不像是新鲜骨折，倒有可能是陈旧性骨折。"

妇女问道："你的意思是说这孩子的手以前就骨折了，不是这次车祸造成的？"

"临床上来说是这样的。"

少年听到程医生这么说，大拍一下办公桌，说："你们俩串通一气，你个垃圾医生，是不是看我是小孩子就想欺负我？"

我随即也变得警惕了起来，如果有什么异常情况，立马报警。

程医生淡定地坐在椅子上，说："你觉得我的诊断有错的话，完全可以报警，或者投诉我。"

"别以为我不敢投诉你。"少年警告道，看到情况对他不利，他转头礼貌地跟妇女说，"阿姨，这是一个坏医生，你别听他的，我是一个小孩子，又是外地人，我看您也挺忙的，要不你给我8000块钱，我让我哥带我去别处看病，不在这个破医院看了。"

"8000块？"妇女拿下眼镜，擦了擦汗，说，"这个骨折都不知道是什么时候弄的，8000块？不可能，不可能。"

程医生给我使了一个眼色，我也回递了一个眼神给他。

少年说："那至少也要5000块，你看我这手都抬不起来。"

"5000块太贵了，就是一个小小骨折，打个石膏就好了，不可能要花5000块钱。"

两人竟然讨价还价起来了，程医生有些不可思议，这样下去，再过一会儿，这妇女就得掏钱给这个少年了。

"我这个感觉很严重，打石膏肯定好不了，得做手术，手术后还得补身体。"少年一咬牙说，"阿姨，看你是个好人，3000块钱，不能再少了。"

"两千。"妇女觉得事情有些复杂，想要赔钱了事。

程医生拦住了妇女，说："再等等，不急着给……"

少年看到差点到手的鸭子让这个医生给弄飞了，彻底怒了，满脸通红，怒气冲冲地跑出去，在医院晃荡的那两个青年马上跑了进来。

那两个青年油头粉面，脖子和手臂上都有廉价的刺青，问道："弟弟，怎么啦？"

少年说："这个医生把我的钱抢了。"

那两个青年恶狠狠地看着程医生，问："把钱还给我弟。"

"你们是他的哥哥吗？"程医生问。

"怎么啦，医生？你有什么问题吗？"其中一个黑瘦青年用那昏黄的眼睛直勾勾地盯着程医生。

我已经把他们闹事的视频拍好了，现在就等着警察过来。

我们一直拖着这群人，十来分钟后四个警察过来了。

警察把他们这群人都从医院带走了。

其中一个警察跟程医生说："我们那边调了监控，发现这跟前几天发生的那个案件的作案形式一模一样，他们都会找一些有单位的中年妇女下手，利用她们在骑车玩手机时进行碰瓷。"

这些人果然很厉害呀!有单位,而且是中年妇女,她们一般都比较胆小怕事,怕惹上事情。虽然他们碰瓷的数额刚开始时开价比较高,但实际到手都是 2000～3000 块钱。想着一场车祸能够两千块钱了事,这些被碰瓷的妇女一般都会妥协。

他们碰瓷那条路,我上下班经常骑电动车经过,而且是下夜班之后精神恍惚地过去,他们要不是今天被带走了,那下一个被碰瓷的还真有可能是我。

## 3

在骨科轮转的时候,也经常会碰到一些"大无语"事件。

前几天,骨科关节区的林主任的办公室就来了一个无赖,他一过来就大刺刺地坐在办公室的椅子上,早上的病人比较多,大家没能顾得上他,他就自己在那边抠脚趾,等林主任走进办公室以后,他才站起来,说:"林主任,你好呀,我这个脚评残评不上,你能不能帮帮忙?"

林主任皱着眉头说:"怎么?有什么不舒服吗?"

"不舒服倒是没有,就是走路没有以前那么得劲了。"

"那肯定的，受过伤的脚怎么也没有原装的那么好用。"

他点了点头，嘿嘿一笑，无赖地说："林主任，你能不能给那个姓郭的打个电话，说我这脚还没好，还得补点营养。"

林主任哼了一声，说："那你应该去找律师，看看你们当时是怎么谈的。"

"可是这个手术是你做的，我不找你找谁？"

林主任说："我一年做几百台手术，要是每个做手术的都要来我这边处理纠纷，那我都不用做手术了。你要是没什么事，找个工作做吧，我去做手术了。"说完就走出了办公室。

这个人是在菜市场不小心被车撞到了，内外踝双骨折，按照情况评定，评残等级在八级左右，他选择跟那个车主私下调解，拿了十万块钱赔偿，当时他也同意了，现在觉得赔得不够多，不敢跟车主说，就想让林主任帮他再跟车主要钱。

还有一个"暴躁老头"。

那是在急诊骨科，晚上两点多，来了一个掌骨骨折的病人，五十七八岁，个子不高，一身腱子肉，留着寸头，看起来很不好惹的样子。

我先起来接诊，问他为什么会手疼。

刚开始他还不说,他老婆看着他不说,抢话道:"我们家老头就是太闲了,觉得蚊子多,大晚上不睡觉起来拍蚊子,一巴掌拍到了玻璃窗窗框上。"

我看着他,他点了点头,确认了他妻子没有瞎说。

拍蚊子把自己手掌拍骨折了?这要不是他老婆亲口说这个事,我就是打开脑洞写小说,也不敢写这样的剧情。

我给他开完X射线,检验完以后,发现他的右手第二掌骨骨折了。

他开始像躁狂一样地破口大骂起蚊子来,还不停地责骂他老婆不买蚊香。

骨科沈医生打算给他打石膏,就在打石膏这一会儿,他在去卫生间小便的路上,碰到了一个醉汉,然后醉汉撞到了他,两人就在医院走廊吵了起来,后来越吵越厉害,最后两人还打了起来。

等我们赶出去的时候,看到他被那个醉汉压在身下,我们好不容易才把两人拉开,两人嘴里还一直骂骂咧咧的。

后来男子说自己胸口疼,补拍了片子,就刚才打的那一架把两根肋骨给压断了。

骨科沈医生觉得不对劲,这骨头也太脆了吧,把他收入院做了骨质疏松相关检查后发现,还真是骨质疏松性骨折。

骨质疏松性骨折指受到轻微创伤或日常活动中即发生

的骨折，怪不得打蚊子也能导致掌骨骨折。

后来继续深究下去才知道，原来他平时喜欢健身，还是一个素食主义者，饮食方面比较单一，这才导致骨质疏松。

# 皮肤科：不仅仅是性病

## 1

皮肤科门诊竟然这么"内涵"。

皮肤科其实有一个更完整的名字叫皮肤性病科，这个科室不仅要看皮肤病，还得看性传播疾病。

因为这层关系，所以来皮肤科看病有不少是特殊行业的工作者，也有一些"特殊经历"的男同胞过来求医问药。

有些是老熟人了，一进门花枝招展地跟皮肤科医生打招呼，皮肤科钱医生也不甚忌讳，有说有笑，有时还会问"生意"怎么样之类的话。

我在跟诊皮肤科医生的时候，发现他们很少问诊冶游史的情况。

冶游，旧时指男女在春天或节日里外出游玩，后来专指嫖妓！

现被医生用来指代有无不洁性交史，是否患过下疳、淋病性尿道炎等性病。

我还为此问过皮肤科钱医生，他说问了也白问，还不如直接做系统性病检查。

也是，在检验学面前，一切真相和谎言都会得到证实。

皮肤科的患者好像不喜欢扎堆，特别是一些男性患者，看到里面有其他患者就会自觉地在外面乱逛，等里面病人看完了再规规矩矩地续上，如果肛肠科的患者也能这样就好了，他们每天都挤破头地要插队，一天下来我嗓子都快喊哑了。

快下班的时候，有一个在皮肤科晃荡了七八回的男人走进了诊室。

一走进诊室，他紧张得说话都有些哆嗦了。钱医生问："哪里不舒服呀？"

男人说："我觉得那个地方痒，然后晚上特别痒，我就一直挠，越挠痒得越厉害。"

"我看看……"钱医生说完带着男人进了隔壁体检室，我跟在后面。

男人手忙脚乱地脱裤子，然后不打自招地说："医生，我这个会不会是梅毒呀？"

钱医生淡漠地问："去外面玩过呀？"

男人点了点头，说："是，回来开始痒。"

钱医生没有多问，说："裤子穿起来，你去抽血，做个检查，现在这么晚了，得明天才会出结果啦。"

隔天一大早男人就来到科室，拿着一叠报告单给我，我看了一下，都是阴性，钱医生也看了一遍，说："没事，开点药回去吃一下，问题不大。"

男人激动地问："不是梅毒、艾滋呀？"

钱医生摇摇头，说："不是，是阴囊湿疹。"

阴囊湿疹是阴囊最常见的皮肤病，也是男子常见的性器官皮肤病，不是性传播性疾病。

阴囊湿疹是湿疹中的一种，一般发生在阴囊皮肤，有时会发展到肛门周围，少数可发展到阴茎。阴囊湿疹患处奇痒难耐，而且容易反复发作，久治不愈，通常有丘疹、脓疮、糜烂等变化出现，给患者的生活带来非常大的影响。患病之后，阴囊皮肤会变皱，肥厚干硬，偶尔还会有灰白色细碎皮屑脱落。挠破皮起皮屑是比较常见的症状。

由于阴囊湿疹发生于男性生殖部位，有些人就担心阴囊湿疹是不是性病，会不会通过性传染。其实阴囊湿疹是比较常见的皮肤病，既不是性病，也不会传染，因此无须担心。但是不能不管不顾，不管不顾会蔓延扩散的。

后来一问，原来这个男人是开大货车的，现在天气这么热，怪不得得了湿疹。像长期在煤矿、坑道、大货车及其他环境潮湿地点的工作者，还有长期居住于潮湿地区及房间者皆易患此病,需要特别注意。

在男人看完病的时候,钱医生还特意跟他交代道:"以后别出去乱逛了。"

男人挠挠头,尴尬地走出诊室。

等男人走出诊室后,我问钱医生,说:"这个应该直接视诊就能看出来吧?"

视诊是医师通过视觉来直接观察患者的全身或局部征象的一种基本检查方法,是皮肤病的一种非常重要的检查方法。有时仅通过视诊就可明确诊断。

钱医生说:"一看就能看出来了,但是这个人看皮肤病是没错,他更主要的是来排查性病的,早期性病很多是没有症状、体征的,给他查一查,也让他安心。"

也是,这才是他的核心需求。

果然有经验的老医生更懂得患者的真实想法,能更深入地走进患者内心。学习了……

## 2

皮肤科门诊来了一个十七八岁的小伙子,满脸青春痘,又大又红,他神情十分羞涩,愣愣地站了好几秒都没有说话。

难不成有什么难言之隐？我热心地上前询问："小哥，怎么啦？"

小伙子支支吾吾半天不说话，后来才说："我感觉我的下面中毒了！"

中毒了？性病？梅毒？这么年轻应该不会吧？

钱医生听了也觉得不可思议，说："去体检室，我看看。"

我们带着他进了体检室，脱掉裤子一看，这哪里是中毒，这是包皮嵌顿。

钱医生对他进行了一番询问，原来是这个小伙子在自己解决生理问题的时候，想要尝试将自己的包皮往上翻，结果用力过猛发生嵌顿了。

包皮如果发生嵌顿，又不及时处理的话，那么包皮口就会紧紧地箍在龟头冠状沟的上方，压迫着龟头，导致阴茎血液、淋巴液回流受阻。

随着时间的延长，龟头及局部包皮会逐渐水肿，甚至呈现深紫色，并出现排尿困难、尿路梗塞的症状。

而且这些包皮嵌顿患者很少及时就诊，来诊者一般病程超过24小时，这就很可能导致水肿组织的表皮因摩擦破损，引起继发性感染，严重的还可导致包皮坏死，甚至是龟头坏死！

所以提醒各位"手艺人"，一旦卡住，要尽早将其复位，千万不要拖，否则有可能命根子不保！

钱医生问我有没有给人手法复位过。

我摇摇头，我哪有这经验呀？于是他跟张三丰教张无忌太极剑法一样，让我现学现卖。我几分钟学完之后，立马应用于临床，给小伙子进行包皮嵌顿手法复位。

刚开始不太顺利，一操作他就喊疼，他这个水肿比较严重，用了液状石蜡，再次进行手法复位，终于复位成功了。

然后就跟小伙子进行详细的问诊。原来这小伙子选择自己解决的原因是在某些贴吧上看到"性生活"可以消除青春痘，他想用这种方法"战痘"。

雄激素是导致皮脂腺增生和油脂大量分泌的主要诱发因素，而"性生活"跟消除青春痘没有关系。

虽然"有性生活就不会长痘痘"是谣言，但也不是空穴来风，有些人好像有性生活后慢慢就不长痘痘了。

其实这是一个巧合，众所周知，痘痘又叫"粉刺"，因为青少年的雄性激素分泌最旺盛，所以也叫青春痘。虽然不是所有青春期的痘痘都能自愈，但确实有一些青春期后激素水平趋于稳定的青少年，很少会再长痘。恰在此时，少年也长大成人到了可以为爱情鼓掌的年龄。

同时，因为有了性生活以后，雌激素水平上升，有助于痘痘的消退，有助于皮肤的弹性和光泽。再加上甜蜜的爱情和和谐的性生活能促进大脑释放多巴胺和内啡肽，让人感觉更快乐、更温和，对痘痘也会有有益的作用，不过作用没有我们想得那么大。

最后，我和钱医生建议小伙子去外科做一个包皮环切术，让他以后不再卡住，做一个"自由"的男人。

# 回到肛肠科：我的最终归宿

## 1

第二天下午有一场针对3床进行的疑难病例讨论。

疑难病例讨论指为尽早明确诊断或完善诊疗方案，对诊断或治疗存在疑难问题的病例进行讨论的制度。

我们非本专业规培生，一般就是提前一晚上预习一下这个病，由于这个病太专业，看了一个小时，我也没有厘清头绪，就放弃了。

疑难病例讨论当天，科室大佬都来了，科主任、分组主任、副主任医师、主治医师、住院医师、规培生、实习生，整个科室挤得满满当当的，除了本科室医生，其他人都没有凳子坐，只能站着。

我被叫起来阐述患者的基本情况，说完后各位科室大佬发表自己的观点。

我的带教老师戴医生几次想要起身发表自己的意见，都被一个主任强行打断，戴医生就是他们本组的医生，最后在做总结的时候，戴老师也没有能说上一句话，就结束了。

戴老师气得直接坐在换药室十几分钟后才缓过来，据他所说，为了这次疑难病例讨论，他准备了两天，把患者的病情捋了一遍，他认为分组领导治疗方案还可以进一步调整。

但是到最后他都没能说上一句话，他的意见自然也没有人听到。

在科室里，他时常会因为一点小事就被本组领导劈头盖脸地臭骂一顿，甚至是当着我们这些规培生、实习生的面对他发脾气。

科室里面复杂的人际关系经常压得他喘不过气来，他的眼睛时常恍惚失神，他都快50岁了，再过十来年就要退休了，在科室里仍旧一点话语权都没有，如此来看，确实十分悲催，换作是我的话，估计早就抑郁了。

## 2

这是情绪跌宕起伏的一天。

值了一晚上班,闭上眼睛的时间不超过一小时,早上昏昏欲睡,10点多的时候就点了一杯奶茶。由于没有钱请科室所有人喝奶茶,我只能默默地把奶茶放在学生值班室,刚戳完管子就放在值班室桌子上,然后我就被老师叫去给病人换药了。回到值班室想要偷偷喝一口奶茶的时候,我看到一个四五岁的小男孩斜着奶茶杯喝得不亦乐乎,这我能怎么办?只能把他请出值班室,这个科室的主任不让其他人进入值班室,这奶茶也算是被"白嫖"了。

熬到了11点,终于下班了,此时的我已经变得神志恍惚,离开科室的时候还在想自己昨晚有没有开错药,魔怔地回到科室,看看系统,发现并没有开错,出门时还在想值班室的门有没有关,我又回值班室看了一遍,发现门关着。难道我病了?刚好碰到主任,我就去问主任,是不是新手才会这样?

他说,只有新医生才这样,老医生对自己的方案都是胸有成竹,不会这样犹犹豫豫。

他话刚说完,好像想到了什么,说:"对了,帮我看看7床的X射线申请单我有没有开错边。"

这……不打脸了?

回到家,口有点渴,喝了一瓶RIO,本想吃个饭,好好睡一觉。我妈去买了一些柿子回来,让我吃一个。我很困,还是吃了一个。吃完之后我妈发现我喝了一瓶RIO,担心柿子和酒会相冲，怕我死了，一中午都没让我睡。等到她实在困得受不了了，才说："这么久都没反应，应该是没事，你去睡吧。"她就打着哈欠去睡觉了。

我刚要睡觉的时候，我爸回来了，拎着两个颈椎按摩仪回来，跟我一顿胡吹，说这个按摩仪是根据人体穴位设计的，他买的这两个功能还不同，一个是降血压的，一个是提高免疫力的。

他让我戴着那个降血压的按摩仪，我之前血压都偏高，他还自信满满地说，降压效果肯定立竿见影。

我勉为其难地戴了一会儿。

说实话，是有一点缓解肌肉疲劳的感觉，但是不可能降血压吧。

我用完按摩仪之后，拿出了血压仪。

我正在用血压仪测血压的时候，问我爸这东西不得百来块钱？

他让我猜，我没猜中。

他说，一个按摩仪1500多，两个花了3000多！

血压仪停下来了，为148/90mmHg。

血压立马就往上飙，这玩意儿降压不行，升压还真是管用！

# 3

门诊接诊了一个非常暴躁的小伙子,他在诊室后面因为另一个患者碰到他,就开始大吵起来。

在医院待久了,从患者的眼神就能看出他的性格,虽然到医院看病的患者都不可能心情轻松,但是从言语和行为也可以看得出一些端倪,一般患者虽然心情忐忑,但情绪稳定,这个小伙子讲话声音时而高亢,时而低沉,而且他的表情总是一副不耐烦的样子。

轮到他的时候,陈主任问:"你怎么了?"

他不耐烦地说:"我来肛肠科,你说我怎么了?"

陈主任脸色一沉,知道遇到刺头了,没再多问,直接伸手去拿他手上的那一叠报告单,问:"是肛门疼痛吗?"

他这才坐下来,说:"对,感觉肛门那个位置时不时有被电击一下,有时候又会有小虫子要爬出来的感觉,但是去厕所要拉也拉不出来,用手抠也没有什么东西。"

在后面候诊的病人听到之后,都把眼睛瞪得像个灯泡一样,面面相觑,时不时用眼神互相交流。男子用余光瞥了一下,露出了不悦的表情,众人停止眼神交流。

陈主任让他到体检室做肛门指检。肛门指检没什么问题,就是肛周有点充血。他说时常会因为痒想去用手抠屁股。

陈主任仔细看了他那叠报告，患者虽然临床症状明显，但进行肛门指检、肛门窥镜、结肠镜、盆腔超声波、CT、MRI等检查时并无器质性的改变。

回到诊室，他问陈主任，说："主任，这肛门痛真的会害死我，我都有点不想活了。"

陈主任说："你这个肛门没有任何问题，不要把注意力放在这个地方，多去运动，多去交朋友。"

他直接起身走人。

陈主任的回答，让他很不满意，他觉得陈主任在怀疑他心理有问题，索性直接走人了。

我跟陈主任说："这小伙是不是肛门直肠神经官能症呀？"

陈主任点了点头，说："就是这个病，从他的动作、神态就可以看得出来。"

肛门直肠神经官能症是指病人由于自主神经功能紊乱、肛门直肠神经失调而导致的一组症候群。本病以肛门直肠异常感觉为主诉的一种神经系统机能性疾病。

这种患者因肛门直肠疾病在检查、诊治过程中屡治无效，多次受到刺激而产生了恐惧、悲观、持续性紧张的心理。他会直接起身，可能也跟这个有关。

画重点了：有时太关注自己的屁股也不是一件好事。

# 4

这天我被一个老太太伤到了,她刚刚退休,不会跳广场舞,也不会打麻将,一退休就觉得自己各种不舒服,最近痔疮出血比之前更严重了,她正在纠结要不要做手术。

我认为她的痔疮已经很严重了,需要做手术治疗。于是我跟她聊了一个小时关于痔疮可不可以手术的问题后,她起身颇为满意地跟我说:"抛开事实不谈,你是一个好医生,但是这个手术,我觉得还是算了吧。"

虽然我知道这是她的口头禅,但是我还是觉得怪怪的……这是对我的陪聊肯定,对我的手术技术否定?

今天收到了一面锦旗,我以为我会不在乎这种东西,但是真的碰上的时候,我发现我是在乎的。

这锦旗虽然不能直接变现成实际的奖励(听说跟年末评先进个人有关,我没有拿过,目前不清楚),但是它可以极大满足医者的"虚荣心",认为自己还是有两下子的。

如果在看病后,觉得这个医生医德高尚、医术高明,想要感谢这个医生,我认为送锦旗是最实在的,患者不用花很多钱,医生心里会很高兴,可能还会得到医院的奖励,这也是名利双收,还不用担心被拍视频发到网上后被辞退。

好啦,大家懂了吧?如果找我做痔疮手术,觉得我不错的话,给我送面锦旗吧!

某天一上班我就感觉心里空空的,感觉好像有什么事要发生。

果然,不出我所料,晚上8点多,来了一个直肠异物的小伙子,戴着眼镜,头发长长的,人有点消瘦。

一到办公室他就跟我说:"医生,我塞了一个玻璃珠到肛门,现在取不出来了。"

坦诚,第一次见到这么坦诚的患者。

我问:"多大的玻璃珠子?"

"估计直径三四厘米。"

"这么大,怪不得取不出来。"

我去体检室给他做了肛门指检,手一进肛管就碰到了珠子,摸了一下,珠子确实不小。

我叫了护士燕妮一起上手术台做助手,这小妮子正在吃螺蛳粉,让我等她吃完,她说自己做完就再也吃不下了。

燕妮是刚刚考进肛肠科没多久的小护士,是个阳光活泼的小丫头,时不时会讲一些冷笑话,让大家忍俊不禁。

她这吊儿郎当的样子经常会被护士长抓去批评,不过她总是一副没心没肺的样子。

晚上9点,我们上了门诊手术室,打算在麻醉下用"导尿管辅助下的直肠异物取出术"。

大概跟大家解释一下导尿管操作方式。导尿管像一个气球,把这个气球塞到肛管里面,超过玻璃珠位置,然后再往气球里面打水,打水后气球膨胀,再慢慢往外牵拉,顺势将玻璃珠带出来。

说起来原理很简单,但是实际操作却没有那么容易,搞了五十多分钟才把珠子拿出来。

我把玻璃珠拿出来放在弯盘的时候,护士燕妮突然说了一句:"谁说有眼无珠呢?"

真的戳中我的笑点了,但是我也不能笑呀,憋得实在难受。

男人突然笑了,竖着大拇指说:"哈哈,护士你可以去参加脱口秀了。"

## 5

今天黄医生收了一个肛周脓肿的小男孩入院,才两岁。

这个小男孩是因为肛旁的一个包块反复肿大才来医院的。

问了一下家长,他们也不知道是什么原因,就说在十来天前,在小孩肛门右侧发现了一个包块,刚开始就红枣大小,表面光滑,没有破皮,皮肤颜色有点红,摸起来有点硬,还很烫,不能碰,一碰小孩就哭。

去当地的卫生院做了彩超,检查提示:炎性改变。

在卫生院输了液,肿块是小了,但是这两天又反复了。

住院以后我们给小孩复查肛周彩超提示:异物可能。门诊多次询问患儿家属,均否认异物可能,初步考虑为肛周脓肿感染引起局部组织机化。

给他做了肛周脓肿根治术,这么小的孩子要上手术台可不容易,这么一台一个来小时的手术比三台普通痔疮手术还累人。

隔天我给小孩换药的时候,再次触及他的臀部9点位置、距离肛门约2厘米处一个大小约2厘米×2厘米的肿物,较第一次肿起的范围更大、更深。

奇了怪,怎么手术后还不见好转呀?而且还比之前更深了,难道是感染了?

我赶紧向主任汇报,然后复查彩超,彩超提示:异物可能性较大。

跟小孩父母沟通后,他父亲表示理解,他的母亲则认为是我们手术失误造成的,对此表示不满,说了一些难听话。

母亲心疼自己孩子,这也是人之常情,大家都可以理解。

后来陈主任亲自跟孩子父母沟通，认为有很大可能是孩子的肛门中有异物。最后他的父母同意再让孩子做一次手术。

不到两岁的孩子要经历两次手术。当他看到手术室大门的时候，就忍不住号啕大哭，想起了不好的回忆。

不过最后还是把他抱进手术室了。

术前准备完成后，开始手术了。

这次安排了彩超引导，这样可以在术中探查那个可疑的异物。

十几分钟后探查到了"异物"，这个异物在皮下约2厘米处，一次性手术刀在肛门9点位置、距肛缘2厘米处第一次手术切口的基础上做延长，小号止血钳钝性分开皮下组织，至距离皮肤约2厘米深时，见淡黄色脓液溢出约1厘米，食指探查后可触及一长条形硬质异物，止血钳探入，顺利夹出一长约2厘米×0.1厘米的鱼刺，彩超复查见异常增强回声已消失。

就是这个玩意儿在"作祟"，孩子妈妈这才想起来，十几天前孩子确实是鱼刺卡到喉咙了，但是喝了点粥以后，就吞下去了，也没有再说难受，就没在意。

其实这是不幸中的万幸，这个小朋友还是幸运的。因为鱼刺在消化道的"旅程"中，很容易卡在幽门口、回盲瓣、乙状结肠等相对狭窄的部位。如果刺伤消化道壁，造成出血、感染，局部可能形成脓肿；如果刺破肠壁，还可能造成腹膜炎等严重后果。

小孩出院前的一天，他的父母提了一些水果放到我们办公室，他母亲也向我要了微信。想着以后有什么问题在微信上咨询比较方便，我就把微信给她了。

## 6

门诊来了一个二十五六岁、眉目清秀的大长腿美女。她很害羞，一直等到没人了才到诊室就诊。

她有个难言之隐，最近一段时间总觉得坐立不安，尾骨部位隐隐胀痛，一坐下去就疼痛得厉害，而且在家里照镜子还看到了局部皮肤有点红肿，自己摸过，摸到一个慢慢向外凸起的肿大包块。她之前去骨科和皮肤科看过了，抗菌素用了不少，也做了肿块切开，但该病始终反反复复，她说自己都快崩溃了，这一个月瘦了七八斤。

陈主任给她看了一眼，在距患者肛缘约12厘米处可见一外口，挤压见少许血性脓液流出，距肛缘约6厘米处可见一骶尾部小凹，没有明显毛发嵌入。

陈主任取掉手套，说："你总算是找到对口的科室了。

你这个尾骶骨部位里面'长了毛',我们叫'藏毛窦'。"

女孩没听懂,陈主任跟她解释了半天,她才不可置信地接受了这个事实。

藏毛窦是在骶尾部臀间裂的软组织内一种慢性窦道或囊肿,内藏毛发是其特征。

她这个藏毛窦需要手术,刚开始她很害怕,不过最后还是同意了手术。

这个手术比一般痔疮手术复杂,不能用局麻,而是用腰麻。

陈主任操刀,我做助手,陈主任拿着探针沿骶尾部外口处伸入,探查窦道感染范围,使用电刀标记切除范围。

女孩说:"怎么有一股烤肉的味道呀?"

陈主任说:"对呀,正在用电刀烤你的肉呀。"

"啊?可是我不痛呀。"

陈主任看了看麻醉师小丽,说:"小丽,病人夸你呢。"

小丽头也不抬,继续玩手机,淡淡说了一句:"你赶紧做吧,我后面还有三台呢。"

陈主任低头继续手术,沿骶尾部小凹到外口处做一纵行切口,将窦道完全切开,用刮匙清除其内的腐烂组织。

然后让我用电刀给她做点状止血。

止血完,用取皮刀在左侧臀部提取表皮,马上浸泡于生理盐水中,作为植皮源。

陈主任最后将所取的皮片戳孔后平整间断地缝合于创面上，剪去多余皮片，在皮片表面平整覆盖凡士林纱布，再剪取小碎纱填充创口，外覆纱布，用创口敷料加压包扎固定。

这操作让我觉得陈主任就像是一个裁缝一样，准确点应该叫人皮裁缝师，听起来还有点《人皮客栈》的味道。

# 医生生活：虽然啼笑皆非，但是我爱这个职业

## 1

导尿是一个基本临床操作，在医院一般给女患者导尿由女护士操作，给男患者导尿由医生操作。

科里来了一个下身水肿的老大爷，说他尿不出来，他管床的医生小吴不得已只能给他导尿。

我在科室正好闲着，就去围观了。

导尿的过程中发现老大爷前列腺肥大增生，不太容易将导尿管送入。

但是在整个过程中，老大爷痛得啊啊大叫，一直喊着不要导尿了，整个脸像烂橘子一样，皱皱巴巴的。

功夫不负有心人，最后还是导进去了。

本来以为没什么事了，没想到大半夜老大爷说自己下

身胀痛得很厉害。

我跟小吴医生起来一看,他的下身还真是水肿很严重,起码是原来的三倍大。

我看了一下,怎么不太对劲?

我问:"大爷,刚刚你是不是挠你的下身了呀?"

他点头,说:"疼得难受,我抓了几下。"

就这几下,大爷把包皮给翻上去了,而包皮就像是橡皮筋一样紧紧地绑住他的生殖器,这不水肿才怪呢!

给他的生殖器松绑之后,两个小时就恢复成原来的样子了。

临床医学就是一个不断积累经验的过程,教科书上不会告诉你,要注意告诉患者在插入导尿管后别把包皮往上翻,但是现实中却发生了。

这下我在给患者导尿以后又得多加一句话了:"导尿后请不要上翻你的包皮!"

## 2

鱼哥这年 31 岁,他之所以被叫作鱼哥,是因为只要同事跟他秀恩爱,他就会说:"我在大润发杀了十年鱼,我的刀和我的心一样冷。"

后来这变成了他的口头禅，大家都叫他鱼哥了。

他是经常跟我一起吃饭的饭友。他因为"失恋"又找我吃饭了，虽然我挺同情他的遭遇，但是每次失恋他就会请我吃饭，也算是他不幸中的万幸，还有我陪他吃饭。

我们去了一家自助烤肉店。

他前一个月才跟我说，他觉得他们科室的小护士好像对他有意思，每次他写病历的时候，小护士就喜欢凑到他身边跟他聊八卦，他打算吊吊这个小护士，让她觉得自己不是那么好追，他也担心如果和护士谈恋爱，医生配护士可能顾不上家庭。我还跟他说，先谈着，不要想那么多。

半个月前，他发现这个护士迟迟不肯发起进攻，他打算暗示护士，自己也是喜欢她的，但是要她主动一点。

这样过了一个多礼拜，他着急了，发现护士跟他同事有些暧昧，他打算主动进攻。

在他发起进攻的时候，我问他："你有把握判断那个女生真的喜欢你吗？"

他拍着胸脯说："那肯定呀，我虽然没有谈过恋爱，但是女生看自己的眼神中有没有爱，我还是能够看懂的。"

看着他一脸自信的样子，我有些疑惑地问："既然她喜欢你，为什么她还要跟你们医院的同事眉来眼去？"

他邪魅一笑，说："嘿嘿，这你就不懂了，我对她欲擒故纵，她可能懂我的套路了，所以就来一个将计就计，想要用我的同事逼我表白。"

他这么一说,也不是没有这样的可能,不过概率不太大。我点头,说:"那你要怎么做?"

他语重心长地说:"我是时候给女孩一个家,不能当渣男了。"

我惊呆了,这个老处男已经"上车"了?我的八卦之火熊熊燃烧起来了,一脸吃瓜相,问:"你上车了?"

"没有呀,我又不是那种先上车后补票的渣男。"

我有点失望,问:"你们牵手了吗?"

他仔细一想,说:"前两天我帮她拿快递的时候,她碰了一下我的手。"

我意味深长地"哦"了一声。

前两天,他觉得情况不太对劲,于是发起了他所谓的"总攻",在他们医院到处宣传自己和小护士恋爱了,想要把压力给到小护士那边,让她觉得自己被他"宠爱",他想为她负责了。

于是那个小护士连夜跟他的同事在一起了,隔天中午的时候,他还看到小护士和他同事在食堂一起打饭后去了他同事的宿舍。他伤心欲绝,头痛欲裂。

头痛两三天,一量血压,收缩压180以上,这天是吃了降压药才勉强可以出门跟我一起吃饭。

听完他的故事,我于心不忍,破例付了当天的饭钱。

## 3

医院里有很多老得几乎都快走不动的老中医，他们起码 80 岁以上了，这些医生是长寿医生里面的佼佼者。

而且老医生的病患非常多，我记得之前跟诊过一个老医生，从早上 7 点半到下午 1 点半，其间病人络绎不绝，我和老医生连喝口水、上个厕所的时间都没有。

我推测应该是这样的原因让大家觉得医生的寿命比较长，但是事实上医务人员的平均寿命要低于全国平均寿命三岁以上，而且大部分去世的医生死于恶性肿瘤和心血管疾病，而活着的医生健康状况也不容乐观，特别是 45～55 岁和 55～65 岁这两个年龄组的医生，健康状态最为脆弱。

根据我所看到的，导致他们亚健康状态的原因不完全是工作，45 岁以上的医生实际上已经有主治医师及下级医生管理所在病区的病人了，这些中年医生更多的是想要在行政上有所建树，所以应酬和非临床的"业务量"大大增加，可能这也是中年医生的职业困境吧。

而我的师父便没有那么幸运，他才 40 岁，一个肛肠外科医生正当年的年纪就查出了恶性肿瘤。

唉，不多说了……

每个医院都会有一个懂易经、会看风水的"神棍"，不过这个神棍倒不是什么贬义词，而是一种调侃。

一般这种"风水先生"都是 45 岁以上，但是阿水这个骨科医生就比较特殊，他才 24 岁，一个研二的医学生，天天要给我们批生辰八字，说要帮我们逢凶化吉。

我是坚定的唯物主义者，自然是不信这个，不过有时查房的时候，病人总喜欢说一些无关紧要的话题，这时候我就会和阿水凑到一块儿，说一些无聊的闲话。

那天他跟我要了生辰八字，刚开始我不太乐意，怕这家伙拿我的生日去搞什么不正经的勾当，不过他硬磨着要，最后我还是给他了。

他拿出手机，用一个画着八卦图的算命软件算了半天。回到医生办公室后，原本他静静地坐着，突然拍了一下大腿，惊呼："老白，你今年肯定结婚！"

我以为听错了，说："怎么了？"

"你要结婚了，你今年肯定会结婚的！"

有病吧，现在都农历九月了，我找谁结婚？我说："你也不看看现在几月了？"

他不管不顾地说："你肯定会结婚的，这卦象已经很清楚了，你今年一定会结婚。"

他说得这么肯定,我是一点都不信。

不过,最后时间给出答案了,我确实在他给我算完卦的一个多月后结婚了。

后来我再遇到他的时候,就不敢叫他"神棍"了,而是恭恭敬敬地称呼他为"水大师",他还用算命这个技能泡到了一个师妹,水大师说自己是火命,命中缺水,而师妹是水命,命中缺火,于是两个人就这样为了阴阳互补在一起了,天天一起去食堂吃饭。

这几天他又找我算了一卦,说我可能有意外之财,叫我好好把握。

我思前想后也没有想到,于是花了100块钱买了同一组双色球,屁都没中一个。

我现在可以确定了,他就是一"神棍"。


医院是一个烧钱的地方,这点毋庸置疑,我也深有体会,毕竟我是得过痔疮住过院的人。

我在医院工作的时候,发现了一个奇怪现象,就是病人觉得挂号费很贵,但是很愿意花药费。

某天在门诊遇到了一个六十多岁的老大爷,他跟我说:"你们医院可真黑,你们就这样看一眼,然后涂一涂药,就要收好几十块钱。"

大爷说得没错,我们确实看一眼,涂一下药,就要收四五十块钱。但是我们在高考选择学医后，得交多少学费，考过多少场试才能有资格坐在这个诊室，这个也是医生的从业成本呀，可不是他说的看一眼这么简单，而且这些费用变成医生手里的工资，实际上不足10%。

我之前在骨科跟诊的时候，傍晚五六点的时候，一个家长抱着一岁多的小宝宝进诊室，小宝宝哭得很厉害，满脸通红，眼眶里都是泪水。

孙医生摸了摸宝宝的手臂，二话不说给宝宝复位，"桡骨小头半脱位"，三秒钟搞定。孙医生要跟家长拿就诊卡去挂号的时候，家长突然脸色一沉，说："你们医生怎么这么没有医德？就这么三秒钟的事情，也要收费。"

孙医生当时也有些不悦，不过没有多说话，摆摆手说："行，不用挂号了，回去吧。"

等家长抱着孩子离开的时候，孙医生苦笑着跟我说："你知道为什么那些老医生在看到儿童出现桡骨小头半脱位的时候为什么故意晾着吗？"

我当时不太理解，半天都没有回答上来。

孙医生说："这跟开锁匠一样，他们明明可以五秒内搞定，但是为了拿钱的时候客户比较愿意掏钱，一般会磨蹭十来分钟，让客户觉得物有所值。这个手法复位也是一样，如果先复位再挂号，很多家长觉得这么简单的事情，医生竟然还收费，也太缺德了。"

乍一听，当时我没能反应过来，但是现在我就能理解当初他说的话了，为什么医生的技术在患者眼里会这么不值钱？

我觉得问题就是出在"挂号费"这三个字上，大部分患者以为挂号就是花钱买一张"门票"，然后进这道门买药，最后能治好病的是药，而不是这张"门票"。

其实，医院挂号处收的费用不是挂号本项的费用，而是医生给患者在门诊检查身体时的技术、劳务费用。

有很多医生认为这就是问题的症结所在，明明是医生的技术、劳务费用，却用"挂号"来体现，无论是从中文的角度，还是从逻辑的角度，都是百分百的词不达意、偷换概念。

有一些医生建议卫生健康部门、医保部门、收费主管部门尽快将"挂号费"改为"门诊诊查费"或"诊金"，让其名实相符，不仅让患者方便看病就医，更给患者一个清晰、正确的概念和认识，进一步体现医院和医生的知识、技术和劳务价值，并尊重医生的劳动。

看病本身的逻辑是需要找到病因。我们打个比方，人体像是一台很复杂的机器，但是因为机器的某一颗螺丝松了（人生病了），我们就得找一把尺寸合适的螺丝刀把这颗螺丝钉给拧紧了，而这把螺丝刀就是我们吃的药,而能帮我们找到合适尺寸螺丝刀的人才是解决问题最重要且最核心的部分。

在医院看感冒,拍了个片子,然后拿了两盒药,就花了百来块钱,患者觉得贵得肉疼!但是人家一些私人小诊所就把这个问题处理得非常好,他们向来不提挂号费的事,而且将所有费用都融在药费当中,可能看了个感冒就得花 200 块钱,其中有 150 块钱是保健类产品,再加四十五块钱中成药和 5 块钱真正治感冒症状的药,但是患者花了 200 块钱就可以提着一大袋药回去,这样感觉有满满的获得感,感觉物超所值!

## 4

鱼哥和王超超跨世纪见面了。

如果你看过前文的话,应该对于万年单身情种鱼哥和钱多、人傻、怪癖多的王超超印象深刻。

两人之所以能够世纪大会晤,都是我的错。鱼哥约我周六中午吃个饭,打算跟我汇报一下他最近的相亲战况,虽然我不知道他具体情况什么样,但是大概是不乐观,如果乐观的话,他哪有时间搭理我?和小女友约会都嫌下班后时间不够用。

答应了鱼哥周六中午吃饭之后,我才恍然想起来,王超超也约我吃饭了。

请一个人吃饭也是请,两个人也是请,我一跺脚一咬牙,打算一次性把两人都请了,这样我之后就能心安理得地各白嫖他们一顿饭。

我们三个人都在医院上班,想要同时凑到一个假期,比广场旁边卖的刮刮乐还难中奖。

我跟王超超说要约一个朋友一起吃饭。王超超说自己不想见陌生人。我撒谎了,说鱼姐(鱼哥)是一个大美人,肤白貌美大长腿,拥有沉鱼落雁的容貌,所以才叫鱼姐。一听之后,王超超立马说人多热闹,两个人比较无聊,他能这么说也是意料之中的事,他是出了名的爱"热闹"。

我用同样的套路跟鱼哥说这事,鱼哥表示很想认识这个人称超模身材的超姐(超哥)。

当他们两人真正见面的时候,他们两人都在寻找我口中的那个"女神"。他们焦急地疯找了十几分钟,火锅里的汤都烧开的时候,他们才反应过来,默契地看着我。

我这才知道了人家说的那句话:"一个人想刀另一个人的眼神是藏不住的。"

幸亏是法治社会,不然他们俩还真有可能把我千刀万剐后放到火锅里当涮肉。

此时气氛有些尴尬，两人有点羞涩，半天憋不出一句话，都是我在当"主持人"缓和气氛。

戏剧性的一幕出现了，我去上了一趟厕所，回来以后，两人不知道怎么的就打开了任督二脉，把话匣子打开了，噼里啪啦地说了两个多小时，中间我一句话都插不上，从医学讲到了游戏，又从游戏讲到了哲学与政治。两人越讲越投机，当看到他们两人互相交换微信以后，我怀疑事情的走向已然不是我能控制的范围，两人都是痴迷于游戏的游戏佬，没准两人会成为精神上的知己，从此过上幸福快乐的生活，祝好。

## 5

经济不景气，创业风险大，就业问题严峻，考研、考公、考编成了应届毕业生的热门选择。

以前在这个沿海的小县城"重商轻仕"，在我们小时候和前几年经常听到一些初中没有毕业就下海经商，现在身家几千万的故事。这几年生意难做了，很多原来做生意的都劝孩子考公、考编。

比如说，在我爸妈和我媳妇爸妈的眼里，优质子女的模板，不一定是从小到大考第一的专家、教授，或者是在大城市工作的高薪白领，而是回老家找个铁饭碗，官职不在大小，但是要有编。

今年端午过节去媳妇家的时候，从后备厢里拿出单位发的东西，东西虽然不贵重，就是普通的米面粮油，还有十个肉粽。

刚好是傍晚的时候，她家门口那条小街上特别热闹，没办法把车开进去，就先停在路边，提着大袋小袋的东西，我丈母娘看到后立马过来把我们手上的东西提走，还说我们破费。

我们说都是单位发的，她很开心，一直说有单位就是好呀。

她说这话的时候，周围都是在路边纳凉的三大姑五大姨，看着她们投来的目光，丈母娘高兴极了。

说实话，那一刻，我的虚荣心得到了极大的满足，成了邻居口中令人羡慕的别人家的女婿……

而我妈的做法更加夸张，她恨不得把所有单位分发的东西拆成100份分给亲戚朋友，有时她蛋糕画大了,不够分，还得自己偷偷去村口小卖部买几箱饮料冒充我们单位发的年货。

# 6

和老婆一起回老家那边吃饭的时候,我爸谈起七八年前那一场病,想到现在还能一家子在一起吃饭,感觉自己很幸福。可能是年纪大了,眼窝子浅了,他说着说着眼眶就红了。

那时我还在上学,晚上11点多,刚要去睡觉的时候,他突然觉得自己心脏前边那块心前区时不时地能感到轻微的疼痛,也就持续了几十秒时间。

他以为只是因为太疲劳才这样,就没有在意,后来又发作了几次,他才开始怀疑自己是不是得了心脏病,但是去检查却没有发现什么问题。医生也说没有事,平时注意休息就好,看完病他以为就没什么了。

有天下午他感觉头有点晕,还有点恶心,当时因为活儿还没有干完,就咬着牙继续坚持着。工作完回家的路上,心脏突然剧烈地跳动,他能清楚地感觉到心脏的血液流动,然后感到一阵失控感和不真实感,看到太阳的时候,突然觉得很刺眼,大脑一片空白,胸闷、气短、呼吸困难,觉得自己快要不行了,有强烈的濒死感,然后不自觉地跪在地上。最后是我妈将他搀扶回家,邻居帮忙打电话叫了120,送到了就近的医院,后来到医院直接进了抢救室,一顿抽血检查,结果心肌酶、心电图、血常规、心脏彩超、胸部CT、大脑CT各种指标都正常，医生说不是心梗，就这样又回家了。

他跟我说，那个时候他真的觉得自己可能快不行了，眼睛都看到白光了。

之后又反反复复发作过几次，只是没有这次这么严重，去看了精神科，诊断为神经官能症。

神经官能症又称神经症或精神神经症，是一组神经机能性疾病的概括。患者往往会经历各种辅助检查，但多数都查不出身体组织或器官的病变。它包括很多种精神障碍类型，如焦虑症、强迫症、恐惧症、疑病症、神经衰弱等。

我爸经常在看到强光或者听到大声吵闹的时候就觉得痛苦难以忍受，甚至五六年来他都不敢和家人一起上桌吃饭。

后来医生给他开了一些安眠药、安定片，然后开了一味中药黄精让炖排骨，吃了小半年，逐渐缓解，不会再出现那么严重的症状。这四五年来病情逐渐减轻，但是还没有完全缓解。

后来我跟诊了名老中医洪老，他给我爸辨证之后，认为是脾胃虚弱所致，洪老认同古代名家李东垣所说的"脾胃内伤，百病由生"，让我爸试服一下"益气聪明丸"。

我便给他买了两盒"益气聪明丸"，他吃了以后觉得症状有所缓解，让我再买四盒，吃完这四盒之后，他说效果很不错，头晕、烦躁的症状几乎很少发作了，也是因为这样他才敢跟我们一同上桌吃饭。对别人来说可能就是普普通通的一件事，但是对他来说，却意义非凡，他足足等了七八年。

今天我无意中看到，神经官能症患者具有如下特征：感情丰富、细腻、敏感、警惕、多疑、缺乏安全感、个人欲望强烈、思维能力发达、内省力强、做事执着、道德感强、纪律性强。

这说的不就是我吗？我想也许到了我爸这个岁数，我真的会得神经官能症，现在得抓紧做好这方面的知识储备，感觉时间快来不及了，只有不到二十年了。

# 7

"短视频"这个词几乎席卷了各行各业，本院的很多医生也开始跃跃欲试，想要在短视频流量红利中捞一波人气，不过大部分是拍一个粗糙甚至模糊不清的视频，配上几句含糊不清的台词就想着一夜爆红，现实情况一般是拍到第三四个视频还没有什么起色，就悻悻离场。

像我这么严谨的人自然不会在毫无准备的情况下贸然

进入短视频赛道，毕竟通知了亲戚朋友要当网红医生，如果没有当成那是很丢面子的。

有一天，我刚好值完夜班醒来，看到一个老朋友发来的一条消息：有没有空接电话？

我迷迷糊糊地回：有。

他打电话过来，大概意思是一个MCN公司想要运营一批医生，你有没有兴趣？

刚开始我都不懂MCN是什么意思，但我还是跟他说我愿意试试。

跟他打完电话，我查了查，原来MCN相当于内容创作者和视频平台之间的一个中介。

现在国内MCN在经纪模式基础上为网红们提供更多协助，通常包含包装、营销、推广、变现等。

原来就是经纪人公司，有这样的公司帮忙运营，那当然比闭门造车强了。

随后我就和运营师小龟对接了，他跟我大致介绍我应该如何写脚本，如何制作视频，如何剪辑，还有后期会如何盈利。

主要盈利点是MCN在确定品牌商需求后，对已有资源进行分配，并将任务发放至签约网红，之后再通过自身流量渠道分发作品，并从与网红、平台的合作分成，广告主提供的广告费以及粉丝的相关消费中获得收入。

听完之后，我觉得我自己很有希望成为下一个网红，立马换了新手机，买了录音设备，还认认真真学了一个星期的视频剪辑。

第一个视频终于做出了，虽然还是略显粗糙，但是经过运营师小龟调教以后，终于像模像样了，然后上传后"扑街"了，几百个播放量，一条评论都没有。

我被打击到了，运营师小龟安慰我要坚持下去，我痛定思痛，想着存到五个视频以上再每周发布一个视频，这样就不容易被惨淡的数据击溃。

准备好了五个视频以后，我觉得自己将要成为百万粉网红医生了，没想到发给运营师小龟的时候，他竟然没有回我，有点不对劲。

三天后他才给我回复，他说他们公司已经倒闭了，他现在正在找新工作，不好意思了。

唉，这个公司真是运气不佳，要是早点把我捧红，他们公司也许就不会倒闭，那个运营师也就不会失业啦。因为这个原因，可能这个世界上要错失一个"当红炸子鸡"医生了。

**图书在版编目（CIP）数据**

来，下一位：上班就像开盲盒 / 糗事小菊花著. —— 南京：江苏凤凰文艺出版社，2025.4. —— ISBN 978-7-5594-9460-3

Ⅰ. I247.5

中国国家版本馆 CIP 数据核字第 202573PT74 号

## 来，下一位：上班就像开盲盒

糗事小菊花　著

责任编辑　周颖若
策划编辑　韩成建
责任印制　杨　丹
出版发行　江苏凤凰文艺出版社
　　　　　南京市中央路 165 号，邮编：210009
　　　　　北京长江新世纪文化传媒有限公司发行

| 网　　址 | http://www.jswenyi.com |
| --- | --- |
| 印　　刷 | 天津盛辉印刷有限公司 |
| 开　　本 | 787 毫米 ×1092 毫米　1/32 |
| 印　　张 | 13 |
| 字　　数 | 230 千字 |
| 版　　次 | 2025 年 4 月第 1 版 |
| 印　　次 | 2025 年 4 月第 1 次印刷 |
| 书　　号 | 978-7-5594-9460-3 |
| 定　　价 | 68.00 元 |

江苏凤凰文艺版图书凡印刷、装订错误，可向出版社调换，联系电话 025 - 83280257